二見文庫

いたずらなキスのあとで

リンゼイ・サンズ／武藤崇恵＝訳

The Heiress
by
Lynsay Sands

いたずらなキスのあとで

登場人物紹介

シュゼット	マディソン三姉妹の次女
ダニエル	ウッドロー伯爵
クリスティアナ	マディソン三姉妹の長女 ラドノー伯爵夫人
リチャード・フェアグレイブ	ラドノー伯爵。ダニエルの親友
リサ	マディソン三姉妹の三女
ロバート・メイトランド	ラングリー卿。三姉妹の幼なじみ
セドリック	マディソン卿。三姉妹の父
ジョージ	リチャードの双子の弟
キャサリン	ダニエルの母
ハーヴァーシャム	ラドノー伯爵家の執事
ジェレミー	ダンヴァーズ男爵

プロローグ

「夜が明けたばかりなのに、こんなにたくさんの人が！」

妹のリサは馬車の窓から通りを眺め、せわしげに行き来する人びとを目にして驚きの声をあげた。シュゼット・マディソンは黙ってうなずいた。生まれ育った平和そのものの田舎の村しか知らないシュゼットには、ロンドンは刺激的な魅力に満ちた大都会に見えた。いや、正確にいうならば、父親のことが心配でどうにかなりそうになっていなければ、そう見えたことだろう。

「お父さまはロンドンのお屋敷にいらっしゃるかしら」シュゼットの心の声が聞こえたかのように、リサがつぶやいた。

シュゼットはため息をついて座りなおし、車内の残るふたりをそれとなく観察した。シュゼットづきのメイド、ジョージナは十歳ほど年長のせいもあるのか、落ち着いた物腰で反対側の窓から背後に消えていく建物を眺めている。それとは対照的に、妹と歳《とし》が変わらないリサづきのメイド、ベットはいまにも座席から飛びだしかねない勢いで、そばかすが散った顔を窓に押しつけていた。

「いてくださるといいわね」シュゼットはリサに目を向けた。

リサは疲れた様子で座席にぐったりともたれかかった。顔色も悪いうえに、目の下にうっすらとくまができている。それに気づいてシュゼットは思わず眉をひそめた。母親譲りの黄金色《きんいろ》に輝く髪とつややかな白い肌を、かねてからうらやましく思っていたが、かわいそうに寝不足となるとげっそりとやつれて見えるのだ。父親の身になにかあったのではないかと気が揉《も》めて、最近はふたりとも満足に眠るどころではなかった。

「お屋敷にいらっしゃらなかったら、どうしたらいいのかしら？」ぼんやりと窓の外を眺めながら、リサがつぶやいた。

その可能性を考えるだけで、シュゼットは口がこわばるのがわかった。父セドリック・マディソン卿《きょう》は、ひと月ほど前に署名する書類があるとロンドンに向かったまま、帰宅予定の週末を過ぎてもなんの音沙汰もないのだ。いつもならばロンドンを訪れてもとんぼ返りするほうが多いのだが、長女のクリスティアナが一年前にリチャード・フェアグレイブ・ラドノー伯爵と結婚してロンドンにいるので、幸せに暮らしている様子を見てくるといっていた。

シュゼットも早く姉の元気な顔を見たかった。リサとふたりでせっせと手紙を書きおくっているのに、ずっとなしのつぶてなのも気がかりだった。最初は大都会での新生活に慣れるのに精一杯で、便りを書く暇もないのだろうと、さして気にもとめていなかった。しかし待てど暮らせど返事が届かないとなると、さすがに心配になってきたので、父が訪ねることになってほっとした。

　しかし、クリスティアナの楽しい新婚生活の報告を持ちかえるはずの父が帰宅せず、それどころか遅れる理由すら知らせてこないのだ。シュゼットはじりじりと二週間待ったあとで、姉の様子はどうだったかと、まだ帰宅しないのはただの予定変更にすぎないことを確認する手紙を送った。それにもなんの反応もなく三週間目を迎えたので、今度はリサと一緒にそれぞれが一筆したためた。だが、その後もなんの進展もないまま一カ月を過ぎた時点で、シュゼットはあれこれ想像して心配するのに耐えられなくなっていた。まるでロンドンがいっぺんに家族半分を呑《の》みこんでしまったようだ。そこで父のあとを追ってロンドンへ出向き、なにがあったのかをこの目で確かめることにした。当然のことながら、リサも一緒に行くといいはった。

　そういうわけで、ふたりはそれぞれのメイドと、女ばかりでは不用心なので四人の従僕も連れて出発した。そのおかげか危険な目に遭うこともなく、もうそろそろロンドン別宅に到着するころだろう。ようやく、なにが起こったのかがはっきりするのだ。

「お屋敷にいらっしゃらないにしても、居場所くらいはわかるわよ」シュゼットはなんとかそう答えたものの、リサがそれ以上訊《き》いてこないので内心ほっとした。思いつきを口にしただけなのだ。ふたりともロンドンを訪れるのは生まれて初めてで、ロンドンという場所についてはなにひとつ知らなかった。とはいえ、これまでのところはそれほどすてきな場所とも思えなかった。今朝は冷えこむのでどの屋敷も暖炉を焚《た》いているせいか、どす黒い煙が厚く垂れこめる空の下に、大きさもまちまちな建物がひしめきあっている。ちゃんと空が見えるだけでも、静かで穏やかな田舎暮らしのほうがずっといいと思った。

馬車がとまったので、ようやくロンドン別宅に到着したようだ。先祖代々の屋敷であるにもかかわらず、シュゼットはこの目で見るのは初めてだった。だから馬車を降りるなり、子どものように興味津々であたりを見まわしてしまった。そもそもこの広壮な屋敷は、母親の実家である裕福なセフトン家のものだった。祖父は相続した財産をみずからの才覚でさらに増やし、大富豪セフトン男爵として知られていたが、その莫大《ばくだい》な富を三等分して孫娘の結婚持参金として遺《のこ》してくれたのだ。その金額たるや、三姉妹が社交界デビューを果たすなり、それ目当ての殿方につきまとわれるのは決まっているようなものだった。口外してはならぬと厳命する遺言がなければ、そうなるのはまずまちがいなかった。

「立派なお屋敷ね」隣でリサがつぶやいた。「ただ、ちょっと荒れた感じがするけど」

シュゼットは黙ってうなずいた。手入れが行き届かないのも無理はないのだ。去年からマディソン家の経済は逼迫《ひっぱく》しているので、節約のために召使の数を減らし、不要な出費をできるかぎり抑えているのだろう。衣装箱がまちがいなく降ろされたことをメイドに確認し、シュゼットはリサと一緒に玄関へ向かった。

どっしりとした両開きのドアの片方がのろのろと開いた。眠そうな目をした執事が顔をのぞかせ、こんな朝早くになにごとだという顔でふたりをじろじろと眺めている。だが馬車のマディソン家の家紋に気づいたとたん、慌てて背筋を伸ばした。執事の口角が心なしか上を向いたところを見ると、英国人執事として精一杯の歓迎の気持ちを表わしたつもりなのだろう。

「シュゼットお嬢さまにリサお嬢さまでございますね」執事があいさつした。

シュゼットはなんとか微笑を浮かべてうなずき、リサと一緒に屋敷に入った。だが玄関ホールで立ち止まり、手袋を脱ぎながら執事を振りかえった。「お父さまはどちらかしら?」

「その……」執事は一瞬困ったような表情を浮かべ、ちらりと階段と廊下を確認してから、ほっとしたように答えた。「書斎にいらっしゃると存じます」

執事の視線を追って廊下の先に目をやると、ドアの下から明かりが洩《も》れている部屋があった。あそこが書斎なのだろう。急いでリサとそちらに向かった。「ありがとう。すぐにメイドが来るから、わたしたちが使う部屋へ案内してあげて。それから召使に部屋の準備を手伝わせてちょうだい」

「かしこまりました」執事は召使を探すために姿を消した。シュゼットはノックもせずにドアを勢いよく開けたが、あまりのありさまにその場で立ちすくんだ。パイプの煙と強い酒のにおいが室内に充満している。悪臭に顔をしかめながら目を凝らすと、空っぽのグラスや皿があちこちに散らばっていた。皿やグラスは暖炉のそばに置かれた二脚の椅子近くが多いようだが、父親がうつぶせになっている机の散らかりようも似たり寄ったりだった。グラスはどれも空だが、皿には食べかけや手つかずの料理が残されている。どうやらこの一カ月のあいだ、父親はほとんどこの部屋にこもっていたらしい。部屋のにおいや残された皿の状態から察するに、ほとんど食事もとらずに、パイプを吹かしながら酒ばかり飲んでいたようだ。

「ひどい。どうなさったのかしら」リサが息を呑んだ。

あまりに控えめな言葉にシュゼットは顔をしかめた。しかし、たしかに姉妹がよく知っている父親はこういう無茶をやるタイプではない。なにかよっぽどの事情があるのだろう。上着も着ないでシャツの袖をまくりあげ、髪はくしゃくしゃ、机にうつぶせになっている。眠っているのか、それとも意識を失っているのかはわからなかった。

こみあげてくる不安を抑え、シュゼットはドアを閉めて机に近づいた。そっと声をかけてみる。「お父さま?」

「お寝《やす》みになっているだけよね?」心配そうにくっついてきたリサがつぶやいた。

とにかく事情を明らかにしようと父親の腕をつついてみたが、すぐにそのことを後悔した。父親はがばっと起きあがったものの、そのままだらしなく椅子の背にもたれかかってしまったのだ。いま目の前にいるのは、顔こそそっくりだが、父親とは似ても似つかないまったくの別人のようだった。真っ赤な目、血色の悪い顔。何週間も伸び放題らしいひげには食べかすがこびりついている。シャツも何日着ているものやら、最後の食事のメニューを雄弁に物語っているし、身体《からだ》全体から吐き気をもよおす悪臭を発散している。

シュゼットは袖口にしまっていたハンカチをとりだし、急いで鼻にあてた。

「お父さま？」リサはショックで真っ青になっている。

父親は目をしばたたき、困惑の表情を浮かべた。「ここでいったいなにをしておるのかね？」かろうじて聞こえるような声で尋ね、ふたりを見比べている。そのうち落ち着かない顔であたりを見まわした。「ここはどこだね？　ふたりがいるということは、わたくしは家に帰ってきたのか？」

シュゼットは口をつぐんだまま答えなかった。父親が口を開くたびに息が酒くさく、椅子にきちんと座っていることもできない様子にあきれて言葉も出てこなかった。父親の問いかけに優しく応じたのはリサだった。「ここはロンドンのお屋敷の書斎よ」

父親はそれを聞いてがっくりと肩を落とした。「それでは、あれは夢ではなかったのか？　またやってしまったのか」

シュゼットの心臓の鼓動が速くなり、不安が大きくふくれあがった。「またってどういうこと？　お父さま、いったいなにがあったの？」

「ああ」父親が酒くさいため息をつき、片手で力なく髪をかきむしった。「どうやらまた、厄介な羽目に陥ってしまったらしいのだ」

「まさか、また賭博をなさったとか？」リサが驚いて聞きかえすと、父親はしょんぼりとうなずいた。

「今度の借金はどれくらい？」シュゼットはむっつりと問いただした。以前も、父親の賭博のせいで一家は破産寸前にまで追いこまれたのだが、クリスティアナが結婚することでなんとか難を逃れたのだ。

「かなりの額だ。前回とおなじくらい、いや、もっとかもしれん」父親は面目なさそうにうなずいたが、自分でも理解できないという顔でつけ加えた。「どうしてこんなことになったのか、さっぱりわからんのだ。そもそも賭けごとなどなんの興味もない。ただ……」力なくかぶりを振る。「だが、やってしまったことは事実だし、なんとか始末をつけようと努力はしたのだ。思いつくかぎりの口のかたい知人に連絡をとり、金を貸してくれと頭を下げた。できるものなら盗みすら辞さん覚悟だった。だがどうにもならなかったのだよ」

シュゼットは父親をじっと見つめた。裏切られた悲しみ、恐怖、不安がいちどきに胸に押しよせ、そのあとで怒りがむくむくとふくれあがってくる。掌《てのひら》に爪が食いこむほど拳を握りしめ、うめくように尋ねた。「書類に署名をするなんて話はうそだったのね？　最初から、書類なんてなかったんでしょ？　そんなものは、ロンドンにやってくるためのただの口実。本当は、賭博が目的だったのね。突然ロンドンへ行くといいだしたのはそのためだったんでしょ！」

「それはちがう」父親は即座に否定し、震える脚でよろよろと立ちあがった。「ロバートから手紙が来たのだ。クリスティアナを心配する内容の。ディッキーがクリスティアナにひどい仕打ちをしているようだと案じておった。三度も訪ねたのに、いつも門前払いを食わされたそうだ。父親のわたくしならさすがのディッキーも追いかえすことはできんだろうと、クリスティアナの様子を確認してほしいと書いてあった。本当なのだよ」

シュゼットは呆然《ぼうぜん》と父親を見つめた。幼なじみのロバート・メイトランド・ラングリー卿は家族ぐるみの友人でもあり、まちがいなく信頼の置ける人物だ。だがディッキーが妻であるクリスティアナに冷たくあたっているなんて、そんなことは絶対にありえない。ほんの一年前に結婚したときは、文字どおりクリスティアナを心から崇拝していたのだ。

しっかりした声で異議を唱えたのはリサだった。「ディッキーがそんなことをするはずはないわよ、お父さま。心からクリスティアナを愛しているんだもの」

「たしかに、わたくしもそう信じた」父親はため息をついた。「だがロバートはうそをつくような人物ではないし、万が一そんな事態になっておるとしたら……」かぶりを振り、ぐったりと椅子にもたれた。「いずれにせよ、ロンドンに来た本当の理由はそこにあったのだ。誓っていうが、賭博をするつもりなどこれっぽっちもなかった。どうしてこんなことになったのか、自分でも理解できんのだ」顔をしかめ、おなじ言い訳をくり返した。

「怪しいものだわ」シュゼットは口から飛びでる言葉を抑えられなかった。「お父さまの言葉なんて、もう信じられない！　二度と賭博には手を出さないとおっしゃっておきながら、一年もたたないうちにまたしても破産の危機だなんて！」

「おまえがそういうのも、もっともだな」父親は低い声でつぶやき、両手で顔を覆った。聞きとりづらい声で続ける。「どうしてこんなことになってしまったのか、さっぱりわからんのだ。実のところ、賭博をしたこともはっきり覚えておらんのだよ。飲みすぎていたのかもしれん」

「それはまた都合のいいこと」シュゼットはぴしゃりといい返し、さらにいいつのった。「それで、クリスティアナの様子を確認するはずが、どうすれば賭博場でお酒を召しあがる羽目になったのかしら？」

顔を覆っていた手をだらんと下ろし、父親は力なく答えた。「クリスティアナを訪ねたら留守だったので、ディッキーが倶楽部《くらぶ》に誘ってくれたのだよ。そのあと、賭博場に寄ってみようと誘われたことまでは覚えておる。それで――」

「ディッキーに賭博場へ連れていかれたの？」リサが狼狽《ろうばい》と驚きを隠せない顔で尋ねた。

「おそらくは……」父親は言葉を濁した。「もちろん断わったのだが、気がついたときには賭博場におったのだ。だから――」

「賭博場にいたことは、はっきり覚えているのね？」シュゼットは鋭く問いかけ、さらに声を高くして続けた。「たとえ誘われたとしても、賭博をしなければよかったじゃない！　結局、お父さまは賭博がしたかったのよ。そうじゃなければ、そんなところに行くはずがないもの。いったいなにを考えてらっしゃるの？」大きく息を吸いこみ、食いしばった歯のあいだから言葉を絞りだす。「一度ならず二度までも、わたしたちを破産の危機に追いこむなんて信じられない。飲んだくれのろくでなしになってしまったお父さまを、お母さまがご覧にならずに済んだのが、せめてもの救いだわね！」

勢いで投げつけてしまった辛辣な言葉を、父親がどんな表情で受けとめたのか目にする勇気もなく、シュゼットは足早に部屋をあとにした。みじめな父親をこれ以上見ているのは耐えられなかったのだ。

リサが慌ててあとを追ってきて、ドアを閉めると不安そうに尋ねた。「これからどうすればいいのかしら」

「そんなこと、わたしだってわからないわよ」シュゼットはいきなりその場から動けなくなった。喉が詰まり、頭がくらくらする。なにかで胸をぎゅっと締めつけられたように、うまく息ができなかった。ゆっくりと深呼吸をして気分を落ち着かせ、また歩きだした。「なにかいい案を考えなくちゃ」

リサはうなずき、玄関と書斎のあいだを行ったり来たりするシュゼットを黙って見ている。

すぐに名案が浮かんだ。一年前、やはり賭博で父親が多額の借金を負ったときと状況は変わらないとひらめいたのだ。あのときはクリスティアナが結婚し、持参金で借金を返済してくれた。今度はわたしの番だ。そのとき玄関のドアが開き、衣装箱を抱えた召使が現われた。

「ちょっと待って」シュゼットは慌てて行く手を遮った。「その荷物は馬車に戻してちょうだい。わたしたち、ここには泊まらないことにしたの」

「そうなの？」リサが驚いて飛んできた。召使はまわれ右をして馬車に引き返していった。

「どこへ行くつもり？」

「クリスティアナの家」きっぱりと答え、リサの手を握って馬車に向かった。「クリスティアナのように結婚して、この問題を解決するつもりなの」召使に聞こえないよう、最後は小声でささやいた。もっとも、とっくに召使にも知られているだろうと気づき、内心ため息をつく。「田舎がお好きなお父さまとちがって、ロンドンで暮らしているクリスティアナたちだったら、舞踏会の招待状がどっさり届いているはずでしょ。だからあのふたりにお願いして、ロンドンの社交界にデビューするの。結婚相手を探すにはそれしかないわ」

「でも、シュゼット」リサが悲しそうな声でつぶやいた。「ディッキーにお願いすれば、借金の肩代わりをしてくれるんじゃないかしら」

シュゼットは答えようがなくて微笑《ほほえ》んだ。そこまでは期待できないだろう。たしかに前回は高額な借金を返済してくれた。その見返りとしてクリスティアナの持参金を手に入れたとはいえ、もう一度おなじことを望むのはあまりにも酷な話だ。まさかとは思うが、本当にクリスティアナをいじめているとしたら、なおさら無理だろう。万が一あの話が本当なら、姉のことを愛していたからではなく、持参金目当てで結婚を申しこんだことになる。だとしたら、これ以上お金を負担してくれるはずがなかった。だがそんな思いは口に出さずに呑みこんだ。「前回はクリスティアナが払ってくれたけど、また借金の肩代わりを頼んでるなんて知ったら、優しいディッキーだって気を悪くするわよ。それに、毎回クリスティアナが負担するのも不公平だしね。今度はわたしの番だわ」

気づくと馬車の前だった。シュゼットは御者に行き先を告げ、降りたばかりの馬車にリサと乗りこんだ。ふたりきりだと座席はずっと広く感じられる。リサが予想どおりの疑問を口にした。「メイドはどうするの？」

シュゼットはため息をつき、窓越しに屋敷を見やった。きっといまごろメイドたちは階上で部屋の支度をし、衣装箱が運びこまれるのを待っていることだろう。連れていこうかとも思ったが、かぶりを振った。「とりあえず、ここに残しておきましょうよ。少なくとも、クリスティアナとディッキーが歓迎してくれるとわかるまでは」

「そんなの、歓迎されるに決まっているじゃない。わたしたちは姉妹なのよ」リサが即答した。そうではない可能性など、考えてみたこともないようだ。

「そうだけど、クリスティアナはお嫁に行ってから、一度も手紙をくれなかったじゃない」

シュゼットはやんわりと指摘した。

「手紙はなにかの手違いで届かなかったのよ」リサも負けていなかった。

「あるいは、ディッキーがわたしたちに手紙を書くのを禁じているのかも」シュゼットはつぶやき、唇を噛《か》んだ。

リサは眉をひそめたが、しぶしぶ認めた。「まあ、もしかしたらそうかもしれないけど。お父さまの話では、ロバートがひどい仕打ちをしているといってたそうだから」

「そうなのよ」シュゼットはしかめ面で、勢いよくかぶりを振った。「でも、やっぱり信じられない。結婚してまだたったの一年だし、プロポーズしたときはあんなに優しくてすてきだったのに」実際、あのときはディッキーのことを、おとぎ話から抜けだした白馬の王子さまのようだと思ったものだ。一家を破産の危機から救いだし、クリスティアナに永遠の愛を誓い、それはそれは情熱的に結婚を申しこんだ彼の姿に、三姉妹はたちまち心を奪われたのだ。

「でも、ロバートはうそをつくような人じゃないし」リサが悲しそうにつぶやいた。

「そうね」シュゼットはため息をついた。「だとすると、あのすてきなプロポーズはすべて演技で、とにかく結婚することが目的だったのかも」

「なんのために？」リサが顔をしかめる。

「決まってるじゃない。持参金よ」シュゼットはずけずけと答えた。「クリスティアナを愛していないなら、目的はそれしかないわよ」

「でも、持参金のことはだれも知らないはずよ」リサはすかさず反論した。「持参金目当ての殿方に追いかけまわされないよう、お祖父《じい》さまは手続きもひとりでしてくださったんでしょう？」

「ディッキーはどこかでその話を聞きつけたのよ。そもそも、そんな秘密なんて守れるわけないじゃない。考えてもみて。召使がひと言しゃべっただけで、驚くほどの速さで広がるんだから」

「それもそうね」リサはしょんぼりと答え、眉をひそめた。「なにしろ、すべてがあっという間の出来事だったから。お父さまから破産するかもしれないと告げられたかと思うと、すぐにクリスティアナの結婚が決まって、そのあとはお式の準備でしょう？　そのあいだ、たったの二週間だもの。そんな短い時間なら、クリスティアナに夢中という演技をするのも簡単だったかもしれないわ」

「その可能性はあるわね」シュゼットはしかめ面でうなずいた。

「でも、今度はシュゼットまでがおそろしい旦那さまにあたったりしたらどうするの？」リサが顔を曇らせた。

シュゼットは唇をきゅっと引きむすんだ。たった二週間で相思相愛の相手を見つけるのはほとんど不可能だろう。とはいえ、未来の夫からぞんざいな扱いを受けて一生を過ごすのもまっぴらだった。それならば、いっそ愛など求めなければいいと心を決め、きっぱりと宣言した。「わたしは自分が好きに生きられるような旦那さまを探すことにする。少なくとも、わたしを支配しようとはしない相手を」

「どうやって見つけるの？」リサの疑問も当然だった。

「お金に困っている殿方を探すのよ」シュゼットは大まじめに答えた。「広大な地所はあるけど、維持費を捻出するのに四苦八苦している殿方を見つけて、持参金の四分の一はわたしが自由に使えて、自分の好きに暮らしていいとはっきり記した契約を交わすの」

「契約？」馬車が音をたてて動きだしたので、リサはしばらく窓の外を眺めていた。シュゼットに視線を戻し、疑わしげに尋ねる。「そんなこと、できるのかしら？」

「ふたりの思惑が一致すれば、できるんじゃない？」そう答えたものの、我ながら自信のなさそうな声にうんざりした。ただ、はっきりしていることがひとつだけある。その条件にぴったりの相手を見つけないかぎり、未来はないのだ。

1

「どうしてこんなに時間がかかるんだ？」

いらだちを隠そうともしない友人の言葉に、ダニエル・ウッドローは眉をつりあげた。リチャード・フェアグレイブ・ラドノー伯爵が、内心の思いをあらわにするとはめずらしい。もっとも、いまの状況そのものが想像を絶する事態だった。こんなことは小説でもそうそうないだろう。リチャードはこれから自分を殺した犯人と対決するのだ。

ダニエルの口もとに思わず皮肉な笑みが浮かんだ。自分を殺した犯人というのは正確な表現ではない。一年前の自宅の火事で、リチャードよりわずか数分遅れで誕生した双子の弟ジョージ・フェアグレイブは、不慮の死を遂げたと信じられている。だが、実際にはジョージは死んでいなかった。死ぬところだったのは兄リチャードのほうで、その火事自体、ジョージが兄になりかわって爵位と財産を手に入れようと仕組んだ放火だった。そしてリチャードは殺されかけたものの、そのままアメリカに連れていかれた。新大陸に着いたころには、飢えと疲労で半死半生のうえに無一文だったが、なんとか生きてはいた。そこを親切な農夫に助けられ、その看病のかいあって徐々に体力を快復したリチャードは、英国に戻って弟のジョージに奪われたすべてをとりもどしたいとダニエルに手紙を寄こしたのだ。

リチャードが自分を選んだのは、ラドノー伯爵になりすましている人物の正体を暴きたいから協力してくれとほかの友人たちに頼んだところで、だれひとり本気にはしないと考えたからだろう。たいていの者はやぶからぼうにそんな手紙を受けとっても、どう対処したものか途方に暮れるはずだ。しかしダニエルの場合はリチャードしか知らない秘密があり、その事実に触れられていたのでリチャード本人からの手紙だと確信できた。そこですぐさま船を予約し、アメリカに向かったのだった。

「まったく、この渋滞はいったいなんなんだ？」リチャードがまたしてもじれったそうにつぶやいた。いまにも馬車から飛びおり、歩きだしそうな剣幕だ。

「ランドン公の舞踏会は社交シーズンの幕開けだから、だれもがこぞって参加する。馬車の行列が長くなるのも仕方ないさ」状況がはっきりすればすこしは落ち着くかと、窓から身を乗りだして馬車の数を数え、安堵《あんど》のため息をついた。「あと二台。もうすこしの辛抱だ」

リチャードはその知らせにも、うなり声をあげただけだった。ほっとするどころかますます険しい顔でつぶやく。「あいつがすべてを白状する前に、ぼくが殺しそうになったりしたら、なんとしても止めてくれよ」

「任せておけ」ダニエルはまじめにうなずいた。弟ジョージの姿が目に入った瞬間、リチャードが殴りたい衝動に駆られるのは確実だ。事実、ジョージはそうされて当然ともいえる。だがすべての罪を洗いざらい白状させ、リチャードが爵位などを確実にとりもどすまでは、殺してしまうわけにはいかない。だからこそ、社交界の主だったメンバーが出席する舞踏会で決着をつけるという方法を選んだのだった。ジョージの前にいきなり現われて不意を突き、できるかぎり大勢の目の前で罪を認めさせるつもりだった。さいわい、舞踏会にはぎりぎりまにあった。ふたりを乗せた船は今朝英国に入港したばかりで、それから急いで舞踏会用の服を用意したのだ。

「やっと着いたか」

リチャードの絞りだすような声にはっと我に返ると、馬車はランドン公邸の前でとまろうとしていた。リチャードは馬車が停止したかしないかのうちに、召使が扉を開けるのも待たずに外に飛びだした。ダニエルも続いて馬車を降り、リチャードが無視した召使に謝罪のかわりにうなずくと、慌てて友のあとを追った。

邸内には、自分たちの到着が場内に告げられるのを待つ列ができていた。当然リチャードは列など目もくれず、その脇を通って舞踏会場の入り口につかつかと向かった。リチャードにしてみれば、名前を呼びあげられては都合が悪いのだ。この一年というもの、まんまとリチャードになりすましていたジョージに聞かれたら、不意打ちの意味がなくなってしまう。それに兄リチャードがいまも生きていて、ジョージの卑劣な野望は夢と消えたことを思い知らせてやるには、目の前にいきなり姿を見せることが肝要だった。だが、堂々と列を無視したリチャードの態度に、並んでいる人びとのあいだでざわめきが起こった。また来客の名を告げる役目の召使は、急ぎ足で脇を通りすぎたふたりに驚き、どう対応したものかと目を白黒させている。それでもふたりは歩調を緩めず、短い階段を小走りで駆けおりると会場の入り口で立ち止まり、ラドノー伯爵の名をかたっているジョージ・兄殺し《カイン》・フェアグレイブの姿を捜した。

「ランドン公の舞踏会はいつも盛況ですが、今年はまた一段とすばらしいですね」

シュゼットはダンスの相手に無理やり視線を戻し、なんとか笑みを浮かべてうなずいた。しかし相手の口臭に耐えられず、すぐにまた顔をそむける。まったく今夜の舞踏会はがっかりもいいところだった。いまごろになってようやく、どうやら自分ははなはだしい勘違いをしていたらしいとわかってきた。シュゼットはかなり都合のいい夢を思い描いていたのだ。クリスティアナとリサに任せておけば、容姿も家柄も理想的で、経済的に困窮している点以外はどこをとっても申し分ない結婚相手を、何人も探しだしてくれるものと思っていた。そしてそういう殿方がこぞって自分の手をとり、シュゼット自身と莫大な持参金の魅力の前にひれふし、持参金の一部を自由に使う権利と束縛されない結婚生活を保証してくれるだろうと信じていたのだ。

だがそんな甘いものではなかったようだ。まず第一に、社交界では女性のほうから男性に声をかけることは許されない。女性は声をかけられるのを待っていなければならないのだ。男性は知人を介して目当ての女性に紹介してもらい、カドリール、あるいは自分の踊りたいダンスを申しこむ。いっぽうの女性は男性の名前をダンスカードに書きこみ、カードに記された順番にひとりずつ踊っていく。もちろん、こうした手順に従わないことは許されない。シュゼットはダンスの申しこみをすべて承諾し、相手の名前を書きこんだカードをクリスティアナとリサに手渡した。踊っているあいだに情報を集めてもらうためだ。順番が来て相手が近づいてくると、シュゼットはクリスティアナとリサにすばやく目をやる。爵位と地所、もしくはそのどちらかを有しており、しかも資金に窮している理想的な人物である場合、ふたりが目配せで伝える手はずになっていた。

これまでのところ、おおむね計画どおりにことは運んでいた。シュゼットのダンスカードにはびっしりと殿方の名前が書きこまれていたし、とにかくひと晩じゅう踊っていればいいのだ。だが残念なことに、シュゼットと踊りたがる眉目秀麗な青年なら数えきれないほどいたが、裕福な妻をいますぐ必要とする者はほとんどいなかった。そうした事情を抱えているのは外見や家柄もぱっとしない殿方ばかりだったし、お世辞にも若いとはいえない者もいた。

リサが金持ちの花嫁候補を探しているというサインを寄こした最初の相手は、なんと父親よりも年上で、そのうえ血色の悪い丸顔の男だった。ダンスのあいだずっとシュゼットの胸をちらちらと見ながら、持病の痛風についてこぼしていた。二番目の相手はもうすこし若かったが、背は高いもののぞっとするほど痩せていて、まるで競売にかけられた馬を検分するように歯を見せろといいだす始末だった。そのうえ、さすがに口にはしなかったが、夫探しに必死なのだろうと軽視していることを隠そうともしなかった。三番目の相手はたしかに若かったが、今度はあまりにも若すぎた。本人はもっと上だと自称していたが、十六歳を過ぎているのかどうかも怪しいものだった。顔はニキビだらけだし、ダンスの前後に話をしているあいだ、ずっとニキビをつぶしているのもうんざりだった。とはいえ、口ごもりながらダンスを申しこんだ以外は、それほどおしゃべりしたわけではないのが救いだった。

いまの相手はウィルスロップ卿だ。年齢は父親よりもいくらか若いくらいで、立派なかぎ鼻になにか持病があるらしく、踊っているあいだもずっと鼻をふんふんいわせている。そのうえ、口臭がすさまじいくせに、信じられないほどに気取り屋だった。

シュゼットはこんな計画がうまくいくわけはないと絶望的な気分になっていた。これまでに出逢《であ》った殿方と結ばれるくらいならば、マディソン家が破産して醜聞まみれになるほうがよっぽどましだった。とはいえ、真剣にその可能性を考えたわけではない。なんとか結婚にこぎつけて自由に持参金を使えるようにしなければ、醜聞にまみれるのはシュゼットひとりではないのだ。父親はある意味自業自得といえなくもないが、妹のリサはもちろん、結婚しているとはいえクリスティアナも無傷ではいられないだろう。そんな事態だけは、なんとしても阻止しなければならない。

そこまで考えてつい険しい顔になったところで、ようやくダンスが終わったのでほっとした。本音をいえば礼儀など忘れて、口臭が届かない場所まで走って逃げたいところだった。だが必死で我慢して、ダンスの礼をいうウィルスロップ卿に堅苦しく会釈し、そのまま歩みさっていくに任せることにした。

「つぎのダンスをお約束しております」

ウィルスロップ卿と一緒にダンスフロアの端に出ると、そう声をかけてきた殿方がいた。

「おや、ダンヴァーズ卿か」ウィルスロップ卿はそうあいさつし、シュゼットに会釈して人混みのなかに姿を消した。シュゼットはその後ろ姿を眺めていたが、気をとりなおしてつぎの相手に意識を向けた。ダンスを申しこまれたのはなんとなく覚えていた。ざっと観察したかぎりでは、目立つ欠点はないようだ。可もなく不可もなくといった容姿だが、いまのように笑っているとなかなか魅力的だった。年齢は五歳から十歳ほど上で、鼻をふんふんいわせてもいなければ、いやらしい目つきで胸を見たりもしないし、ニキビをぼりぼり搔《か》いたりもしない。それどころか、つるりときれいな肌をしていた。ということは、どうせ急いで結婚をする必要はないのだろうと暗い気分になりながら、リサの姿を捜した。見つけると、どんな情報が手に入ったかと片方の眉をあげて尋ねた。地所も爵位もあり、なんと経済的に困っているとの合図に、もう片方の眉も跳ねあがった。

シュゼットは急いでとびきりの笑みを浮かべ、ダンヴァーズ卿に顔を戻した。だがその瞬間、ダンスフロアの隅に人びとをかきわけてディッキーが現われたので、あんぐりと口を開けてしまった。年配のご婦人にかこまれ、たわいないおしゃべりのふりをしてシュゼットの結婚相手候補の情報を集めているクリスティアナに向かってまっすぐ歩いていく。

「まさか、ありえないわ」今夜出かけるときはまちがいなく死んでいたはずの姿を目にして、思わずつぶやいた。

「どうしました？　なにかお困りのことでも？」ダンヴァーズ卿が尋ねた。

ディッキーがぴんぴんしているという驚愕《きょうがく》の事実の前には、いま自分がなにをしているのかもきれいに吹き飛んでしまった。すぐに思いだしはしたが、かぶりを振っただけでなんの説明もせず、急いでリサの横に飛んでいった。

実は、今朝クリスティアナを訪ねたところ、ディッキーにあやうく追いかえされそうになり、シュゼットとリサは悪い予感があたったことを知らされたのだ。この一年、クリスティアナはひどい仕打ちに耐えていたらしい。そのうえ、社交界デビューを頼みに行くと、どういうわけかディッキーは急死していた。しかし、喪に服していては結婚相手を探せないので、数日のあいだ死体を隠すことにして、こうして舞踏会に出かけてきたのだ。

「いったいどうしたの？」問答無用で腕をつかんでクリスティアナのほうに引きずっていくと、リサが驚いたようにたしなめた。「ダンヴァーズさんは、いまのところ最有力候補なのよ。それに――」クリスティアナが喉を絞められたような妙な声をあげたのが聞こえた。リサはなにごとかと口をつぐみ、クリスティアナがなにに驚いたのかを理解したようだ。その声が聞こえたかのようにディッキーがこちらに向かってきたので、リサは恐怖のあまり息も絶え絶えの様子でつぶやいた。「たしかに死んでたのに」そして姉に顔を向けた。「本当は死んでいなかったのね、クリスティアナ。あんなに氷漬けにしちゃったけど」

「氷のせいで、また心臓が動きだしたのよ！」シュゼットは怒りのあまり、ほかのふたりよりも我に返るのが早かった。ディッキーを睨《にら》みつけ、万感の思いをこめて吐きすてた。「本当に残念！」

そのひと言に驚いた様子のディッキーを見て、クリスティアナの顔色が変わった。

「シュゼット！」その続きをまわりに聞こえないようにしたいのか、慌ててこちらに近づいてささやいた。「ねえ、ちょっと外に出てみない？　リサはいまにも倒れそうだし、シュゼット、あなたも頭を冷やしたほうがいいわ。ダンスしすぎて、どうかしちゃったのよ」

シュゼットは鼻を鳴らし、まちがってものぼせるようなダンスではなかったといってやろうとしたら、いきなり腕をとられた。「失礼」という声も聞こえる。

驚いてあたりを見まわすと、いつのまにかリサとのあいだにひとりの男性が立っていて、聞き分けのない子どもにするようにふたりの腕をがっちりとつかんでいた。そのうえ、そのまま遠くに引っぱっていく。「お嬢さんがたを外にお連れするから、おふたりで話をどうぞ」

シュゼットは慌てて手を振りほどこうとしたが、びくともしない。ふたりを無理やり引きずっていきながら、その男性は振りかえってディッキーに声をかけた。「ふたりきりになれる場所で、ゆっくりと話したほうがよさそうだな」

ディッキーもクリスティアナの手をとって、反対のほうへと歩いていった。シュゼットは自分たちをぐいぐいと引きずっていく男性を睨みつけた。手を離してちょうだいとぴしゃりといってやろうとしたが、慌てて開いた口を閉じてしまった。落ち着いて見ると、ほれぼれするほどハンサムだったのだ。見上げるほどの長身で、焦げ茶の髪は毛先がカールしている。がっしりと男らしいあご、まっすぐ伸びた鼻、そしてその目ときたら……なにかをいいたげにこちらをまっすぐに見た瞳は、雨上がりにきらきらと輝く若葉でも負けそうな、それはそれは美しい緑色だった。こんなにすてきな殿方に会ったのは初めてだ。だが、このままではフランス窓から外に出てしまうとようやく気づいた。

シュゼットははっと我に返り、改めて睨みつけながらさっきの口調を真似《まね》してみた。「だれもいない場所で、好きなことをなさるおつもりかしら。どこのどなたか存じませんが、その場合、あなたの足を踏んづけたところで罰はあたりませんわよね」

「ダニエル・ウッドロー卿です」ダニエルはおもしろがっているような顔で名乗った。

シュゼットは馬鹿にされたような気がして、なんとしても足を踏んづけてやると決心した。そのときダニエルが急に立ち止まり、姉妹も慌てて足を止めた。いまこそ踏んづけるチャンスと思ったが、「つぎのダンスのお相手をお願いしています」という声が聞こえた。

シュゼットは相手の顔を見て目を丸くした。そこにはプラチナブロンドの美青年が立っていたのだ。ダンスを申しこまれた覚えはないし、こんな相手だったら忘れるはずがない。この曲はダンヴァーズ卿と約束しているとはいえ、このチャンスを利用して、ダニエル・ウッドロー卿とかいう失礼な男性から逃げだしてしまいたかった。問題は、こんな場所までふたりを引きずってきた無頼漢の手にリサをあずけるわけにはいかないことだ。ここは泣く泣く勘違いですとお断わりしようとしたら、かわいらしく頬を染めたリサが口を開いた。「ええ、覚えております。ですが、姉をひとりにするわけにもいきませんので――」

「ご心配なく」ダニエルがのんきな顔でリサの言葉を遮った。「お姉上のお相手はおれが務めましょう。どうぞ、ダンスにお行きなさい」

「でも……」リサは困ったような顔でシュゼットを見つめたが、プラチナブロンドの青年はさっさとリサの手をとってダンスフロアに向かった。

シュゼットは内心ため息をつきながら、妹に手を振った。なにもふたり揃《そろ》って庭に連れていかれ、不愉快な思いをする必要などない。それに、これでリサの心配をすることもなく、ひとりで身軽に動けるのでかえって好都合だった。本心からそう思っているのに、若いふたりを見送りながらちくりと嫉妬が胸を刺す。だれもがうらやむような涼しげな目をした好青年だったが、高価そうな服を見るかぎりでは、シュゼットが求める条件を満たしているとは思えなかった。愚かな父親のせいで破産の危機にある一家を救うため、自分は好きに相手を選ぶわけにはいかないが、リサならば愛する相手と結ばれることができるのだ。うらやましいのはその点だとわかっていた。自分は家族の犠牲になるのにという思いが消えないが、そもそも人生とは不公平なものだと自分にいいきかせる。

またダニエルに手を引かれたせいで、はっと物思いから冷めた。そんな感傷にひたっている場合ではなかった。

「見も知らぬ殿方とふたりで、屋外に出るわけにはいきませんわ」松明《たいまつ》の明かりしかないバルコニーに連れていかれそうなので、怖い顔で睨みつけた。「どなたかにご紹介いただいたわけでもありませんし」


ダニエルはしっかりと腕をとっている女性を見下ろした。どうやらリチャードになりすましていたジョージが結婚した相手の妹らしい。それにしても結婚の事実を知ったときには、自分もリチャードも文字どおり仰天してしまった。ジョージを捜しているときにばったり舞踏会の主催者ランドン公に会ったら、夫は体調が芳しくないので来られないとラドノー伯爵夫人から聞いているといわれたのだ。

ラドノー伯爵夫人？

まさか、そんな事態になっているとは想像もしていなかった。ランドン公がほかの招待客にあいさつにまわる前に、その場で伯爵夫人がだれかを教えてくれたので、リチャードはまっすぐにその小柄な金髪女性のもとへ向かった。伯爵夫人はまわりの女性からクリスティアナと呼ばれていた。そしてリチャードとほぼ同時に、クリスティアナの妹たちも集まってきた。いまダンスに向かったのが一番若い金髪のリサで、ジョージことディッキーが生き返ったことに辛辣な言葉を投げつけたのが、いま隣にいる、姉妹のなかで一番気が強いとおぼしきシュゼットだった。

ダニエルは隣に立つ女性をじっくりと観察した。シュゼットという名前を改めて脳裏に刻みこむ。かわいらしい顔だちにぴったりの名前だった。こんなにいきりたっていなければ、かなりの美人ではないかという気がする。だがどういうわけか、かんかんに怒っているところが気に入った。社交界にデビューしたばかりの若い女性ならば、なにか腹立たしいことがあったとしても、扇でぱたぱた仰いで気を紛らわせ、無理やり笑みを浮かべるのが常識だった。ところがシュゼットときたら、自分の感情をそのままあらわにしている。そんな女性に出逢ったのは初めてだった。

「では、自己紹介しましょう」ダニエルはバルコニーに出ると階段を降り、そのまま庭を歩きだした。リチャードとクリスティアナをふたりきりにすればジョージの情報が手に入りやすいだろうと、最初は妹たちを引き離すのが目的だった。しかしどうせならば、リチャードのためにできるだけのことを探ってやろうと気が変わった。どうやら考えていたよりも、さらに複雑な事情が隠されているようなのだ。三姉妹は舞踏会に現われたのは当然ディッキーだと思いこんでいるはずだが、全員が本当に真っ青になって、死んでいたのにと何度も口にしていた。ディッキー、つまりはジョージが死んだだと？　まさかとは思うが、万が一ジョージが本当に死んでしまったのなら、計画を根本から変更する必要があった。

「紹介を通さずに自分で名乗るなんて、とても淑女にふさわしいとはいえませんわね」シュゼットはまた腕を振りはらおうとした。

「おっしゃるとおりです」ダニエルは深く考えもせずに答え、木立のなかの小径《こみち》に突きすすんだ。「だが、きみはとりすました淑女ではなさそうだから、自己紹介でも許してくださるかと」

それを聞いた瞬間、シュゼットはてこでも動かなくなった。ダニエルが力ずくで引っぱってもびくともしない。これ以上力を入れると、ただの袋かなにかのようにずるずると引きずる羽目になりそうだ。

仕方なくダニエルも足を止め、どうしたのかと眉を上げた。

「なんておっしゃいました？」シュゼットは凍りつきそうな声で尋ねた。

なんと答えたものか悩んだが、正直に説明することにした。「その、場合によっては、融通を利かせてくださるのではないかと思ったんです。とりすました淑女ならば、リチャードに向かってさっきのようなことはおっしゃらないかと」

シュゼットはいまにもこちらを殺しかねない目で睨みつけていたが、いやいやという顔で口を開いた。「ディッキーはあのくらいいわれて当然だもの。本当に最低の男よ。クリスティアナにもそれはひどい仕打ちばかりしていたそうじゃないの」ダニエルの胸に指を突きつけた。「あんな男の友人だなんて、心底から恥じいるべきだわ」

胸を刺しかねない勢いで突きつけられた指をつかむことも考えたが、かわりに本音で答えた。「きみの義兄は友人なんかじゃない」言葉の意味を相手が理解するのを待って、念のためにつけ加えた。「正直な話、いますぐ撃ち殺してやりたいくらい、性根が腐った男だと思っている」

「本気でいってるの？」シュゼットが疑わしそうな目でこちらを見ている。

「もちろんだ」ダニエルはきっぱりと答えた。ジョージはまさにそれに値する。いつごろかは不明だが、リチャードの名をかたってクリスティアナと法的には無効な結婚をし、なにも知らない女性に罪深き生活を送らせた。すべてが明らかになれば、クリスティアナはもちろん、妹のシュゼットやリサもまた醜聞の嵐に巻きこまれ、一生その汚名を背負って生きていくしかないだろう。

それはリチャードもおなじことだった。そのうえ、すべての元凶であるジョージが死んでしまったのかもしれないのだ。それが事実であれば、リチャードがもとの自分に戻るのは、さらに難しくなったといえる。ジョージに衆人の前で自白させることで、リチャードこそが本物のラドノー伯爵だと証明するつもりだったのだ。ジョージの言葉なしでは、クリスティアナはリチャードこそが火事で死んだと思われている弟のジョージで、本物のリチャードが死んだのをいいことにすべてを手に入れようと画策していると考えるだろうし、ほとんどの人はそれを信じるだろう。クリスティアナ本人だってそれ以外の可能性など想像もできないはずだ。リチャードの言葉が真実ならば、どうして伯爵が死ぬ前に名乗りでなかったのかとだれもが疑問に思い、素直に耳を傾けてくれるわけがない。厄介なことになってしまった。

「それなら、どうしてディッキーを助けてあげてるの？」まだ疑わしげなシュゼットの声に、はっと我に返った。

「べつにジョー……その、ディッキーを助けているつもりは……」訂正しようとしてあることを思いつき、そのまま考えこんでしまった。ジョージは姉妹からディッキーと呼ばれている。リチャードはそのあだ名が嫌いだったから、おそらくはジョージ本人がそう呼ばせているのだろう。以前はリチャードをディッキーと呼ぶのはジョージだけだったし、それに固執したのもリチャードがいやがるからというだけだった。こうしてリチャードが戻ってきてもだれもが本人だと疑っていない様子だし、ジョージが本当に死んでくれたのなら、このままなにごともなかったようにもとの生活に戻るのが一番簡単な方法かもしれない。もちろん、まちがいなくジョージが死んでいることは、きちんと確認する必要がある。その場合は、リチャードもクリスティアナとの結婚を続けることが条件となるが、どう考えても……。

「じゃあ、どういうつもりなの？」シュゼットはそわそわと尋ねた。その続きが知りたくて仕方ないという顔だ。

とりあえずあとでゆっくり考えることにして、シュゼットに顔を向けた。「いや、たまたま耳にしてしまったことを、あまり大勢に聞かれないほうがいいだろうと思ったものでね。どうやらおおやけになったら、醜聞はまぬがれないようだから」淡々と答え、慎重に言葉を選びながら尋ねた。「きみたち姉妹の会話が聞こえたのだが、ディッキーが死んでいて、氷漬けにしたっていうのは本当かい？」

シュゼットはうんざりという顔でため息をついた。「そのとおりよ。だけど残念ながら早とちりだったみたい。あんなにぴんぴんしているんだから」かぶりを振って、理解できないという顔でつけ加えた。「でも、絶対に死んでたのはまちがいないの」

「ただ、意識を失っていただけじゃないのか？」

「息をしてなかったのよ」ぴしゃりと答え、口を尖《とが》らした。「というか、そうとしか見えなかった。それにまわりに氷を並べたときには、もう身体が冷たくなりはじめていたんだから。だけどそれも、氷のせいでわたしの手が冷たかったから勘違いしたのね」

ダニエルはひとつ咳《せき》をして、おそるおそる尋ねた。「死んでいるようにしか見えなくなって、どのくらいの時間がたった？　しばらく前から具合が悪かったのか？」

シュゼットはしかめ面になった。時間をかけて真剣に考えているようだ。「朝、わたししたちがマッチでも売りに来たように追いかえそうとしたときは、元気そのものだったわ。そう、殺しても死なないって感じ」

「マッチ売りの少女じゃあるまいし、きみたちを追いかえそうとした?」どういうことかと興味を惹《ひ》かれた。

「そうよ。クリスティアナに大切な相談があったの……まあ、家族のことなんだけど。なのに執事はわたしたちを玄関ホールに立たせたままディッキーにとりつぎに行くし、ディッキーなんてクリスティアナにも会わせまいとしたのよ」自分の言葉に怒りを募らせた様子で続けた。「さいわい、そこにクリスティアナが来てくれて、なんとかなかに入れてくれたってわけ」そのときの屈辱を思いだしたのか、唇をきゅっと引きむすんだ。「そうしたらあの最低男ったら、わたしたちを客間で待たせて、クリスティアナとのんびり朝食をとったのよ。たぶん、約束もしていないのに、突然訪ねたせいだと思うの。あのろくでなしは、そういうどうでもいいことに口やかましいのよね」と吐きすてた。

ダニエルは淑女らしくもない言葉遣いに驚いた。普通、女性は水兵のような悪い言葉は使わないものだ。少なくとも、ダニエルの知っている淑女たちはそうだった。とにかく、シュゼットには驚かされてばかりだ。

シュゼットは重いため息をつき、続けた。「それで、ようやくクリスティアナを解放してくれたんだけど、なぜか客間まで一緒にくっついてきたわけ。当然、わたしたちとしては、父の話をあんな奴《やつ》の前でしたくなかったし」

「お父上がどうかなさったのか？」ダニエルは優しく尋ねた。

シュゼットの表情が瞬時に消え、なにも聞こえなかったような顔で続けた。「だから、わざとどうでもいい噂話《うわさばなし》を延々としてやったの。案の定、ディッキーはうんざりしたみたいで、さっさと逃げだしたわ。それからクリスティアナにすべて説明したの」

「すべてとは？」

しかし、シュゼットはぐらかされたことでかえって興味が湧き、もう一度訊いた。

シュゼットはどうしても話題にしたくない様子で、今度はまっすぐにダニエルの目を見て答えた。「申し訳ないけど、その話はやめてもらえる？　わたしと結婚する殿方以外には説明したくないの」

「もう婚約を？」ダニエルは慌てて尋ねたが、内心ではどういうわけか落胆していた。

「いいえ」シュゼットは突拍子もないことを思いついたような表情になった。「でも、一日でも早く相手を見つけないといけないの。だからクリスティアナに頼んで、こうして舞踏会に連れてきてもらったのよ」

「なるほど」ダニエルはがっくりと肩を落とした。詳しい事情はわからないものの、シュゼットは早急に結婚する必要があるようだ。おそらくは、九カ月かそこらで明らかになるような理由だろう。そう思いついたとたん、彼女のことがそれほど魅力的ではなくなった気がした。

「とにかく、クリスティアナだって賛成してくれたの。そもそもクリスティアナが結婚したのだって、去年父が大失敗したせいだから、すぐにわかってくれたわ」

ダニエルは自分の早とちりだと判明してほっとしたが、事情はますます理解できなくなった。父親がどんな大失敗をしたら、娘が一刻も早く結婚しなくてはならなくなるのだろう。少なくとも、望まぬ妊娠ではなさそうだ。もしかしたら、シュゼットがどんな女性か、大きな勘違いをしているのかもしれない。

「それで、わたしたちを社交界デビューさせることを、クリスティアナがディッキーに報告に行ったの。そうしたら、執務室であの人でなしが死んでたってわけ」

シュゼットの辛辣な口調に度肝を抜かれた。ジョージの死を悼む響きなどかけらもなく、迷惑をこうむったことに対するいらだちしか感じられない。とはいえ、ジョージは相手に優しい気持ちを呼び起こす人間ではなかったのも事実だ。ダニエルはひとつ咳払いをし、気をとりなおして尋ねた。「転んで頭を打ったとか、あるいは――」

「ううん、椅子に座ったまま死んでたのよ」怒りを新たにしている様子で、いやな顔でつけ加えた。「あれ、絶対にお酒の飲みすぎね。最初は心臓発作じゃないかと思ったんだけど。グラスとデカンターが置いてあったから、あまり健康には気を使ってなかったみたい。だって、朝のうちからそんなに強いお酒なんて飲むものかしら?」

ダニエルは返事のしようがなくて、かぶりを振った。ジョージの死については、単に計画の邪魔をされて迷惑としか思ってないようだ。気をとりなおして、質問を再開した。「死んでいたのはたしかなのか？」

シュゼットの顔には《なに馬鹿なことといってるの》とはっきり書いてあった。「死んでるわけないじゃない。あんなに元気で、舞踏会にも来てるくらいなんだから」そこで、ぶんぶんと首を振り、かろうじて聞こえる声でささやいた。「でも、まだ信じられない……椅子から落っこちて床に頭をぶつけても、わたしが手を滑らせて、かたい木の床にぶつかってすごい音がしても……そうそう、じゅうたんに巻いて二階に運ぼうとしたときだって、うっかり床に転がりでちゃったけど、それでも――」

「ほう」ダニエルは口に手をあてて咳をするふりをして、なんとか笑いを嚙みころした。

「どういうわけで、じゅうたんに巻いて運ぶことになったのかな？」

「そんなこともわからないの？」シュゼットは眉をひそめている。「死体をだれかに見られるわけにはいかないでしょう？」

「どうして？」まだ理解できなかった。

シュゼットはいらだたしそうに舌打ちした。「あたりまえじゃない。だって、死んだことがばれちゃったら、喪に服さないといけないでしょ。そんなことしてたら、どうやって結婚相手を見つければいいの？」

「なるほど」ようやく理解できた。それに事情もかなりはっきりした。そんな扱いを受けても文句ひとついわないのであれば、ジョージが死んでいることはまずまちがいないだろう。

「もちろん、クリスティアナはきちんとお医者さまを呼んで、死亡届も出したかったみたいだけど、わたしはたった二週間で結婚相手を見つける必要があるから、諦めてもらったの。結婚しないと持参金に手をつけられないのよ」

「そういうことだったのか」風変わりに思えたシュゼットも、結局は資産家の相手を探しているのかと、内心ダニエルはがっかりしていた。

「だからディッキーをベッドに寝かせて、氷漬けにして、召使には具合が悪くて臥《ふ》せってるといっておいたの。それでふた晩で未来の旦那さまを見つける計画だったんだけど」唇を歪《ゆが》めて、吐きすてた。「まさか生きているとはね。もう、せっかくの計画が台無しよ。ディッキーのことだから、舞踏会に行くのだって邪魔するだろうし、そうなったら相手を探すどころじゃないわ。人の心がかけらでも残っているのなら、そのまま死んでいてほしかったわね」

「とはいえ、意識を失っていただけのようだし」ダニエルは低くつぶやいた。いまではジョージは死んだと確信していた。これで問題はかなり単純になったといえる。リチャードがクリスティアナとの結婚を続けるつもりがあるのなら、だが。しかし考えれば考えるほど、それが最善の策だった。そしてシュゼットが金持ちの結婚相手を探している事情については無関係なので、あまり詮索しないことにした。どのみちジョージの仕業が明るみに出れば、あの三姉妹はなんの罪もないのに醜聞に巻きこまれてしまうのだ。

「意識を失っていただけね」うんざりという口調だった。「まあ、それとお酒を飲んでいたことだけはまちがいないわ」足を踏みならし、唇を尖らして続けた。「どうしてそのまんま死んでいてくれなかったのかしら。こんなふうに生き返るとわかっていたら、わたしがこの手で首を絞めて殺してやったのに」

ダニエルは目を丸くしてシュゼットを見つめた。金持ちを探していることと、すぐに人を殺そうとする傾向はともかくとして、正直で手練手管を弄することがないのが新鮮だった。しかし、このままでは社交界で通用しないだろう。まさに生きたまま食われてしまう。あの手この手の言い訳やごまかしで武装するのが常識なのに、どちらにもまったく才能がなさそうだ。

シュゼットは大きなため息をつき、身を乗りだした。「とにかく、できれば今夜のうちに相手を見つけたいの。そうしないと絶対にディッキーに邪魔されるから」

ダニエルが眉をつりあげると、シュゼットはまじまじとこちらを見つめた。

「あなた、なかなかハンサムね」なにかを考えている顔だ。

ダニエルは目を白黒させ、なんとか声を絞りだした。「ああ、それは、どうも」

「結構、頭もよさそうだし」首を傾《かし》げて、食いいるように見ている。

「まあ、なんとか」消えいるような声で答えた。

「あまり年寄りでもないし。けれど、なにより……」ダニエルとしては、なにをいいだしたのかさっぱり理解できなかった。「あなた、お金持ち？」

歯に衣《きぬ》着せぬ直裁な質問に、どう答えたものか途方に暮れた。社交界に通じた淑女であれば、もうすこしまわりくどい尋ね方をするだろう。それどころか、直接訊かないほうが圧倒的に多いはずだ。ウッドロー家は裕福だと思われているが、昔はお寒いかぎりの実情を悟られないよう母親が苦労していた時期もあった。先祖代々の家宝をこっそりと売りはらっては借金の返済にあて、なんとか体面を保っていたのだ。

母親はダニエルが結婚適齢期になると、裕福な家の令嬢と結びつけようと必死になった。ダニエルとしてもそれに従うのはやぶさかではなく、ある晩、いささか酒を飲みすぎていたのもあって、親友のリチャードにすべてをうちあけたことがあった。しかしそれを聞いてもリチャードはまったく驚かなかった。ダニエルが想像もしなかったことだが、母親の努力は報われるどころか、リチャードは長年友の経済状態を心配していたらしい。ダニエルがいつもおなじ服で、それを丁寧に扱っていること、客間もがらんとしていること、それ以外の部屋にもほとんど家具がないので通してもらえないことにも気づいていたようだ。

リチャードはそれを話題にして親友に恥をかかせるつもりはなかったが、ダニエルのほうから話題にするのは大歓迎だったようで、すぐさま妙案を考えてくれた。有望だと見込んでいる投資先を紹介してくれ、肝心の資金についてはリチャードが貸してくれたのだ。きちんと利子を払うことでぎりぎりダニエルのプライドも守られたので、親友の言葉に甘えることにした。おそらくリチャードはそこまで見越していたのだろう。そういうわけでふたりでそこに投資したところ大成功で、借金に利息をつけて返済しても、当初に借りた金額よりも多くが手もとに残った。そしてその金もリチャードが勧める先に投資した。

リチャードは手に触れるものすべてを黄金に変えたというギリシア神話のミダス王にそっくりで、鋭い目利きで有望な投資先を見つけては、それをダニエルにも教えてくれた。母親はダニエルが幼いころから、十年近くのあいだ必死で困窮していないふりを続けてきたわけだが、いまやウッドロー家は名実ともに本物の資産家となった。そしてこのことはふたりしか知らない秘密であり、その事実に触れてあったおかげで、リチャードからの手紙が本物だと確信できたのだ。

「それで、お金持ちなの？」

ダニエルは傍若無人な問いかけに顔をしかめた。正直に答えるならば、現在はリチャードのおかげで英国でも屈指の富豪に数えられるだろう。そして母親は裕福な家の令嬢と結婚してほしいと口うるさくいうことはなくなったが、それでも早く孫の顔を見たいと望んでいるのは知っている。だがダニエル本人は、結婚といえば口うるさい令嬢とその母親に追いかけまわされる印象しかなく、かつてのように貧乏だったら洟《はな》も引っかけないだろうとつい皮肉な目で眺めてしまうのもあって、もう心の底からうんざりしていた。自分は脚のあいだに金玉をぶら下げた飾りものの種馬ではないと主張したくなるのだ。だからシュゼットに興味は惹かれたものの、経済状態を探られたとたんにげんなりしてしまった。そこで、おなじ状況に置かれたまともな男だったら、おそらくだれもが選ぶだろう作戦に出た。うそをついたのだ。

「教会に巣くうねずみ並みに貧乏だよ」残念そうな表情で答えた。「それどころか、ねずみよりも貧乏かもしれない。去年、伯父からウッドロー家を継いだんだが、手元不如意であちこち必要な補修をおこなうこともできないんだ」

最後のひと言はあながちうそではなかった。一年前に父の長兄にあたる伯父から爵位と代々伝わる地所を相続したが、これがすべて放りなげてしまおうかと真剣に考えてしまうほど修繕が必要だったのだ。もちろんその費用ならあるとはいえ、去年一年は文字どおりそれにかかりきりだった。ジョージが焼死したと思われていた、つまりリチャードが殺されそうになった火事の直前に相続し、地所全体が惨憺《さんたん》たるありさまだったせいで、かつての偉容をとりもどすためにはどこから手をつけたものかと考えているうちに、ジョージの悲報が届いたのだ。そしてその知らせを聞いたときには、だれもがジョージのものと信じていた遺体は、すでにフェアグレイブ家の納骨堂に葬られていた。ダニエルはすぐさまロンドンのリチャードに悔やみ状を送り、なにか手助けが必要なときは声をかけてくれと書きしるしたが、それを受けとったのはジョージなので、当然返信はなかった。

それでもそのうちロンドンを訪ね、弟を亡くした親友をなぐさめたいと思っていたが、つぎからつぎに問題が発生し、それへの対処に追われているうちに、今度は母親が病に倒れ、危篤状態に陥ってしまった。さいわい大事《だいじ》には至らなかったが、その快復には時間がかかり、母親を置いてロンドンに向かっても大丈夫と思えるようになったときには、半年以上の時間がたっていた。ロンドンに到着したのは真夜中過ぎで、まっすぐリチャードを訪ねて様子を確認しようかとも思ったが、あまりに時間が遅いのと、長旅で自分も疲れきっていたため、翌日訪ねることにしてその日は寝《やす》んだ。ところが翌朝目覚めてみると、なんとアメリカにいるリチャードから手紙が届いたのだ。

当然、まずその手紙に目を通した。するとロンドンにいるのは兄の名前をかたっているジョージだと判明したので、屋敷を訪ねるのはとりやめにして、リチャード救出のためアメリカ行きの一等船室を予約したのだった。

「本当にそんなに貧乏なの？」

シュゼットの驚いたような表情に、どんな会話を交わしていたかを思いだした。さらに誇張してみる。「恥ずかしながらそうなんだ。実は今夜も裕福な結婚相手を探そうと思ってやってきたんだよ。ウッドローの地所の修復費用だけじゃなく、あれやこれやの支払いもあってね」わざとらしくため息をつく。「財産家のすてきなお嬢さんで、結婚相手を探している知り合いはいないだろうか」

「わたし！」

ダニエルはぽかんと口を開けた。シュゼットがこんなに嬉《うれ》しい知らせはないという顔で叫んだことにも驚いたが、クリスマスを迎えた子どものように興奮しているのも不思議だった。まさか、こんな反応が返ってくるとは想像もしていなかった。おそらくはしょんぼりと肩を落として会場に戻るか、まだしばらくは会話を続けるものの、心ここにあらずといったていだろうと思っていたのだ。裕福な結婚相手を見つけたいのであれば、いまの答えを聞いた瞬間、ダニエルは問題外の人間となるはずだ。それなのに、待ち望んでいた理想の相手が現われたといわんばかりだった。

「これでふたりとも、めでたく問題が解決ね」シュゼットはうきうきと続けた。「わたしは貧乏な殿方を探しているし、あなたはお金がある女性がいいんでしょう?」

「いや、おれは……」ダニエルは反論しようと口を開いたが、言葉は喉に詰まったまま出てこなかった。シュゼットが両手で彼の手をとって、これで話は決まりとばかりに力強く握りしめたのだ。正確に説明するならば、言葉を呑みこんだのは手を握られたからではない。シュゼットは感激のあまり、本人はまったく気づかぬまま、その手を自分の胸に押しつけているのだ。ダニエルはようやく情報を整理して、改めて冷静にと自分にいいきかせながら確認した。「きみは金持ちなのか?」

「そうなの。祖父のセフトン男爵が、わたしたち三姉妹の持参金として財産を遺してくれたの。だから、あなたが必要としている資金も用意できるのよ。安心して」

「セフトンだって？」名前を聞いてすぐに思いだした。セフトンの名を知らない者はいないだろう。ミダス王顔負けのリチャードですら、とてもかなわない凄腕《すごうで》の持ち主で、何十年も前に大富豪セフトン男爵の名を欲しいままにしていたものだ。国王よりも金持ちだともっぱらの噂だった。死去したときに、すでに亡くなっている娘の夫と孫娘に財産を遺したとの噂を耳にしたことがある。名前はなんだっただろうか。だが、片手をシュゼットの胸の谷間に挟まれたままでは、まともに頭が働かない。もっともシュゼットがぎゅっと握っているため、ダニエルの手が直接胸に触れているわけではないのだが、それでもその眺めはなかなか扇情的だった。シュゼットが手を離してくれたので、ようやく頭が回転するようになった。そうそう、名前を思いだした。「じゃあ、きみはマディソン家の？」

「そう。シュゼット・マディソンよ」驚いたことにその場で嬉しそうに踊りだした。なにがそんなに喜ばしいのか、まったく理解できない。「それで、姉がクリスティアナで、妹がリサなの」

ダニエルは冷静になって、聞かされた話を整理した。金に困っている夫を探しているようだが、そもそもその理由がわからないのだ。貧乏な男と結婚する理由といえば愛しかないだろうが、大多数の女性たちは愛に殉じることなどめったにない。社交界の面々にとっては、何不自由なく暮らすことがなによりも優先されるのだ。だから裕福な女性がそんな条件の夫を探す理由など——なにかよっぽど差し迫った事情があって、なんでもいいからいますぐ結婚してくれる相手が必要だとしか思えなかった。とすると最初に思いついた理由しかなさそうだ。

「お腹《なか》に赤ん坊がいるのか？」いまにも折れそうなウエストに目をやりながら、半信半疑で尋ねた。とはいえ、そうだとしたら赤ん坊の父親はどうしたのだという疑問は残る。

「なんですって？」シュゼットは目をむいた。だが気を悪くしたわけでもないようで、鼻を鳴らしてぐるりと目をまわした。「まさか、妊娠なんてしていないわ。わたしのこと、どんな女だと思ってるの？」

そう、なかなかいい質問だと内心でつぶやいた。なにしろどういう女性なのか皆目見当がつかないのだ。こんな女性に出逢ったのは初めてだった。この短い時間でも、今度はなにをいいだすかとはらはらするし、とにかく驚かされてばかりなのだ。「それならば、どうして金に困っている結婚相手を探しているんだ？　それに、できれば今夜のうちに見つけたいといっていたよな。予期せぬ妊娠以外に、そんなに急ぐ理由がわからないんだ」

シュゼットはため息をついた。嬉しそうな笑顔は影をひそめ、小さくうなずいた。「それとはべつの種類の醜聞を避けるためなの」

ダニエルが眉を上げると、気が進まないという顔でつぶやいた。「わたしと結婚してくれるなら、ちゃんと説明するんだけど」

ダニエルはもう片方の眉も上げたが、今度はシュゼットが気づかなかった。あたりを見まわし、すこし先の木の下にベンチを見つけると、ダニエルの手をとってそちらに急いだ。

「来て。きちんと説明するから」

2

「つまりね、わたしは早く結婚して、持参金で父の賭博の借金を返さなくてはいけないの。これが表沙汰になって、わたしたち全員が醜聞に巻きこまれる前に」シュゼットは手短に話を終えた。父親の失態の説明などできるだけさっさと終わらせたかったが、クリスティアナの様子を確認してほしいと、父親をロンドンに引っぱりだしたロバートの手紙のこともすべて説明した。シュゼットは唇を嚙んで、じっと考えこんでいるダニエルを見つめた。

事情をうちあけたことが原因で、ダニエルの気が変わりませんようにと必死に祈った。もちろん、きちんと説明しないわけにはいかないし、ダニエルには知る権利がある。とはいえ本音をいえば、できればこんな話などしたくはなかった。今夜会ったなかで唯一、結婚したいと思った相手なのだ。年のころはダニエルと変わらないダンヴァーズ卿もいたけれど、顔立ちは可もなく不可もなくで、すてきなダニエルとは比べものにもならなかった。全体的に見れば、それほどダニエルの条件がいいわけではないのだが、いままでは腕を引っぱられているわけでもないのに、どういうわけか惹きつけられるのだ。きっと唇のせいだろう。上唇に比べてふっくらした下唇。キスをされたらどんな感じなのかしら。

「どうしてきみだけがその役目を担うんだ？　リサだっておなじ条件だろう？」

「そうだけど」シュゼットは肩をすくめた。「わたしのほうがひとつお姉さんだから、わたしの番かなと」

「なるほど」ダニエルはしばらく黙っていた。「だから最初はクリスティアナがジョー……ディッキーと結婚して、お父上の借金を返済したというわけか？」

「あれはディッキーが払ってくれたの。そのあとクリスティアナと結婚して、持参金でお返ししたけど」

「それ以前から、お父上は賭博がお好きだったのか？」ダニエルは目を細めた。

シュゼットはため息をついた。「まさか。父は賭博なんて嫌いだもの」

「なのにまた手を出して、そしてまたしても娘のひとりを犠牲にしようとしているわけか」

シュゼットがうなずいたので、ダニエルは眉をひそめた。「それで、今回お父上を賭博場に連れていったのは、ジョー……ディッキーなんだな」

シュゼットは唇を歪めてうなずいた。あんな男、本当に死んでいてくれればよかったのに。あいつのせいで、こんなに慌てて結婚相手を探さなくてはいけなくなったんだから。

「最初のときも、奴が賭博場に連れていったのか？」

シュゼットは驚いて目を丸くした。「まさか」とっさにそう答えたものの、思わず顔をしかめた。「ううん、たぶんそうだと思う」

ダニエルは眉を上げた。「どっちなんだ？」

シュゼットは唇を噛んだ。「はっきりわからないの。ディッキーが訪ねてきたとき、たまたま屋根裏部屋で本を読んでいたことがあって、父との会話が聞こえてきちゃったのよ。屋根裏は屋敷じゅうに広がっているんだけど、そのときはどういうわけか父の執務室の声が聞こえる場所にいたわけ」

「本当にたまたま？」ダニエルがにやりとした。

顔が赤くなるのがわかった。「とにかく、ディッキーが父の借金の肩代わりをするかわりに、クリスティアナと結婚させてくれとお願いしてたの。あの夜の賭博に責任を感じてとか強調してた。どうして責任を感じるのかはよく覚えていないけど……自分が賭博場へ連れていったからかもしれないわね」

「ありえる話だな」ダニエルは思案顔でうなずいた。

シュゼットはなんとも落ち着かない気分で、思いきって尋ねた。「それで、結婚してくれる？」

ダニエルは驚いたような顔で急に立ちあがった。「そ、それは……」

「ふたりの問題がいっぺんに解決するじゃない」シュゼットは身を乗りだした。なんとかダニエルを説得したい。ウィルスロップ卿と結婚するのなんてまっぴらだし、今夜踊ったほかの男性ともいやだった。ダニエルもまだどういう人なのかよくわからないが、少なくとも魅力的なのはまちがいない。いまのところ、ニキビをぽりぽり掻いたりする変な癖もなかった。そもそも、掻くようなニキビがないのだ。いやらしい目でこちらをちらちら見たりもしないし、ひっきりなしに鼻をふんふんいわせたり、息がくさかったりすることもない。

そこまで考えたところでちょっと気になって、目立たないようにダニエルにすり寄り、口もとに鼻を近づけた。大丈夫、いやなにおいはしない。

「なにをしているんだ?」ダニエルは目を丸くしている。

「なんでもないの」すぐに身体を離した。「屋敷や地所を修繕するために、資産家の妻が必要なんでしょう? 財産ならあるわ。わたしは持参金の一部で父の借金返済を許してくれる夫が欲しいの……」そこで言葉に詰まった。唇を嚙んで考える。これを口にするのは冒険かもしれないが、いつかはきちんと伝えなくてはいけないのだ。「それに、人生を自由に生きることを認めてもらいたいの」

ダニエルは眉を上げた。「具体的にはどういう意味?」

「つまり」どう説明すればいいのかと頭をひねった。白状すれば、自分でもはっきりとわかっているわけではないのだ。ただ、性格の悪い夫にねちねちといじめられて、これからの四十年を惨めに暮らすようなことだけはごめんだった。ため息をつくと口を開いた。「メイドと好きな場所に旅行したり、あなたがロンドンにいても田舎に住んだり、あるいはその逆だったり。あなたのお供をするのがいやなときはということだけど……」

「わかった」ダニエルはあっさりと答えた。「でも、いつもふたりがすれちがいだとしたら、どうやって二世をつくるんだ？」

「あっ」シュゼットは真っ赤になった。「ときどき行き来すればいいんじゃない？　その、子づくりのために」

「子づくりのためにときどき行き来する？」ダニエルは信じられないという顔で聞きかえした。「それはまた、たいしたいいようだな」

冷ややかな声にシュゼットは眉をひそめた。リサから借りた小説に出てきた、めくるめくような情熱などまったく感じられない。天にも昇るほどの喜びなど想像もできなかった。なにしろキスされたことすらないのだ。もし、ダニエルのキスがいやだったらどうしよう。息がくさくないというだけで、さっき勇気を出して提案した子づくりのための逢瀬《おうせ》が楽しめるとはかぎらない。決めた。ぴしりと背筋を伸ばす。「ねえ、キスしてみない？」

ダニエルは目を丸くした。「なんだって？」

「うまくやっていけるかどうか、試してみるべきよ。ええと、そういうことを……」真っ赤になっているのがわかったが、大きく息を吸って続けた。「キスしてみて。そうすればわかるでしょ」

「お嬢さん」ダニエルはおもしろがっているのか、あきれているのかわからない表情を浮かべた。「そういうものは……」

「ねえ、お願いだから」じれったい思いで遮り、もう一度近づいて唇に自分の唇を押しつけた。慌てたせいかよろめいて、とっさにダニエルの上着につかまった。ふたりの唇がぶつかりあい、本で読んだとおり身体が熱くなるような興奮が押しよせてくるのを待ったが、残念ながらそんなことは起こらなかった。コーヒーカップに唇をつけたのと変わらない。がっかりして、ため息をつきながら座りなおした。「こういうことが苦手なのね」

「なんだって？　おれが苦手だ？」ダニエルは信じられないという顔をしている。「いいかい、お嬢さん。あんなものがキスだと思っているのなら……」

「お嬢さんなんて呼ぶのはやめて」ぴしゃりといいかえし、立ちあがった。どうにも気持ちがじりじりして、おとなしく座っていられなかった。「まるで父と一緒にいるみたい。そんな年寄りじゃないでしょ」

「そんな年寄りじゃない？　よせよ、まったく」ダニエルはもどかしそうに自分も立ちあがると、もったいぶって宣言した。「あんなのはキスとは呼べないさ」

「そんなにお上手なら、正しいキスの仕方を教えてよ」予想外の展開にどきどきしながらダニエルを睨みつけた。ディッキーの友だちではないと知ってほっとしたが、噂話の種にならないよう行動には気をつけている。だが、金持ちの花嫁を探していると知って希望がふくらんだ。まあ、キスにはがっかりだったが。

そのとき、ダニエルが突然ぎゅっと抱きすくめ、唇を重ねてきた。シュゼットは驚いて息を呑み、それ以上なにも考えられなくなってしまった。さっきとは全然ちがう。ふわりと降《な》りてきたダニエルの唇が、蝶《ちょう》の羽のように軽やかにシュゼットの唇に触れている。横へ撫でるようなその動きに胸騒ぎがした。下唇を軽く甘噛みされるとさらにどきりとし、強く吸われると柔らかい肌がひりひりするようだ。舌で唇をなぞられ、なにがなんだかわからないでいるうちに、唇のあいだから舌がするりと滑りこんできた。ふたりの舌が絡みあうと、どう表現していいかわからないまったく初めての味がした。

じっと動かなかったダニエルの手が、改めてしっかりとシュゼットを抱きよせた。彼の舌を感じながら、とにかくただただ圧倒されていた。

安堵と喜びの交じったため息が洩れる。知らぬうちに手が動いてダニエルの首に腕を巻きつけていた。頭のなかがぐるぐるする。ふたりの身体はこれ以上ないほどぴたりとくっついているのに、ダニエルをもっと自分に引きよせたくてたまらない。なぜか長い眠りから覚めたときのように思いきり伸びをしたくなって、小さくうめき声をあげながら上体を後ろにのけぞらせた。キスを続けているダニエルも一緒に身体を曲げる形になり、ふたりの腰がいっそうしっかりと密着するのを感じてぞくりとした。

本で読んだとおりだった。身体が熱くなるような興奮という意味が、いま初めて実感できた。脚のあいだに温かな液体のようなものがたまって、じわりと広がっていくのがわかる。

ダニエルはずっと口のなかを攻めつづけていて、ふたりの舌がもつれ、くねり、乱舞し、頭のなかが真っ白になった。

人の声がしたので、ふたりはしぶしぶキスをやめた。本当は声など聞こえないふりをしたかったし、そんなことはもうどうでもよかった。噂になっても構わないからキスを続けたかった。でも、ダニエルのほうが冷静で、キスをやめて身体を離した。

「なかに戻ったほうがいい」ダニエルはかすれた声でささやき、シュゼットの腕をとって小径に戻った。

シュゼットは素直に従った。キスのせいでまだ夢心地で、まともに頭が働かなかった。黙って歩きながら、まだひりひりとする唇に思わず舌を這《は》わせる。子づくりにはなんの問題もなさそうだ。しかしよくよく考えてみれば、まだ結婚を承諾してもらってない。それに条件を認めてくれるかどうかもわからないのだ。

思わずしかめ面になり、歩みが遅くなった。「わたしと結婚してくれるの?」

ダニエルは口もとを歪めた。「こんな話は聞いたこともないがな」

「そんなことわかってるわ。だからいやだったら、はっきり断わってちょうだい。そうすれば、これからべつの人を探すことができるから」

ダニエルはいきなり立ち止まった。「べつの人を探す? これから?」

「希望どおりの相手を見つけるのに、わたしにはふた晩しか時間がないと説明したはずよ」

シュゼットは淡々と指摘した。「でも、ディッキーが生きているなら、もっと急がないといけないかも。明日のハモンド家の舞踏会に出席するのを邪魔するに決まっているから、今夜じゅうになんとか探さないと。だから、断わるんだったら早くそういって」前方の明かりのついた窓をちらりと見た。「ダンヴァーズ卿は、ダンスをすっぽかしたのを許してくれるかしら。そうしたら――」

「リチャ……じゃなくてディッキーならおれが説得する。明日のハモンド家の舞踏会に出席させてくれるようにな」ダニエルは苦虫を嚙みつぶしたような顔で遮った。

シュゼットは驚いてダニエルに顔を向けた。「そんなこと、できるの？　ディッキーはだれのいうこともきかないのに。それに――」

「おれのいうことならきくさ」ダニエルはきっぱりと答えた。「だから、明日の晩もチャンスはある」

「そうね。ありがとう」シュゼットは肩の力を抜いて微笑んだ。「すこし時間の余裕ができたわ。でも、あなたが結婚に乗り気じゃないなら、なかへ戻ってほかのかたを探してもいい？」

「駄目だ」

いきなりそんなことをいわれて面食らった。「駄目？」

「その……」ダニエルは顔をしかめ、そっぽを向いて首を振った。「とにかく駄目だ。おれにひと晩時間をくれ。あまりにもすべてが突然のことで……ほかの男を探す前に、ひと晩だけでいいから」

シュゼットは迷ったが、かぶりを振った。「ねえ、これは……」

その先は続けられなかった。ダニエルの唇に口をふさがれてしまったのだ。今度はゆっくりでも優しくもなかった。蝶が踊るようにそっと撫でることもなければ、甘美な甘噛みもない。しっかりと彼の唇に押さえこまれ、舌が強引に侵入してきた。あまりに性急で息もできない。腕のなかに抱きよせられてもますます息苦しいだけだった。

ダニエルの手がドレスの上からシュゼットの身体をまさぐった。片手でしっかりと背中を支え、もういっぽうの手は胸をつかんで優しく愛撫《あいぶ》する。最初のキスだけでこんなに身体が熱くなってしまったら、そのうち爆発してしまいそうだ。思わずうめき声をあげて、ダニエルの首に腕をまわしてしっかりしがみつき、そわそわと腰を動かした。子どものころに庭の木に登ったときのように、ダニエルにしがみついてよじ登りたい衝動に駆られた。いまの激しい感覚と子ども時代に共通点などまったくないはずなのに。脚と脚を絡ませたいが、ドレスが邪魔でままならなかった。

ダニエルがようやくキスをやめ、ふたりは酸素を求めて喘《あえ》いだ。ダニエルは優しさと荒々しさが不思議なほどに同居した声でささやいた。「ひと晩だけ待ってくれ。無理な要求ではないだろう。今夜の舞踏会はもう終わりだ。明日までおれに時間をくれ」

いまならどんな要求でもうなずいていただろう。黙ってダニエルの首にしがみつき、さらにキスを求めた。ところがダニエルは応えてくれなかった。そっと首からシュゼットの手をはずし、「そろそろ戻ろう」というのだ。もう、心の底からがっかりした。

抗議しようとしたが、夜気に乗って笑い声が聞こえてきたので口をつぐんだ。木立の端にいるふたりは陰になってほかからは見えないはずだ。ひと組のカップルがおしゃべりしながら、バルコニーを横切って庭に降りる階段のほうへ歩いていく。シュゼットは諦めたようにため息をつき、ダニエルに促されるままバルコニーへと向かった。無言で屋敷に入ったが、頭のなかでは様々な思いがぐるぐるといり乱れていた。期待と不安がないまぜになって、胸は生まれて初めてといっていいほど高鳴っている。ようやく、希望どおりの男性を見つけたのだ。色よい返事をしてくれるよう祈りながら、おとなしく明日まで待つことにしよう。神様、お願いします。あんなキスを経験してしまったら、ほかの男性との結婚など想像もできない。ダニエルだからこそ庭での短い逢瀬のあいだに熱く燃えあがったのだ。今夜出逢ったウィルスロップ卿やほかの男性相手でもこうなるとはとても思えなかった。

「久しぶりだなあ。まさかダニエルやリチャードに会えるとは思わなかったよ」

ジェイミソン卿の言葉に、ダニエルは上の空で返事をするのがやっとだった。ナサニエル・ジェイミソン男爵は学校の同窓で、学生時代はリチャードも含め仲良くつきあっていた仲間だった。シュゼットを連れて屋敷のなかに帰ってきて、人混みのなかにジェイミソンの姿を見つけたときはほっとした。とりあえずシュゼットをリサのもとに送りとどけると、自分たちが不在だったこの一年になにがあったのか教えてもらおうと近づいた。できるだけいろいろな情報を手に入れておきたい。状況がわかれば、それだけつぎの策を考えるのも容易になるだろう。

しかしジェイミソンとろくに話もしないうちに、ギャリソン卿がシュゼットにダンスを申しこんでいるのが見え、内心おもしろくなかった。ギャリソンは債権者から逃げまわっている貧乏な独身男で、そのうえハンサムで魅力的ときている。社交界デビューしたばかりでたぶらかされた純真な若い娘たちは数知れず、根っからの快楽主義者で、葡萄酒《ぶどうしゅ》、女性、賭博に目がないことで知られた男だった。いままた、享楽を手にしようと舌なめずりしているように見える。

「一年近く、きみたちの姿を見かけなかったな」とジェイミソン。「もちろん、リチャードは喪中だったから、社交界に顔を出さなかったのは仕方ないが。弟が亡くなって以来、これが初めての舞踏会じゃないか」

ダニエルはうなるように返事をしたが、目では踊っているシュゼットとギャリソンを追っていた。シュゼットが問いかけるように若いリサを振りかえっている。ブロンドのリサは手でなにやら合図を送っているが、その意味はわからなかった。だが楽しそうになにかを伝えていて、それを見てシュゼットも嬉しそうな笑みを浮かべたので、なにかいい知らせだったのはまちがいない。シュゼットはギャリソンに輝くばかりの笑顔を向け、踊りながらほがらかに話をしているので、ダニエルは心中穏やかではなかった。

あのおてんば娘め、ずいぶんと楽しそうじゃないか。明日まではほかの男に近づかないと約束したはずなのに、まだ条件に合う結婚相手を探すつもりらしい。とはいえ、事情を考えれば無理もないのだ。ダニエルとしても正直困ってはいた。シュゼットと結婚する気はないが、父親の借金ならば、彼女が犠牲にならなくとも、リチャードが喜んで返済するだろう。そうでなければ、自分が払っても構わない。

賭博で財産を失う羽目になるなど考えたこともなかった。賭博などずっと興味もなかったし、ごくごくまともな金銭感覚の人間には想像もできない世界だ。厄介者ディッキーことジョージが事件の黒幕のようだが、田舎で静かな生活を送っていた、賭博など縁がないマディソン卿のような人物が、どうしていきなりそんな目に遭うことになったのかがどうしても解せなかった。シュゼットが洩れきいた話を信じるなら、ジョージにそそのかされたのかもしれない。それならば、マディソン卿が無責任にも賭博にのめりこんですべてを失い、そこへジョージが乗りこんできて、借金のかたに娘と結婚するなどという事態になったのも理解できる。

しかし、一度そこまでひどい煮え湯を飲まされたのなら、たいていは二度とそんな場所には足を踏みいれないはずだ。それなのに、どういうわけかマディソン卿はおなじ轍《てつ》を踏んでしまった。そのうえ、今回はジョージに連れていかれたのはまちがいないようだ。おそらくジョージは二回ともなんらかの形で関わっているのだろう。なにか目的があってのことだろうが、それがなんなのかはダニエルにもさっぱり見当すらつかなかった。

いずれにしても、シュゼットが借金の返済のためにどこかの貧乏な成りあがり者と結婚するくらいなら、自分で金を出したほうがはるかにましだ。どうしてそう思うのかは自分でも不思議だった。出逢ってまだ一時間もたっていないが、どこか惹かれるところがあり、できればなんとかして助けてやりたかった。

「だが噂じゃ、社交界に顔を出さなかったあいだ、リチャードは家にひきこもっていたわけでもないそうじゃないか」ジェイミソンが続けた。「ケルベロスとかいういかがわしい連中とつきあっているというのは、本当なのか？」

ジェイミソンのその言葉にはっとして、シュゼットたちから視線をそらした。ケルベロスはギリシア神話の地獄ハデスの門番を務める三つの頭を持つ犬だ。「ケルベロスって、いったいだれのことだ？」

「それはだな」ダニエルの知らない事情に通じている優越感か、ジェイミソンは得意げに微笑んだ。「もちろん、田舎にこもっていたきみは、名前も聞いたことがないだろうな。それはそうと、古い屋敷の修繕は進んでるか？」

「順調だよ」もどかしい思いで答えた。「それより、ケルベロスというのは？」

「一年ほど前にできた新しい賭博場の主《あるじ》さ」ジェイミソンはかぶりを振った。「ところがすでに悪評紛々で、まともな連中はだれも行かないらしい。騙《だま》されやすいカモに薬を盛って、身ぐるみはぐともっぱらの噂だよ」

ダニエルは目を細めた。「で、ジョ……ディッキーがそこの主のケルベロスとつきあっているという噂なのか？」

ジェイミソンは顔をしかめてうなずいた。「最近じゃ、まわりにディッキーと呼ばせているらしいな。昔はジョージにそう呼ばれるのをいやがっていたもんだが」

「ああ」

「でも、いまリチャードのことをそう呼んだじゃないか」

「つい口が滑っただけだ」シュゼットたちに目をやると、今度はギャリソンが腕のなかに引きよせている。知らず知らずのうちに渋面になっていた。庭で抱きしめたときだって多少は遠慮したのに、あれでは近すぎる。それなのにシュゼットは押しのけようともしていなかった。ダニエルが断わった場合に備え、ギャリソンを保険にしようと考えているのだろう。あんな話を持ちだしたら、ギャリソンは一も二もなく飛びつくはずだ。女性とベッドをともにすることにかけてはまめな男だし、ましてやシュゼットの持参金を手にできて、べつべつに好き勝手な生活を送れるとなれば、奴にとっては万々歳だろう。さっき庭で一緒にいたのがギャリソンだったなら、シュゼットはたちまち手折られて、いまごろ駆け落ち結婚ができるグレトナグリーンに直行だったはずだ。

そう想像しただけで、なぜか胃が縮みあがる思いがして顔をしかめた。庭の花々のなかで、シュゼットがあられもない格好で横になっている姿が目に浮かぶ。スカートはめくれ、もだえる顔を月光がまだらに染め、ギャリソンが歓喜のうめき声をあげながら攻めたてている。くそっ。シュゼットはああいう連中にとって格好の餌食だろう。しかし、ギャリソンが妻をまともに扱うとは思えない。すぐに飽きてシュゼットを田舎に捨てておき、自分は持参金で女に、酒に、賭博にと豪遊するのだろう。あげくの果ては彼女を破滅の淵《ふち》に追いやって、醜聞まみれにしてしまうにちがいない。ジョージの悪だくみによって、シュゼットの人生もまたずたずたにされてしまうのだ。

ようやくダンスが終わり、シュゼットがリサのもとに戻ったのでほっとした。今度の相手は小太りでかなり年配のアリストン卿だった。シュゼットはまたリサをちらりと見やり、アリストン卿とフロアに出ていった。そしてまたしてもリサが謎めいた合図を送っていたが、今度はあまりいい知らせではなかったようだ。アリストン卿も金持ちの女性を探しているはずだが、姉妹のお眼鏡《めがね》にはかなわなかったらしい。でもダニエルとしては、シュゼットがアリストンの腕に抱かれているほうが安心だった。若いころはそれこそ遊び人だったが、いまでは女性になにかを無理強いする心配はなく、比較的無害な男といえよう。

ダンスフロアを眺めていると、べつのふたりが目に入ってきた。フロアで踊っているクリスティアナを、リチャードが隅のほうから苦虫を嚙みつぶしたような顔で見つめていた。クリスティアナはまたべつの男性と踊りだした。どうやら夫だと信じている男を避けるために、わざといろいろな男と踊っている様子だ。リチャードはすさまじい目つきでその姿を追っている。いまはこの一年ジョージがなにをたくらんでいたかについて、役に立ちそうな情報を集めるどころではないようだ。とはいえ、本人を前にしてそんな噂話を教えてくれる人もまずいないだろう。ここはダニエルが尽力するしかない。

「悪いが」ダニエルはジェイミソンに視線を戻した。「この一年に耳にした、リチャードについての噂をすべて教えてくれないか」

ジェイミソンはすぐに話しはじめた。自分の知識を披露するあいだ、ダニエルが静かに聞いているのが嬉しくてたまらないようだ。とにかく、できるかぎりの情報を集める必要があった。いまの時点で最善の策は、ジョージの死体をさっさと片づけて、なにごともなかったかのようにリチャードがもとの生活に戻ることだろう。考えれば考えるほど、この方法しかないように思えてきた。それはとりもなおさず、クリスティアナとの結婚もそのまま続けることになるが、当人もあながち気が進まないわけではなさそうだ。クリスティアナはもうすこしふっくらしたほうがいいが、シュゼットから聞いたかぎりではかなり魅力的な女性のようだ。ジョージの悪事が露見して、醜聞に巻きこまれるのを目にするのも忍びない。それはシュゼットやリサも同様だった。それに三姉妹がそんな目に遭えば、リチャードだって無傷ではいられない。もちろん、最終的にどうするかはリチャードが決めることだが、そのためにもできるだけ正確な状況を把握する必要がある。

3

「まちがいなく死んでいたわよ、クリスティアナ。だって、わたしたちが出かけるときには冷たくなっていたもの」

フェアグレイブ家の屋敷の正面ドアを閉めていたシュゼットは、リサの言葉に慌てて振り向いた。こんな時間なら召使に聞かれる心配はないだろうが、ランドン公の舞踏会に出かけているあいだも死体のことが心配で、こうして予定よりも早めに帰宅したのだ。クリスティアナは舞踏会に残り、もっと花婿候補を探すべきだと主張したが、そんな気にはなれなかった。ロンドンまでの長旅で疲れていたし、この一日であまりにもいろいろなことがありすぎた。それに花婿探しという点では、充分目的を果たしたといえる。

最初はダンスの相手がみんなお粗末でがっかりしたが、夜も更けてくるとすてきな男性もちらほらと出てきたし、ダニエルが現われて一気に希望がふくらんだ。条件にもぴったりで、ダニエルと結婚できるならなんの文句もない。あのキスを思いだすと、まだ唇がひりひりするような気がした。

ダニエルの出現を皮切りに、その後の候補者たちもなかなか有望だった。ギャリソン卿はハンサムで魅力的だけど、それでもダニエルにはかなわない。きっとあのキスのせいだろう。それ以外にも、目を瞠《みは》るほどすてきではないにしろ、合格点の男性が少なくともあとふたりはいた。もしダニエルに断わられたら、その三人のなかから選べばいい。でもいまは、運命を決めるダニエルの返事が気になって、ほかの候補者を選別する余裕などなかった。

ディッキーとダニエルが会場をあとにしてからは、舞踏会の楽しみが薄れてしまったように思えた。とにかく早く屋敷に戻って、ベッドにもぐりこむことしか考えられなかった。早く休めば、それだけ早くダニエルの返事を聞ける。明日のいまごろは、ダニエルとグレトナグリーンへ向かっているかもしれないのだ。

断わられた場合は、ハモンド家の舞踏会に出て、新たな夫候補を探さなくてはならない。ダニエルは、舞踏会に出席できるようディッキーを説得してくれるといったけど、本当にそんなことができるのかどうかはわからなかった。だがディッキーのことはそれほど心配していなかった。許可があろうがなかろうが舞踏会に行くと決めたのだ。それを止める手立てはないはずだ。クリスティアナならいうことを聞かせることもできるだろうが、わたしはディッキーの妻ではないし、頭を下げて頼むなど死んでもごめんだった。とはいえ無理をして、そのせいでクリスティアナがいやな思いをするのも気が進まない。堂々と舞踏会に乗りこむより、こっそり出かけたほうがいいかもしれない。

こんな苦労をしなくてはならないのがいまいましかった。そう考えるのが今夜何度目なのかもわからないが、ディッキーが死んだままでいてくれたらすべてがうまくいったのにと、残念で仕方がない。気の毒なクリスティアナをちらりと見やる。ひどい男にねちねちといじめられるだけの結婚生活を、これからも続けるしかないなんて。ディッキーを氷漬けにしたときに、初めてクリスティアナが悪夢のような毎日をうちあけてくれたのだ。

姉の足もとがおぼつかないのに気づいて、シュゼットは眉をひそめた。そういえば、さっきは馬車から降りるのにも苦労していた。どうやら酔っぱらっているようだ。会場を出る直前、うっかりロバートのウイスキーを一気に飲んでしまったのだから、無理もないだろう。いつもはアルコールなど飲まないので、強いお酒がいまごろ利いてきたのだ。クリスティアナが「ディッキーは悪魔と取引して生き返ったのよ」とつぶやいたとき、まちがいないと確信した。

それにしても自分の耳を疑った。クリスティアナは普段そんな悪い言葉は使わないのだ。むしろ口の悪いシュゼットをたしなめ、いつも控え目に微笑んでいるイメージしかない。お酒のせいで舌が滑ったのだろう。こんな状態ではなにをいいだすかわからないと心配になって、めずらしく注意することにした。「しいっ！　召使たちに聞こえる」

その言葉が終わらないうちに、執事のハーヴァーシャムが廊下の向こうに現われて、急いでこちらに向かってきた。だがクリスティアナが追いはらう仕草をしたので、そのまま踵《きびす》を返して姿を消した。見るとクリスティアナはふらふらしている。

シュゼットは慌てて姉の腕をつかんだ。「大丈夫、クリスティアナ？　ちゃんと立っていられないじゃない」

「大丈夫よ」クリスティアナは陽気に答えた。

「ロバートに飲まされたお酒のせいかしら」リサも心配そうにもう片方の腕を支えた。

「それにしても、たった二杯でこんなになるかしら」とシュゼット。

「なにも口にしていないところに二杯も飲んだら、こうなっても不思議はないわ」リサがもっともな意見を口にした。

「三杯よ」クリスティアナがつぶやいた。

「三杯？」シュゼットが驚いた顔でのぞきこんだ。「いつのまに三杯目なんて飲んだの？」

「ちがう、最初に一杯飲んでたんだらってば」クリスティアナはろれつがまわらないことに驚いたような顔で、今度はゆっくりとしゃべっている。「最初にディッキーのウイスキーを飲んだから。でも大丈夫。すごく気分がいいの」

「あらあら」リサがつぶやいた。

シュゼットはかぶりを振った。いつ三杯目なんて飲んだのか、あるいは言葉どおり自分たちの知らないところで一杯目を飲んでいたのかも、まったくわからない。でもパンチとウイスキーをそれぞれ一杯ずつ飲んだのだけはまちがいなかった。それだけでもふらふらになるはずだ。その二杯を飲んだのはほんの十五分ほど前だから、これからどんどんアルコールがまわって大変なことになるだろう。

「少なくとも気分は悪くないなら、なによりじゃない。あの男と結婚してから、そんなの初めてなんじゃゃないの？」シュゼットも声をかけた。「悪魔と取引して生き返っちゃったなんて、本当に残念だわ」

「そういったれしょう」クリスティアナはなぜか手をぶらぶらさせている。

なにをやりだすかわからないので、シュゼットは黙って姉の腕を抱えた。リサは悲しそうにため息をついている。

「ねえ、どうすればいいの、シュゼット？　お姉さまをこのままにしておくわけにはいかないでしょう？」

「大丈夫よう。自分でなんとかするから」クリスティアナはさっとリサに顔を向け、シュゼットの手を振りほどこうとした。しかし、放っておいたらこの場でばたりと倒れかねないので、腕を抱えなおすと、そのうち諦めたようだ。

「なんとかって？」リサが疑わしそうに訊いた。

「隠されているものを探りだすのよ」クリスティアナはそういうなり、いきなり笑いだした。

シュゼットはまじまじと姉を見つめ、途方に暮れているリサとこっそり目配せをした。なにしろなにがおかしいのかすら、さっぱりわからないのだ。

「すぐに寝かせたほうがよさそうね」とリサ。「どんどんひどくなるみたい」

「やれやれ」シュゼットはつぶやいて、クリスティアナに階段を登らせた。

「いなくなったようだな」

背後から聞こえたリチャードの声に、ダニエルはすぐに返事ができずにいた。いまの会話の内容を考えていたのだ。どうやらクリスティアナはかなり酔っぱらっているようだ。三姉妹は玄関ホールから移動したらしく、その続きは聞こえなかった。ダニエルとリチャードはフェアグレイブ家の屋敷の一室に隠れていた。正確にはジョージの死体も一緒だが。ダニエルはため息をつき、いまの苦境にかぶりを振った。この屋敷に戻ってきたのはごく自然な成り行きだった。ジョージがリチャードになりすましていたこの一年、いったいなにを企《たくら》んでいたのかを探るため、今夜はとにかく情報収集に努めた。そしてリチャードにその情報はすべて伝えたうえで、なにごともなかったようにもとの生活に戻るのが、この状況を解決する一番簡単な方法だと勧めたのだ。

そうすれば、リチャード・フェアグレイブ・ラドノー伯爵本人であることを証明するために延々と裁判を続けなくても済むと説明すると、リチャードは思ったより素直にうなずいた。ジョージの悪行の余波を避けることができるのが気に入ったようだ。法的に無効な結婚のせいで、クリスティアナやその家族の人生が無茶苦茶になることに耐えられないのだろう。なにしろなんの罪もない被害者なのだ。ジョージと結婚したせいで、この一年クリスティアナは本当に苦しんだにちがいない。残念ながら、当初の予定どおりすべてを白日のもとにさらし、ジョージに制裁を加えることはできなくなってしまった。罰を受けるどころか、あの世に行ってしまったのだから仕方がない。ことここに至っては、そうした事情をしかるべき筋に報告したところで、だれひとり幸せにはならないのだ。

リチャードが心配しているのは、クリスティアナとうまくやっていけるかどうかという問題だった。無理もないことだが、クリスティアナは夫のことを蛇蝎《だかつ》のごとく忌みきらっているにちがいない。

その懸念はもっともだが、これからクリスティアナを大切にすればそのうち解決しそうな気がする。それに結婚を続けるかどうか決心するのにしばらく時間が必要だとしても、とにかく早急にジョージの死体をどこかに隠しておく必要があった。そうすればリチャードとクリスティアナがお互いのことを理解し、今後どうするかを決めるための時間を稼ぐことができる。続けていくと決心したなら死体をきちんと片づければいいし、続けられない場合はまたそのときに考えればいい。

ダニエルの報告が終わるなり、リチャードは三姉妹より早く屋敷に帰って死体を移動させると決め、足早に舞踏会場をあとにした。ところが予想外のことがつぎつぎと判明し、想像以上に苦戦しているのだ。まず、ダニエルとリチャードは屋敷の正面から堂々と入るわけにはいかなかった。死んだジョージは病気で臥せっていることになっているのだから、外を歩きまわれるはずがない。さらにリチャードが知っている屋敷は火事で焼け、いまの屋敷はその後ジョージが購入した建物なので、どんな間取りなのか皆目見当もつかなかった。仕方ないので外から眺めてどこが主寝室なのかを推測し、苦労して木をよじ登って窓から侵入する羽目になった。

目にした瞬間、ジョージは死んだのだと納得した。しかしすぐに新たな問題にぶちあたった。リチャードがジョージの口もとから苦いアーモンド臭がするといいだしたのだ。どうやら三姉妹が考えているような自然死ではなく、毒殺されたようだ。しかしその問題についてはあとでゆっくり考えることにして、とりあえずは溶けた氷のせいでびしょ濡《ぬ》れの服を脱がせ、毛布に包んで運びだすことにした。ところがまたしても問題が発生した。なんと廊下側のドアに鍵がかかっていたのだ。召使に死体を発見されないようにとの用心だろう。そこで隣のクリスティアナの寝室から運びだそうとしたが、開けてみると今度はメイドが居眠りしていた。仕方がないので、リチャードが硬直した弟の死体を抱えあげ、ダニエルは忍び足でドアを開けることにした。

なんとかメイドを起こすことなく部屋の外へ出て、階段の上まで来てほっとしたのもつかのま、そこでまたまた問題が起こった。ちょうど舞踏会から帰宅した三姉妹が、階下の玄関ホールに現われたのだ。ダニエルとリチャードは慌てて二階の廊下を戻り、手近な部屋に飛びこんで静かになるのを待つことにした。

「このチャンスに移動するしかないだろう」ダニエルの背後でリチャードがささやいた。「クリスティアナを寝かしたら、それぞれ自分の部屋に行くだろうし。ここがその部屋かもしれないんだ」

ダニエルはうなずき、そっとドアを開けて廊下をうかがった。だれもいないことを確認すると、ジョージを抱えたリチャードのために後ろに下がって大きくドアを開ける。ところが数歩も行かないうちにリチャードが部屋のなかに戻ってきた。続こうとしていたダニエルが驚いて足を止めると、リチャードは舌打ちしながら、ジョージの死体をいきなりこちらに押しつけた。

慌てて死体をくるんだ毛布をつかんだら、リチャードに力ずくで押しもどされてしまった。死の舞踏よろしく硬直した身体と抱きあっていると、ばたんとドアが閉まり、今度は暗い部屋で死体とふたりきりだ。どうして自分だけ残されたのかと、ダニエルはその場で耳を澄ませた。ドアの向こうからリチャードのくぐもった声が聞こえる。「やあ、おかえりなさい。ベッドに入る前に、一杯つきあってもらえませんか」なるほど、そういうことか。

ダニエルは死体を抱えなおそうとしたが、身体が板のようにかたくてうまく曲がってくれない。まるで等身大の銅像みたいだった。諦めて、ドアに耳を押しつけた。だれかの声が聞こえた。「いいえ、結構です」

リサの声だ。返事が冷たいのも当然だろう。姉妹はディッキーを嫌いぬいているし、ここにいるのはディッキーだと思いこんでいるのだ。

「お話があるんです」

リチャードは必死に続けた。なにをそんなに慌てているのか不安になってきた。まさか、ここはリサの部屋なのだろうか。リチャードの声の調子と、ドアのすぐ向こうにいる様子から、その可能性は充分あった。「その、お姉さんに対して、いささか失礼な態度だったと――」

「いささか？」シュゼットの声だ。その氷のような冷ややかな口調ににやりとした。怒っているときはとことん容赦なささそうで、そこも魅力的だった。

「いや、これ以上ない失礼な態度でした」リチャードは悲痛な声で続けた。「つまり、今夜死にかかったおかげで、人生でなにが大切なのかをようやく悟ったんです。だから、一生かかってもクリスティアナにこれまでの償いをし、できればもっといい関係を築きたいと思っています。そのためにどうすればいいか、おふたりの助言をいただけないかと思って」

ダニエルはいたく感心して眉を上げた。今日死にかけたと思われている事実を改心の理由として利用したのは、とっさの機転にしてはなかなかの名案だ。別人のように変わったことを説明するのに、これ以上の口実はないだろう。

「本気でいっているの？」リサが穏やかに尋ねた。

「そんなはず、あるわけないでしょ」シュゼットがずけずけと口を挟んだ。「人の性格はそんなにすぐには変わらないわよ」

「でもお姉さまと結婚したとたん、いやな奴に変身したわけよね。また変わっただけかもしれないわ」とリサ。

「そもそも変身したわけじゃないの」シュゼットは歯に衣着せずに指摘した。「お姉さまの持参金目当てだっただけなのよ。とにかく結婚したい一心で猫をかぶっていたけど、まんまと結婚に成功したとたん、もとのいやな奴に戻ったってわけ」

「資産なら充分すぎるほどあります」リチャードは穏やかに答えた。「金のためにクリスティアナと結婚する必要はありません」

「じゃあ、なぜ結婚したの？」シュゼットがすかさず尋ねた。

ダニエルは顔をしかめた。リチャードはどう答えるつもりだろう。

「クリスティアナに幸せになってほしいから」しばらくたってリチャードが答えた。おそらく姉妹は信じていないだろう。なにしろリチャードをディッキーだと思いこんでいるし、この一年のクリスティアナへの仕打ちを考えたら、怪しむのも当然だった。リチャードがため息をついて続けた。「この一年の愚かとしかいいようのない失礼な態度は、ある意味、弟のせいといえるんだが――」

「まあ」リサが口を挟んだ。「もちろん、そうでしょうね」

「なにがもちろんなの？」シュゼットは怪訝《けげん》そうに尋ねた。

「もう、シュゼットったら。火事で弟さんが亡くなり、自分だけが生き残ってしまったという罪の意識が、つねに心の奥にあったのよ」

ダニエルは目を丸くした。もちろんリチャードには罪の意識など皆無だし、ジョージにそんなものを解する感受性があったかどうかも疑わしいかぎりだ。だが、そんなことはリサにわかるはずがない。

「クリスティアナと出逢って恋に落ち、心の痛手が癒《いや》されたのね」リサは大まじめに続けた。

「でも、ふたりが暮らすこのお屋敷とおなじ通りに、焼け焦げた以前のお屋敷が残っているでしょう。お気の毒な弟さんが亡くなった事実を思いださない日はなかったはずよ。自分だけが生き残ったことはもちろん、かわいそうな弟さんが経験できなかった愛と幸せを手に入れたことにも罪悪感があったのね。傷つき、苦しみつづけた魂は、愛する妻クリスティアナにまでつらくあたってしまったのね。すべては大きすぎる罪悪感のせいなのよ」

ダニエルはもうすこしで笑いだしそうになった。たったひと言から、よくもまあここまでロマンティックな物語を思いつくものだ。年若いリサはかなり夢見がちな性格らしい。変な男に騙されないよう守ってやる必要があると、あとでリチャードにも伝えておこう。クリスティアナとの結婚を続けるつもりなら、妹たちにも気配りしなくてはならない。

「本当なの？」シュゼットはまだ半信半疑という声だ。子どものころによく耳にした覚えのある口調だった。もっともダニエルの場合は乳母ではなく、母親の声だったが。ダニエルの家は乳母を雇う余裕はなかったのだ。妙な話だが、ダニエルのなかで急に存在しなかった乳母とシュゼットが重なった。しかもそれはお上品な乳母ではなく、露出度が高いドレスを着て淫らな笑みを浮かべ、手にお仕置き用のへらを持ってこちらに歩いてくる。

「ぶってくれ」ため息まじりにつぶやく。「できたら、おれにもぶたせてくれ」シュゼットがくるりと一回転して、こちらを誘うようにゆっくりとスカートをたくしあげた。ダニエルの目の前にくるぶしが、脚が、最後にきれいな尻が現われた。

そのときメロドラマのセリフのようなリチャードの声が聞こえ、魅惑的な幻想はどこかに消えてしまった。「罪悪感というのはおそろしいもので、なにをやりだすか自分でもわからないんです」

ダニエルは思わず天を仰いだ。暗い部屋のなかで死んだ男と抱きあいながら、常軌を逸した淫らな妄想を抱くとは。こんなことをしていて、だれにも見つからずに脱出なんてできるのだろうか。たしかに罪悪感を始めとした様々な感情は、男にどんな馬鹿な真似をさせるかわからないものだ。

「ねえ、シュゼット」リサがささやいた。「話をうかがうくらいはできるんじゃない？」

しばらく沈黙が続いたが、シュゼットが不満そうに答えた。「わかったわよ。どういうわけか、お姉さまはいまでもこの人が大事みたいだしね」

「あなたがお姉さまにプロポーズしたときのこと、よく覚えているの。すべてうそのはずはないと思っていたわ」リサの嬉しそうな声が遠ざかっていった。ようやくドアの前を離れてくれたようだ。

ダニエルはドアに耳を押しつけて、くぐもった話し声がさらに遠ざかるのを待った。ついに声が聞こえなくなったが、それでも念のためにしばらく様子を見て、もう大丈夫だと確信してからドアを開ける。左右を見まわしてだれもいないことを確かめると、死体をかついで廊下に一歩踏みだした。ところがまたまた部屋に逆戻りだった。廊下の向こうの部屋のドアが開いたのだ。

歯《は》ぎしりしながら、きちんと閉めずにおいたドアの隙間から廊下をのぞいた。主寝室の隣の部屋で居眠りしていたメイドが現われた。おそらくクリスティアナのメイドだろう。やきもきしながら、空気の精のように音もたてずに階段へ歩いていくメイドを眺める。階段からその姿が消え、安全に脱出できるのはいつになるのだろうか。ダニエルはため息をついてドアのそばの壁にもたれ、ゆっくりと百まで数えはじめた。メイドが階段を降りて召使の部屋に行くのに、いくらなんでもそれだけ待てば充分だろう。

五十を数えるころには飽きてきたが、それでも七十五まで続けてからドアを開け、様子をうかがった。だれもいないのを確認して安堵のため息をつき、急いで廊下に出て階段に向かう。ところがたどりつく前に階下の部屋のドアが開く音が聞こえて、ダニエルはぎょっとした。アドレナリンが全身を駆けめぐる。おそるおそる手すりからのぞきこむと、シュゼットが現われた。ひとりだったが、なにか急いでいる様子だった。

ダニエルは舌打ちし、足早に廊下を戻った。どうしてリチャードはもうすこし引きとめておけなかったのだろうか。さっきとはちがう部屋に逃げこんだが、ここが安全かどうかはわからない。さっき隠れていたのはリサの部屋で、シュゼットの部屋はべつではないかとにらんでいる。とすると、いったいどの部屋に逃げこめばいいのか。ダニエルは、もともといた比較的安全と思えるリサの部屋に戻ることにした。とはいえシュゼットが自分の部屋へ入ったら、急いでリサの部屋からも出なくてはならない。リサもすぐあとを追って二階に上がってくる可能性が高いのだ。

こんな目に遭わせたジョージはもちろん、いまではリチャードのことも内心呪いながら、リサの部屋らしき暗がりで息を詰め、シュゼットがどの部屋に入るのかを確認しようとドアをすこし開けた。すぐにこの屋敷から逃げだせるならいいが、リサを避けようとして新たな隠れ場所を探すときに、偶然シュゼットの部屋に飛びこんでしまったら目もあてられない。

ダニエルは階段の上の廊下がのぞけるくらい、ほんのすこしだけドアを開けた。階段を上がってくるシュゼットの顔が見えると、知らないうちに微笑を浮かべていた。しかし、さらに上半身が目に入ると驚いた。淡い色のモスリンのドレスの前に大きなしみができているのだ。だが驚きもそこそこに、すぐに目を瞠ることとなった。なんと濡れたドレスの布地が身体に貼りついて、胸やウエストのカーブがあらわになっていた。艶《なま》めかしい眺めに目が離せない。しかも、濡れているせいで、うっすらと乳首が透けていた。

あまりにも心躍る眺めにうっかりしていたが、シュゼットはまっすぐこちらにやってくる。そのまま通りすぎてくれるだろうと楽観していたら、どうやらまさにこの部屋を目指しているようだ。どうしたものかと動けずにいると、シュゼットはドアのそばのテーブルに置いてあった蠟燭《ろうそく》立てを手にして、壁の燭台《しょくだい》に火をつけた。つまり、ここが目的地であり、リサではなくてシュゼットの部屋だったのだ。

すぐにドアを開けて部屋に入ってくるだろうから、とても逃げだす時間はない。頭が真っ白になった。手足は石のようにかたまり、ここに自分がいる言い訳を必死で考えた。なにより説明しようがないのが、肩に担いでいる死体だ。

ところが、なにも言い訳をしなくて済みそうだった。シュゼットがドアノブに手を伸ばしたとき、階段を上がってきたリサが声をかけたのだ。シュゼットはそのまま妹のほうへ向かい、ダニエルはほっと胸を撫でおろした。

いくらか冷静さをとりもどし、ドアから離れて窓に近づいた。細く開いているドアからの光と、窓のカーテンの隙間からの星明かりのおかげで真っ暗闇ではなかったので、なんとか家具にぶつからないで済んだ。すぐに窓を開けて死体を放りなげる。地面にぶつかるどさっという音にさすがにすこし心が痛んだが、気をとりなおして自分も飛びおりようと窓枠に片脚をかけたそのとき、部屋のなかがいきなり明るくなった。

驚いて振り向くと、シュゼットが開いた戸口にいた。手に蠟燭立てを持って、口をぽかんと開けている。

「ダニエル！」

「あ……いや……その……実は……」困ったことに、なにひとつ言い訳など浮かんでこない。落とした死体をちらりと見ると、顔を下にして芝生に転がっているが、頭と足がおかしな角度で毛布から突きでていた。隠れているのは尻と腕だけだ。

ドアを閉める音にダニエルは視線を戻した。シュゼットは蠟燭立てをそばのテーブルに置き、こちらに歩いてくる。ダニエルは窓枠から脚を下ろし、窓の前に立ちふさがった。下の光景を見られるわけにはいかない。窓に近づくのを止めようと両手を上げたが、そんなことでひるむシュゼットではなかった。あっという間に腕のなかに飛びこんできたかと思うと、そのまま唇を押しつけてきた。

どうやらさっきのキスでいろいろ学んだようだ。初めてのときのようにただ唇を押しつけるのではなく、ダニエルがしたように唇を小刻みに動かして愛《いつく》しむように触れてくる。驚きのあまりその場に仁王立ちしていたが、腕は自然とシュゼットを抱きしめていた。シュゼットが唇を離してささやいた。「なにも説明する必要なんかないわ。イエスといいに来てくれたんでしょう？」

「え？」ダニエルは驚いて聞きかえした。

「いいの、わかってるの」嬉しそうに笑い、ダニエルの胸をあちこちまさぐっている。「どうして明日の朝まで待たずに、今夜来てくれたの？」

いい質問だ。ダニエルはシュゼットの手をとって動くのをやめさせた。シュゼットの指が胸の広さや厚さを測るようにうごめいていては、とてもではないが頭が働かない。とにかくいまは脳みそをフル回転させて、自分がここにいるもっともらしい理由を考える必要がある。このままではグレトナグリーンに連れていかれるのは避けられないだろう。まだ結婚などするつもりはないことを、はっきりと伝えておかなければいけない。

「いや……実は……」口を開きかけたところで濡れたドレスの前に触れてしまい、思わず眉をひそめた。ぷんとウイスキーのようなにおいがする。「どうしたんだ？　ウイスキーをかぶったのか？」

「ああ、これ」シュゼットの笑顔が消え、困ったように胸を見下ろした。その視線を追うと、ドレスが第二の皮膚のように身体に貼りついていて、布地越しに乳首がはっきりと見えている。

「ウイスキーを飲もうとしたら、ディッキーがグラスを叩《たた》きおとしたの。おかげでこんなになっちゃったわ」シュゼットは苦々しく吐きすてた。「自分は変わったから、これからはクリスティアナを幸せにしたいなんていってたけど」勢いよくかぶりを振った。「そんなはずないわよね。クリスティアナの話では、だれにも自分のウイスキーを飲ませないんだって。さっき書斎でも、まさにそんな感じだった。いい人になったなんて信じられない」

「よくわからないが」ダニエルとしても、別人になったとのリチャードの主張を、なんとかして三姉妹に納得してほしかった。そうすればクリスティアナはすぐにもリチャードに夢中になるだろう。シュゼットを納得させれば、姉への影響力もかなりありそうだ。「今日、死の淵からよみがえったことが、自分の人生を見直すいい機会になったんだろう。本当に別人のように変わったのかもしれないな」

「ふーん、そんなものかしらね」シュゼットは納得していないようだが、肩をすくめて笑った。「ディッキーの話なんてどうでもいいわ。わたしたちのことを相談したいの」

「わたしたち？」ダニエルはおずおずと尋ねた。

「そうよ。結婚を決心してくれて、本当に嬉しい」大きく息をすると、つま先立ちしてまた顔を寄せてきた。今度はダニエルの下唇を軽く噛んでいる。やはりダニエルが教えたテクニックだ。初心者にしては覚えが早いと感心した。シュゼットの舌がダニエルの唇をなぞる。我慢できなくなり、口を開いて自分も舌で応酬した。

シュゼットは吐息を洩らしてダニエルの首に腕をまわし、甘えるように身体をあずけてきた。結婚が決まったと信じているから積極的なのだ。そう自分にいいきかせ、そろそろやめたほうがよさそうだと思ったそのとき、いきなりドアが開いた。

ぎょっとして目を開けると、戸口にリチャードが立っていた。だがひとりだったので、ほっとしてため息が出そうになった。リチャードはどう対応したものか迷っているのか、その場に立ちつくしている。どうやらシュゼットは気づいていないようなので、出ていけと手を振った。リチャードは一瞬ためらったが、ダニエルを信用したのか、そのまま黙って姿を消した。

そっとドアを閉める音が聞こえたので、キスをやめて、シュゼットから離れようとした。

「シュゼット、もう行かなければ。おれがここにいるのが見つかったりしたら、大変なことになる」

「でも、ちゃんと相談しないと、ほら、いつにするかとか……」シュゼットが抵抗した。

首に巻きついたシュゼットの腕をはずして窓に近づいたが、《する》という言葉にはぎくりとした。そんなつもりなどないのだろうが、ダニエルの頭にいろいろな妄想が浮かんだ。一糸まとわぬ姿のシュゼットが……。

「今夜する必要はないのよ。でも、いずれしなくちゃならないんだから。お父さまの借金返済の期限は二週間だし、グレトナグリーンへ行くのに昼も夜も休みなく走っても、少なくとも二日はかかるでしょう。ううん、三日かもしれない」

ダニエルはため息をついた。もちろんシュゼットはこちらがなにを考えているかなど知らず、足枷《あしかせ》をはめる相談をしているのだ。結婚を承諾するために来たという誤解を早く解かなくてはいけない。そして一刻も早くここを抜けだし、リチャードと合流して死体を回収しなくては。ここで死体のことを思いだして、放りなげた窓からちらりと下を見た。するとごそごそとなにかが動いている。窓に近づいて暗闇に目を凝らすと、リチャードが毛布で死体を包みなおしていた。

「あれはなに？」

後ろにいるものと思っていたら、いつのまにかシュゼットが横にいた。慌てて腕をつかんで窓から遠ざけたが、それでも首を伸ばして窓の外を見ようとしている。

「だれかが下でなにかしてるみたいよ。わたし……」ダニエルはなにも思いつかなかったので、破れかぶれで抱きよせてキスをしたら、ようやくシュゼットの言葉が途切れた。

シュゼットの気をそらせるための苦肉の策だったはずが、すぐにふたりとも夢中になってしまった。最初はダニエルの目論見《もくろみ》どおりだったのだ。しっかりと抱きしめて口を吸い、舌を使って攻め、いま見たものをシュゼットの脳裏から消し去ろうとした。ところがシュゼットが喜びの喘ぎ声を洩らし、下半身に身体を押しつけてくるので、そもそもどうしてキスをしているのかが頭から吹き飛んでしまった。つぎの瞬間、冷静に始めたはずが、激しく貪るようなキスに変わった。どこかに隠れている喜びを探りだしたいと、シュゼットの身体を両手で執拗《しつよう》にまさぐっていた。

4

背後から胸をつかまれ、次第にかたくなっていく彼のものを強く押しつけられて、シュゼットは息を呑んだ。濡れたドレスをものともせず、胸もとに滑りこんできたその手に、思わずうめき声が洩れた。繊細なタッチに、これまでに経験したことのないような強烈な快感の波が身体を走る。尖っている乳首を探しあてられ、軽くつままれると、唇を重ねたまま悲鳴をあげた。喜びのあまりダニエルの舌を噛んでしまうのではないかと怖くなり、あわてて唇を離した。

ダニエルの唇はすぐさま頬をかすめ、耳もとへと滑っていった。そっと耳たぶを噛むと、うなじをゆっくりと降りていく。そのあいだも手は胸をぎゅっと握ったり引っぱったりの愛撫を続けており、喜びの渦に呑まれそうでいても立ってもいられない。このまま気が遠くなってしまうのではないかと怖くなってきた。急に息が苦しくなってハアハアと喘いだが、すこしも呼吸は楽にならない。

突然の不安と喜びに我を忘れていたため、両脚にベッドが触れて初めて、じりじりと後退させられていたことに気づいた。

「ダニエル」ドレスの襟もとを舌でなぞられながら、泣きそうな声でつぶやいた。「息ができな……」

気づくとドレスが肩から滑りおちていた。背中でごそごそやっていたのは、コルセットの紐《ひも》をほどいていたようだ。いまは手で襟を引っぱり、片方の胸をあらわにしている。ダニエルはかたい薔薇色《ばらいろ》の宝石を口に含んだ。舌で攻められて、食いしばった歯のあいだから息が洩れる。あいかわらず呼吸は苦しかったが、もうそんなことはどうでもよかった。

歯が乳首をかすめると我慢できなくなり、無理やりもう一度キスしてもらおうと両手で頭を引きよせた。乳首にむしゃぶりついていたダニエルが、すぐさま身を起こして唇を求めてきた。情熱的だと思っていたこれまでのキスなど比べものにならないほど激しく。唇をむさぼり、その舌はなにかを求めて口のなかに分けいってきた。情熱的に応えて両腕を首に絡め、ダニエルの上着のボタンが胸にくいこんで痛いほどしっかりと抱きしめた。よく考えればダニエルだって上半身くらいは裸になるべきだと思い、上着のボタンを探すためにすこし身体を離す。さいわいボタンはすでにはずれていたので、すぐに服を脱がせにかかった。

ダニエルは喜び勇んで上着を肩から落とし、かたわらにほうり投げた。シュゼットも夢中で彼のベストのボタンをはずした。ダニエルがベストを脱ぐのを見守り、今度はタイに目を向ける。苦労して柔らかい生地を抜きとり、また抱きついた。ざらざらした胸毛が乳首をかすめる感触にぞくりとしながら、ダニエルのぬくもりに身を任せた。

気づくとベッドに横になっていたが、自分の上のダニエルの重みにすぐになにもわからなくなった。開いた窓から吹きこむ涼しい風が足首やふくらはぎを撫でている。朦朧《もうろう》としたなかで、スカートをめくりあげられたことがわかったが、気にもならなかった。すべての意識は重ねた唇と、そのキスがもたらすおそろしくなるほどの喜びに向けられていた。ダニエルが唇から離れてまた胸を攻めはじめると、両手でダニエルの肩にしがみついてうめき声をあげた。どんどん押しよせる波に頭を左右に振りながら、せわしなく身をよじらせる。

ダニエルはスカートから手を離し、その下の薄衣を押しやりながら、むきだしの太ももに沿って指先を上のほうへ走らせている。シュゼットはくらくらしてきた。期待、不安、そして喜びがみずからの裡《うち》にいり乱れている。うめき声をあげながら身をくねらせ、いつの間にか腰を動かしていた。しかし、ダニエルの手がいきなり脚のあいだに滑りこんだときには凍りつき、指先が花芯にあとすこしというところでさっと太ももを閉じてしまった。それはまだ男性を知らないシュゼットの本能が命じた反応だった。

ダニエルはただちに唇を胸から離すと、頭をあげてキスをした。不思議なことに、不安や緊張はうそのようにどこかに消え、やがてかすかなうめき声とともにまた両脚を開いたが、ダニエルが先に進む前に、ドアをノックする音が聞こえた。

「シュゼット？」リサの声が聞こえ、またノックの音が続いた。「シュゼット、話があるの」

ダニエルが唇を離して顔を上げた。シュゼットは唇を噛み、このまま黙っていたらリサは消えてくれるだろうかとドアを見た。だが、今度はドアノブをがちゃがちゃいわせている。

「入るわよ」

「待って！」シュゼットは身体を起こしながら叫び、ダニエルは飛びのいた。さいわい、ドアは開かなかった。ダニエルはベストと上着をさっと拾いあげて窓へ駆けよったが、シュゼットはドレスの袖に腕を通そうと四苦八苦だった。

「もうちょっと待って」ドレスの乱れを直すためにベッドから這いおりながら、そう大声で答えた。窓のそばで服を着ているダニエルにちらりと目をやる。ダニエルは窓を乗りこえようとしていたが、ふとこちらを振りかえると戻ってきた。短いキスをして「また明日」とささやくと、急いで窓へ戻った。

「シュゼット？」リサが不審そうな声で呼んだ。

「いま開ける」とだけ答え、窓から姿を消すダニエルを不安な気持ちで見送った。

「いったいなにをしているの？」リサが尋ねた。

ぐるりと目をまわしながら、急いでドアをばたんと開けた。甘いひとときを邪魔されたいらだちで、妹を睨みつけて不機嫌に尋ねた。「寝る支度をしていたのよ。こんな時間にどうしたの？」

リサは心配そうにこちらを見つめている。「具合でも悪いの？　顔が真っ赤よ」

内心ではどきりとしたが、ひとつため息をついて、なんとか平静を装った。「大丈夫よ。こんな夜更けにジョージナの手を煩わせたくなかっただけ。でもコルセットがなかなか脱げなくて」うそをついているのがうしろめたくて、落ち着かなかった。「それより、こんな時間になにかあったの？」

「あの、実は……」リサは顔をしかめ、廊下の先にあるクリスティアナの部屋に目をやった。「さっきまでクリスティアナの部屋にいたんだけど、お姉さまがおかしなことばかりいっていたの。ジョージと結婚したとか……」リサはお手上げとばかりに肩をすくめた。「なんだか心配になっちゃって」

「クリスティアナは酔っぱらっているのよ、リサ」辛抱強くいいきかせた。「放っておくのが一番。だって、ずっと苺《いちご》がどうしたとか、ディッキーのお尻を見るとか、変なことばかりいってたじゃない。朝になればもとに戻るわよ」

「そうね」リサは小さくため息をつき、顔をしかめた。「お邪魔してごめんなさい。わたしも寝ることにするわ」

「それがいいわよ」シュゼットは大まじめに答えた。

リサは歩きだしたとたんに立ち止まり、さっと振り向いた。「忘れるところだった。さっき、ディッキーは自分の寝室に行くのに、クリスティアナの部屋を通らなければいけなかったの。朝になったら、あのドアの鍵を忘れずに開けないと」

「わかった。もう、眠りましょう。今日は長い一日だったんだから」

「そうね」リサはよろよろと廊下を歩いていった。

妹が部屋に入るのを見届けて、ドアを閉めた。そしてため息をつきながら、急いで窓に駆けよった。外を見まわしても、庭にはだれもいない。ダニエルはすでに姿を消していた。おそらく、屋敷の前にとめたままの馬車へ向かったのだろう。自分の馬車でここに来ていたのなら、だが。ダニエルの屋敷がどこにあるかは知らないが、ひょっとしたらすぐ近くで、歩いて帰ったのかもしれない。

窓を閉めてベッドを振りかえったとき、真っ白な布が目に入った。すぐにダニエルのタイだと気づいて手にとると、なにも考えずに部屋から飛びだした。もちろん、もういないだろう。でも、ひょっとするとまだ追いつけるかもしれない。シュゼットは階段へと急いだ。


ダニエルが待たせておいた馬車にたどりついたとき、御者は御者台で居眠りをしていた。御者を起こす前に念のためになかをのぞいたら、だれもいないので慌てて屋敷を振りかえる。シュゼットの部屋の窓から放りなげたジョージの死体は消えていた。てっきりリチャードが死体を運び、馬車で待っているのだろうと思っていた。リチャードはなにをしているのだろう？　そして肝心の死体はどこにあるのだ？

玄関扉が開いたので、リチャードが死体を運んできたのだとほっとしたのもつかのま、現われたのはシュゼットだった。道の両側を見まわしている手には、目にも鮮やかな象牙色の布がはためいている。どうすべきか迷っていると、馬車の横に立っているダニエルに気がついたシュゼットが急ぎ足でやってきた。

顔をしかめてそちらに進みかけたが、屋敷の正面側の二階の窓でなにかが動いた。そちらに目を向けたダニエルは、驚きのあまりその場に立ちつくしてしまった。リチャードはどこにいるのかという謎は解けた。主寝室の開けはなたれた窓のなかに、クリスティアナの裸の胸を口にふくんでいる全裸らしき友の姿が見えたのである。

「ええっ！」

ぎょっとしたようなシュゼットの声で、はっと我に返った。ダニエルの視線をたどっておなじものを見たようだ。姉とその夫だと信じている男の姿を、まさかという顔で見上げている。

ふたたび窓に目をやると、クリスティアナは片脚をリチャードに巻きつけ、リチャードはキスしようと顔を上げていた。そのままリチャードはクリスティアナを抱きあげ、部屋の奥へと運んでいった。どうやらリチャードのほうは今夜じゅうに自分と合流するつもりはなさそうだ。しかし死体がどこにあるのかはあいかわらず謎のままであり、屋敷に戻ってふたりの邪魔をしてでも突きとめるべきかと悩んだ。なによりも優先されるべき火急の問題なのはまちがいないのだ。

イに目を向けた。

「これ、忘れ物よ」静かな声に、意識は死体や友のことから離れ、シュゼットが差しだすタ
シュゼットがドレスのボタンさえかけずに、ここまで走ってきたのに気づいてダニエルは目を丸くした。襟ぐりは開いたままで、中央をかろうじて掌で押さえているだけなのだ。だがそれを心ゆくまで観賞している暇もなく、遠くから馬の蹄《ひづめ》の音が聞こえてきた。馬車が近づいてくるようだ。

そういう自分もタイをしていないどころか、上着とベストの前を開けて胸をはだけたままだった。それはともかく、こんな格好のシュゼットを人目《ひとめ》にさらすわけにはいかない。ダニエルは小さく悪態をつくと、さっと馬車の扉を開けた。そしてシュゼットをなかに押しこむと、大急ぎで自分も乗りこんだ。片手で窓のカーテンを引きながら、もういっぽうの手で扉を閉める。行きずりの馬車の人間になど見られてたまるものかとすべてのカーテンを閉め、シュゼットの向かいの席にひょいと腰かけると、なんとか笑みらしきものを浮かべた。

「すまなかった。その……」座席に深く座りなおそうとしたら、なにかかたいものにぶつかって言葉が途切れた。顔をしかめて肩越しに振りかえり、座席になにが置いてあるのかと手探りしてみる。すると座席の端に毛布に覆われた両脚らしきものがあるのが目に入り、ぎょっとして目を見開いた。正確にいうならば、肩や頭にしては細すぎるので、おそらくは脚だろうと推測しただけだった。どうやら後ろに死体が転がっているようだ。

頭が真っ白になりながら、慌ててシュゼットに顔を向けた。そして早く馬車から降ろしてしまおうと彼女の手と扉の両方に手を伸ばしたが、すぐ近くから馬の蹄の音が聞こえ、どこかの馬車が通過中だということを思いだした。舌打ちして扉をきちんと閉めなおし、シュゼットに視線を戻すと、どういうわけか立ちあがっている。手を握られたのはそばに引きよせるためだと思ったようで、こちらをのぞきこんでいた。

馬車のなかは暗かったが、暗闇に慣れてきたら、後ろに大きななにかが転がっていることは見てとれるだろうと思うと気が気ではなく、シュゼットの意識をそらすために自分の膝の上に横座りさせた。

シュゼットは小さな吐息を洩らし、肩にぎゅっと抱きつくと、唇の端にキスをした。「謝ることなんかないわ。わたしだっておなじ気持ちよ。待ちきれないの」

ダニエルはなんの話かも理解できなかったが、無事に馬車が通りすぎ、人目につかずに馬車から降りられるまで、なんとかシュゼットの気をそらさなくてはいけない。そこで、思いついた唯一のこと――キスをした。本当に、彼女の気をそらすためだけにしたのだ。さっきの部屋でのあれこれのせいで、まだ通常の状態には戻っていないのに、その真上にシュゼットが座って尻をもじもじと動かしている……いや、それとこれとはなんの関係もない。シュゼットの唇を開かせてさらに熱っぽいキスをしながら、そう自分にいいきかせた。シュゼットがキスをしたままうめき声をあげ、膝の上で艶めかしく身をくねらせて上半身をこちらに向けたので、いまではすっかり乾いたドレスに手を入れて両手で彼女の胸を包んだのも、ただ気をそらすためだった。もちろんシュゼットは色っぽい吐息を洩らし、ふたたび尻を小刻みに動かしはじめた。

なにかに駆りたてられるように柔らかな胸を揉みしだき、舌を彼女の口のなかに滑りこませる。やがてシュゼットは唇を離し、頭を後ろに反《そ》らして長いうめき声を洩らした。いまや膝の上で盛大に腰をくねらせているシュゼットは、無意識のうちに自分自身をダニエルにこすりつけている。たまらずに両手を胸から離すと、ボタンがはずれたままのドレスを肩から引きおろしにかかった。シュゼットも肩にまわしていた両腕を離してそれに協力し、ドレスが脱げたのと同時に、あらわになった胸を見せつけるかのように身を震わせた。

座っている位置のおかげでほとんど動かずに胸を揉んでいられたが、乳首を口に含むためにはぐっと頭を下げなければならなかった。シュゼットが洩らすひそやかなうめき声を聞きながら、乳首が小石のようにきゅっと尖るまで舌で転がす。さらに軽く歯で噛むと、シュゼットはふたたび腰をくねらせて叫び声をあげた。

「ダニエル」シュゼットは両手で彼の髪をつかみ、顔を持ちあげようとした。

ダニエルはそれに応えて顔を上げ、唇をふさいだ。シュゼットはますます情熱的に舌と舌を絡ませ、膝の上で腰をくねらせた。

シュゼットの動きのせいでかたくなったことを強烈に意識しながら、唇を噛み、片手で脚を探った。そして脚の外側をさっと撫でると、スカートに手を入れて脚のあいだに掌を押しつけた。その感触にシュゼットはほとんど跳ねあがらんばかりで、ダニエルはまた強い快感に襲われてうなり声をあげ、掌に力をこめる。それから花びらに分けいり、指先で芯に触れようとしたが、服が邪魔で先に進めなかった。片方の脚がダニエルの膝から滑りおちるくらい大きく脚を開き、スカート以外は遮るもののない状態でみずからをさらしている腰の動きにしばし見とれる。

とはいえ、やはり邪魔なものをとりさろうと急いでドレスをたくしあげた。ついにスカートの裾に手が届き、その下に片手を滑りこませて、唇を重ねたまま安堵のため息を洩らした。じかに触れられたシュゼットは身体を震わせていたが、片手をふくらはぎから膝、そして太ももへと這わせていき、キスをしたまま微笑んだ。

リサに邪魔される前に探していた秘所をとうとう指先で探りあてると、シュゼットの口のなかに舌を差しいれた。彼女の反応は最高だった。我を忘れたかのようにうめき声をあげると、おもむろに手に手を重ねて続きを促し、指先が熱く濡れた奥にたどりつくとおとなしくなったのだ。そして指先で興奮している小さなかたまりを刺激すると、愛撫に合わせて腰を動かし、結果としてそのたびにかたくそそりたったものに腰をこすりつけている。

「ああ、ダニエル」シュゼットは唇を離すと、喘いだ。「わたし、もう駄目……お願い……」

「しいっ」優しくささやいて耳に口づけし、耳たぶを吸いながら自分の両脚をいくらか開いた。これでシュゼットはいっそう深く脚のあいだに入りこみ、愛撫に反応するたび、さらにしっかりとかたいものにこすりつけられることになった。

「ああっ」シュゼットはうめき、ダニエルの指を迎えいれるように、床についているほうの片脚を動かした。

「いい子だ」耳たぶから離れ、胸を眺めるためにのけぞらせようと、腰にまわしていた腕の位置を調整した。指先では休みなく滑らかな芯やそのまわりを撫でたりさすったりしながら、裸の胸を初めて目のあたりにし、その光景にほれぼれと見とれた。膝の上で背を弓なりに反らしたり、身をよじらせたりしている動きに刺激され、たまらなく欲望が募る。この馬車のなかでいますぐひとつになれたらどんなにいいだろうか。しかし、たとえいいといわれたところで、こんな形で純潔を奪うつもりなど毛頭なく、歯を食いしばって我慢した。

　するとシュゼットが突然顔をこちらに向け、胸を噛んだので驚いた。前をはだけたままなので、裸の胸がほとんど丸見えだったが、まさかいきなり噛むとは思わなかった。力まかせに噛みついたわけではなく、焦《じ》れて軽く噛んだだけなので痛くはなかった。ぎょっとしながらもつい大笑いしたが、乳首を探りあてられ噛まれたときには、その快感に驚いて笑うどころではなかった。これまで多くの女性とつきあってきたが、男の胸に注意を向けた女性などひとりもいなかった。もちろん、そんなことを期待したこともない。まさかこれほどの快感を生むとは想像すらできなかった。シュゼットがうめき声を洩らしながら手に荒々しく体重をかけてきたときには、もう終わりかとがっかりしてしまった。

「あなたが欲しい」ダニエルの手を握り、ふっくらと充血した部分に押しつけながら、シュゼットはすねたようにつぶやいた。

「なにが欲しいって？」おそらく赤面し、恥ずかしがって答えないだろうと思いながら聞きかえした。

しかしシュゼットは手を離し、キスをするために顔を引きよせながら熱っぽくささやいた。

「初めは痛くたって構わない。あなたが欲しいの。あなたのものをなかに入れてほしいのよ」

「おれのなんだって？」おもしろいやら驚くやらでぎょっとしながら、シュゼットの顔をのぞきこんだ。

シュゼットは焦れて不機嫌な声を出すと、股間に手が届くように膝の端へと移動し、はちきれんばかりのものに大胆にも片手を押しあてた。「これよ」

手で触れられたとたん愉快な気持ちは吹き飛び、シュゼットが力を入れるにつれ、うめき声をあげて目を閉じた。いつのまにかズボンをいじられていたようで、今度はぱっと前を開けて直接握られた。ぎょっとして目を開け、高まりに手を滑らせるシュゼットに尋ねた。

「そんなこと、いったいどこで覚えたんだ？」

「本で読んだの」シュゼットはそうささやくと、ふたたび手を走らせる。

シュゼットの顔をついと片手で持ちあげると、真剣なまなざしでこちらを見つめるかわいらしい顔に、我慢できずにキスをした。シュゼットは進んで応じてきたが、ぎごちない愛撫はやめようとしない。頭に血がのぼり、紳士としてあるまじき行為だと制止する理性など残らずどこかへ消えてしまった。つぎの瞬間ダニエルは立ちあがり、ひょいとシュゼットを持ちあげて座席の端に座らせた。そそりたったものを熱い中心に埋めようと、ダニエルは床にひざまずいた。

「来て」シュゼットはささやき、もっと近づけるようにと両脚を大きく広げた。そしてダニエルがそばに寄ると、そそりたつものから手を離し、自分の身体を支えるために両手を座席の両側に広げた。

ダニエルはふたたび熱く貪るようなキスをしながら、焦れたように待っているシュゼットに腰をこすりつけた。新しい動きにシュゼットは唇を離してうめき声を洩らし、腰を弓なりに反らして顔をそむけた。そのせいで、低いつぶやきをもうすこしで聞きのがすところだった。「なんて冷たいのかしら」

「すぐに温めてあげるよ」さらに激しく腰をこすりつけた。今度こそなかに入ってやろうと、すこし上半身を離し、かたいものに手を添えた。

「あら、わたしじゃないわ」シュゼットは小さく笑った。「ダニエルの手のことよ。わたしが握っているほうの手」

ぎくりとして動きを止めた。いま、手は握られていない。片手はシュゼットを支えるために彼女の腰にあてているし、もういっぽうの手は、いまにもなかに入れようと、自分のそそりたつものに添えているのだ。ということは？

座席に転がっていた死体のことを思いだし、頭が真っ白になった。

「どうしたの？」そのままかたまっているとシュゼットが尋ねた。先ほどまでの情熱がいくぶん冷め、心配そうな顔つきをしているのは、薄暗いなかでもダニエルの顔色が変わったことに気づいたからだろう。

ダニエルは一瞬ためらってから、シュゼットの腰にあてたほうの手を背中にまわし、そのままぐいっと彼女の頭を自分の胸に押しあてた。それからおもむろに、シュゼットの両手を順番に確認した。思ったとおり、派手にあれこれ動いていたせいで死体の片腕が毛布からはみだしていて、シュゼットはその手を握っていた。

「信じられん」一瞬でも死体の存在を忘れていた自分にあきれ、小声でつぶやいた。

「なにが？」身体を起こそうと、シュゼットは死体の手を離した。

しばらくそのまま抱いていたが、相手が身体を起こすのを待って口づけをした。今度こそ純粋にシュゼットの気をそらしておくためだった。馬車のなかにいるのが自分たちだけではないと気づかれないうちに、とりあえずズボンを穿《は》きたかったのだ。口づけしていれば、まわりをきょろきょろ見まわすこともないだろう。ズボンを穿きおえた瞬間に唇を離し、座席から抱きあげた。さいわい、ダニエルが立ちあがると同時に、シュゼットは反射的に両腕と両脚を彼の身体に巻きつけてくれた。さもなければ落としてしまったかもしれない。

だがいきなりふたりが移動したせいで馬車が揺れ、とっさにシュゼットを胸に抱えたまま馬車の中央でしゃがんだ。ある意味、ちょうどよかった。このあとどうすればいいのか、途方に暮れていたのだ。シュゼットは上半身が丸出しだし、両脚を巻きつけているせいでスカートは太もものあたりまでめくれあがっている。それに自分もタイはしていないし、ベストも上着も前が開いたままだ。ふたりともこんな格好のまま馬車から降りるわけにはいかないが、ここにずっといるわけにもいかない。これまでシュゼットが毛布にくるまれた死体に気づいていないのは、幸運以外の何物でもなかった。

「旦那さま、どちらに向かいましょうか？」馬車ががたんと動いたせいで目が覚めたらしく、御者が声をかけてきた。

「こちらも信じられん」さっきまでの物音では目覚めなかった御者が、よりによっていま眠りから覚めるとは。できれば当分眠りつづけてほしかった。

「伝えないの？」シュゼットが顔を上げた。

「なにを？」あちこち見まわしたりしないよう、さらにしっかりと抱きかかえた。

「グレトナグリーンへ向かえって」胸に押しつけているせいで、声がくぐもって聞こえる。

ぎょっとして見下ろしたが、強く抱きかかえているため頭頂部しか見えなかった。

「そのためにわたしを馬車に乗せたんじゃなかったの？」いっこうに返事がないので、シュゼットが問いかえした。

ダニエルはため息をついて目を閉じた。そういえば、嬉しそうに「謝ることなんかないわ。わたしだっておなじ気持ちよ。待ちきれないの」とキスの雨を降らせたことを思いだした。なるほど、このままグレトナグリーンへ直行すると思っていたわけか。ようやく事情が理解でき、小声でつぶやいた。「なにもかも信じられん」

「ダニエル？」シュゼットはさっきよりも強引に顔を上げようとしている。

「旦那さま？」ほぼ同時に御者からもまた声がかかった。

内心で悪態をつきながら扉に顔を向け、一瞬だけシュゼットの背中から手を離して扉を開けると、大急ぎで頭をまた自分の胸に押しつけた。まるで木にしがみつく猿のような格好のシュゼットを抱えたまま、ひょいと馬車から飛びおりる。さすがに神様も苦境続きに同情してくれたのか、シュゼットの頭や脚をどこかにぶつけることもなかった。頭を押さえていた手を背中へと滑らせ、裸の胸が隠れるようにきつく自分の胸に押しつけるようにして、急ぎ足で屋敷へ向かった。

さっきの馬車は通りすぎてしまったし、さいわい通りに人影はなかった。どのみち御者はどうすることもできない。せいぜい口止めのために俸給を上げてやるくらいかと、ため息をつきながら考えた。

「これからどうするの？」足早に屋敷に向かうダニエルに抱かれたまま、顔を上げてあたりを見まわしたシュゼットが不安そうに訊いた。

返事をせず、唇を引きむすんで歩きつづける。

屋敷の玄関はシュゼットが出てきたときのまま開いていたので、シュゼットを抱いて一番近くの客間へ入った。廊下の蠟燭のおかげで明るいあたりで立ち止まると、シュゼットをその場に立たせて手早くドレスを整える。

「ダニエル？」シュゼットはおとなしくドレスを着せられていたが、それを手伝おうとはせず、ただその場に立ったままだった。きちんと説明してくれと目が訴えている。

「今夜はグレトナグリーンには行かない」ダニエルは静かに答えた。

「どうして？　わたしてっきり――」

その言葉を遮って尋ねた。「もしも、お父上の借金を返す方法がほかにもあるとしたら？」

シュゼットはその質問に驚いて目を丸くしたが、肩をすくめた。「結婚はやめて、リサと一緒に田舎に帰るわ」

思わず険しい顔になった。「田舎に帰るだって？　きみだっていつかは結婚するんだから、たくさんの舞踏会に出席するべきだよ。若いお嬢さんはみんなそれを夢見ているものだと思っていたが」

シュゼットはため息をついたが、きちんと説明してくれた。「昔はたしかにそう思ってたわ。だけど、ディッキーの仕打ちを見たり聞いたりしてからは、あまり結婚したいとは思わなくなっちゃったの。借金の返済のために持参金が必要ないなら、一生結婚しないような気がする」

「ディッキーとおなじような男ばかりじゃないぞ」ダニエルはすかさず反論した。

「ディッキーだって、結婚前はそれはすてきだったんだから」冷ややかな声だった。「優しくて魅力的な紳士に見えたわ。みんながみんな結婚後に変わるわけじゃないなんて、どうしてわかるの？」

「おれだったら、女性に対してディッキーのような態度は絶対にとらない」真剣な顔で答えた。「そういう男のほうが圧倒的に多いはずだ。きみのお父上だって、娘やお母上にひどい仕打ちをしたりはしないだろう？」

「ええ、父はいつも優しくて、わたしたちをかわいがってくれた……突然賭博好きになって、毎年のように破産の危機を招いているけど、そうなる前はなんの不満もなかったわ」シュゼットは淡々と続けた。「ところで、ダニエルが女性に対してディッキーのような態度をとらないのはなによりだけど、ディッキーだって結婚前は紳士のなかの紳士にしか見えなかったのよ。どうすれば殿方の本当の姿がわかるの？」

なんと答えたものかわからずに険しい顔をくずさないでいると、シュゼットはかぶりを振った。「どうしてこんな話をしてるのかしら。とにかく借金の返済のためには結婚するしかないの。ダニエルも資産家の女性と結婚しなくちゃいけないんでしょ。こんな話をしている暇があったら、さっさと結婚してしまえばお互いの問題が解決するのに。だから今夜のうちに返事をしてくれようとしたんじゃなかったの？　これからグレトナグリーンへ直行するんだとばかり思っていたわ。それなのにまた屋敷に戻って、こんな話をしているなんて」

シュゼットの顔を見つめていると、実は承諾の返事を伝えるために来たわけではないと、正直に答えてしまいそうになる。どう考えても、いまや疑わしそうな表情でこちらを見つめているシュゼットには、真実を語る以外にないだろう。とはいえ、自分ひとりの判断でそんなことはできないので、苦しまぎれに答えた。「こんな真夜中にだれにも知らせず行くわけにはいかないよ。明日、返事をする約束だったんだから、そのとおりにしようと思いなおしたんだ」

そういわれてシュゼットが黙っているはずはないが、その点について議論するつもりはなかったので、そのまま踵を返して部屋から、そして屋敷から出た。玄関扉は閉めたが、歩道を半分ほど行ったところで、予想どおりまた扉が開く音が聞こえた。しかしシュゼットの呼ぶ声にも振りかえらずに足を速め、走るようにして馬車へ戻った。

「帰るぞ」馬車に飛びのりながら御者に大声で伝え、扉を閉めると座席に深々と腰かけた。馬車ががたんと前に進んでもまだシュゼットの声が追ってきたが、カーテンを引いたままの窓に目をやっただけでそのまま放っておいた。そのうち諦めて屋敷に戻ってくれるだろう。

改めて、向かい側の座席に転がっている死体を睨みつけた。こいつをなんとかしなければならないが、どうしたらいいのか見当もつかなかった。

ダニエルは渋い顔でかぶりを振った。まったく死体になっても厄介者なのは変わらない。こいつの存在さえなければ、そもそもシュゼットの部屋に入ることも絶対になかったし、あそこでつかまってついあれこれしてしまい、うっかりタイを忘れることもなかっただろう。そうすればそれを返そうとシュゼットが追ってくることもなく、当然馬車のなかで危うく貞操を奪ってしまいそうになることだってなかったはずだ。

すべてはこの死体のせいなのだ。いま自分があれをかたくして悶々《もんもん》としているのも、まちがいなくこの死体のせいだ。馬車のなかにこいつさえ転がっていなければ、あのときシュゼットの奥深くに突きたて、ともに絶頂を迎えていただろう。せめて一回くらい思いきり蹴飛ばしてやりたいが、さすがにそんな罰あたりなこともできない。冷静に考えれば、一線を越える前に踏みとどまれたことを感謝すべきなのだろう。

いり乱れる思いにため息をつき、雑念を追いはらおうと後ろにもたれて目を閉じた。

シュゼットが欲しい。だが、紳士としては結婚もせずにそんな行為には走れない。とはいえ、シュゼットがギャリソンなりだれかべつの男と結婚するのも絶対にいやだった。かといって、すぐにシュゼットと結婚する覚悟など決められるはずがない。なにしろ今夜知りあったばかりなのだ。

まずはお互いのことをもっと知らないことには、自分たちのあいだに欲望以上のものがあるかどうかも見極められない。シュゼットに惹かれているのはたしかだが、ほとんど知らない相手との結婚を悔いる一生を送るのもぞっとしない。しかし、それほど時間の猶予はないのもわかっていた。三姉妹が醜聞に巻きこまれるのを避けるため、シュゼットは自分が結婚して持参金を手に入れることしか頭にないからだ。だが、ダニエルなりリチャードなりが父親の借金を返済してやったりしたら、これで結婚する必要はなくなったとばかり、さっさと田舎に帰って二度と結婚しようなどと思わないだろう。それもこれも、この死体が生前クリスティアナにひどい仕打ちをしてきたせいなのだ。

目を開けて死体を睨みつけるとため息をつき、勢いよくかぶりを振った。まだこの死体をどこかに隠すという難題が残っているし、だれがなんのためにジョージを殺したのかも明らかにしないといけない。さらに、最重要課題として、突如として湧きおこったシュゼット・マディソンに対する激しい思いがあった。なんだかほんの数時間のあいだに、人生は手に負えない難問だらけになってしまったようだ。

5

「それが緊急の用事か？　そんなことを訊くために、熟睡していたおれを起こさせたのか？」

ダニエルは呆然とした。ついいましがた、ラドノー伯爵が緊急の用事だといらしていますとたたき起こされたのだ。諸般の事情を鑑《かんが》みれば、緊急の用事というからには最悪の事態到来なのだろうと、大慌てで服を着て二階から降りてきたのだ。それがなんのことはない。死体の行方を心配していただけだと知らされ、無性に腹が立ってきた。なにしろ昨夜、主寝室の窓の向こうでクリスティアナを抱きしめていたときは、リチャードはそう心配しているようには見えなかった。いっぽうダニエルは死体を隠してからベッドに入ったものの、シュゼットのことをどうすべきか悩んでいたせいでなかなか寝つけず、数時間前にようやく眠ったばかりなのだ。寝不足でいらいらしているところに、そんな用事で起こされたりしたら、怒っても罰はあたらないだろう。

「あれのありかが、ぼくにとっていかに重要な問題かはわかっているよな？」リチャードはこわばった声でたたみかけた。「昨夜、きみが黙っていなくなったりしなければ、今朝たたき起こす必要もなかったんだがね」

ダニエルはうんざりして、手近の椅子に座りこんだ。あれというのは、もちろん死体のことだ。死体のことをそう呼んでいるのは、万が一にも召使の耳に入ったときの用心のためだった。しかめ面でリチャードを睨みつけてやった。「ほかにどうすればよかったんだ？　おまえがあいつの妻を口説いているあいだ、馬車のなかで待っていろとでも？」

リチャードの顔色が変わった。「ぼくの妻だ。おまちがえなく」

ふんと鼻を鳴らした。「おやおや、今朝はまたずいぶんと旗色が変わったな。昨夜はこのまま続けたいのかどうかも、はっきりしなかったようだが」

「そうだが、気が変わった」リチャードは怪訝な顔をした。「そもそも、どうして口説いたなんて知ってるんだ？」

ダニエルは高々と眉を上げた。「まさかとは思うが、一応確認しておく。おまえたちふたりは、通りから丸見えだったぞ」

はっとして目を見開いたまま、でくの坊のようにその場を動かないリチャードに業を煮やして尋ねた。「それで？」

リチャードはまるで夢から覚めたようにぼうっとした様子で聞きかえした。「それでとは？」

「本気で彼女とやっていくつもりなのか？」いらいらと詰問する。

リチャードはため息をつきながら手近な椅子に腰かけると、おもむろにうちあけた。「実は、昨夜まで処女だったんだ」

思わず小さく口笛を吹いた。「それはまたずいぶんと怠慢だったものだな」

リチャードはうなり声をあげただけだった。ずいぶんとしょげているが、あまり同情する気分にはなれない。昨夜はひとりで死体を片づけただけでなく、ポケットにピストルが入っているのかと勘違いするほど、かたいものを抱えたままラドノー邸をあとにしたのだ。それにひきかえリチャードは、死んだ弟の法的には無効な結婚相手、見ようによっては妻でもなんでもない相手と楽しいひとときを過ごしたようだ。しかもクリスティアナは夫を心から嫌っていたが、かなり酔っぱらっている様子だったし、リチャードによればまだ処女だったという。もちろん、リチャードがそれにつけこんだとは思いたくない。そんな卑劣漢ではないからだ。とはいえ、どうしたらあんな事態になるのかは理解しがたかった。

「つまり」ダニエルはようやく口を開いた。「おまえだと思っている男に一年間も惨めな思いをさせられたのに、昨夜はすべてを許しておまえに抱かれたというのか?」

リチャードはとたんにやましそうな表情になった。そしてすべてを消そうとするかのようにごしごしと顔をこすると、ため息をつき、悄然《しょうぜん》とつぶやいた。「ご婦人が酒に酔っているのをいいことに、紳士としてあるまじきふるまいにおよんでしまった」

なんとも言葉に詰まった。そんなことをするなんてリチャードらしくない。なにかやむにやまれぬ事情があったのかもしれない。それにクリスティアナも必死で抵抗しているように は見えなかった。それどころか、まるでつる草のようにしがみついていたと表現するほうが正しいだろう。さすがシュゼットの姉だ。ダニエルは顔をしかめた。マディソン家の姉妹はかなりの情熱家らしい。かくいう自分も見事に理性を失った。それも、二度もだ。その点は、まさに釈明の余地もない。一度目はリサが邪魔しなかったら、そして二度目はシュゼットのひと言で死体の存在を思いださなかったら、まちがいなくシュゼットの純潔を奪っていただろう。そしていまごろは、一路グレトナグリーンへ向かっていたはずだ。

ひとつ咳払いをした。「まあ、少なくとも諸事情を鑑みて結婚を続けようと努力していたわけだしな」

「そもそも、結婚自体、合法ではなかった」リチャードはかっと目を見開いた。「万が一、クリスティアナが身ごもったらどうすればいいんだ？　子どもが庶子になってしまう」

それはゆゆしき事態だが、ここは安心させてやろう。「一回ぐらいじゃ、子どもはできないよ」

「だが、一回じゃなかったんだ」

「二回くらいだって……」リチャードの表情に気づき、言葉を切った。「三回か？」

リチャードは黙ってこちらを見つめている。

「四回？」信じられない思いで尋ねた。

沈黙。

「やれやれ」たいしたものだと感心しながら、ダニエルはどさりと椅子の背にもたれた。シュゼットと五回以上もちがった場所や体位でと想像すると、うらやましくて仕方ない。かぶりを振ってその思いを頭から追いだした。「その……すごく魅力的だったわけだな。受胎能力が強くないことを願うばかりだ」リチャードはがっくりと肩を落とした。「それほど心配ならば、もう一度きちんと結婚すればいい。そうしておけば、なにがあろうと安心だ」

「すでに結婚していることになっているのに、どう説明するんだ？」リチャードは不満顔で尋ねた。

口を開いたものの、なにも言葉が出てこなかった。疲れていたし、朝食どころか、まだお茶も飲んでいない。こんな状態でまともに頭が働くはずがなかった。少なくともお茶くらい運ばせようとドアに目をやると、部屋に入ってきたときにちゃんと閉めなかったようだ。すぐに立ちあがって廊下をのぞいてみたが、あいにく元気づけの飲み物を頼めそうな者の姿は見あたらない。がっかりしながらドアを閉め、また腰を下ろした。リチャードの心配そうな表情を見やり、もっと早くにドアを閉めておくべきだったと後悔した。

すこし歩いたおかげか頭がはっきりしてきて、いい考えが浮かんだ。「説明もなにも、もう一度ちゃんと結婚したいと提案したらどうだ。この最悪の一年の埋めあわせのために、改めて式をやりなおそうと。最高にロマンティックな男だと感心してくれるんじゃないか。ばんばん子どもをつくっても安心だ」

我ながらなかなかの名案であり、よくもこんな状態でひらめいたものだと嬉しくなった。とはいえ、リチャードまでが驚いて目を丸くしているのは、いささか心外ではある。「なるほど、名案だ」

「まあね。たまには役に立たないとな」ダニエルはむっとしてつぶやいた。

リチャードはうなっただけなので、気をとりなおして明るい声で告げた。「結婚するなら、シュゼットとおれと一緒にグレトナグリーンに向かえばいい」

「そうしようかな、ぼくたちは……」リチャードはそこまでいいかけ、ぎょっとした顔でこちらを見た。「きみとシュゼットだって?」

真っ向から視線を受けとめる気になれず、しばらく自分の爪を見つめた。昨夜ベッドに入ってから、眠ることもできずに考えに考えた大切な計画なのだ。たしかにシュゼットに惹かれているが、欲望のままに暴走して後悔するような愚かな真似はしたくない。とにかくお互いにもっとよく知りあう時間が必要だった。だが、今日結婚を承諾しなければ、シュゼットはもう待ってはくれないだろう。花婿探しを再開し、ギャリソンなり、あるいは昨夜出逢った男たちのだれかなりと、グレトナグリーンへ向かうのは確実だ。

ほんの数日でいいから一緒に過ごす時間を確保するためには、結婚を承諾したうえでそれを遅らせるしかないという結論に達した。返済には二週間の猶予があるのだから、二、三日のんびりと過ごして、それからグレトナグリーンへ向かうことにすれば、とりあえず何日間かの時間が稼げる。もちろん現地に到着してしまえば、どうするか決断しなくてはいけない。うまくやっていけると思えば結婚すればいいし、そうではない場合は断わって、これまでに出逢った花婿候補と結婚できなくなったお詫びのしるしとして、借金を肩代わりしてやればいい。

この計画に問題があるとすれば、それは万が一にも一線を越えてはいけないことだった。今後はできるだけ多くの時間をシュゼットと過ごしたいが、かならずだれかに同席してもらい、自分の名誉とシュゼットの純潔を守らなくてはならない。ただ抱きたいだけではなく、大切に思っているのだから、シュゼットの心も評判も傷つけないよう細心の注意を払う必要があった。若い純真な娘をたぶらかすのが目的の遊び人などではないのだ。昨夜はつい我を忘れただけだった。どういうわけか、シュゼットといると理性が吹き飛んでしまう。これからの二週間は充分に気をつけようと改めて決心した。

リチャードが落ち着かない顔で何度も座りなおしているので、どうしたのかとちらりとそちらを見た。返事を待っているのだと気づき、ひとつ咳払いをした。「まあ……そうなんだ」

「シュゼットと結婚するのか？」リチャードはとても信じられないという顔で確認した。

「まだ決定ではないが」目を合わせたくなくて、今度はありもしない糸くずをズボンからつまむふりをした。「そうしようかと思っている」

リチャードが怪しむように眉根を寄せたとき、なにを考えているのか手にとるようにわかった。自分も、昨夜、欲望のままに暴走したリチャードとまったくおなじ道を歩いているといえる。昨夜クリスティアナと一線を越えてしまったことを思い、おそらくダニエルたちもそうなのかと疑っているのだろう。見そこなうなといってやりたかった。「おまえが考えてることとくらいお見通しだ。もちろん、まだだよ」だがそれほど立派でもなかったと思いなおした。「危ういところだったがね。だけど結局、あれが邪魔だったんだよ。なんのことだかわかるだろ？」

リチャードはあまりにも正直な告白にとまどっているようだ。「馬車のなかのあれか」

「そう。ちなみにシュゼットとおれも馬車にいたんだけどな」シュゼットがダニエルの手と勘違いして死体の手を握っていると気づいた瞬間がよみがえり、苦々しい思いで吐きすてた。

「えっ？　あれと一緒に馬車に乗っていたのか？」リチャードは驚いている。「あれがあるのを知っていたのか？」

「べつの呼び方を考えないか？」だんだんと腹が立ってきた。「これじゃあ、ますます混乱する」

「質問に答えろよ」リチャードも譲らない。

「もちろん、彼女は知らないさ」ダニエルは不承不承答えた。「おれだって、馬車に乗りこむまでは知らなかった。死体から彼女の気をそらそうと、それはもう必死だったんだ」ついため息が出る。「とはいえ、結局はあれが邪魔で踏みとどまったわけだから、皮肉なもんだよな」

リチャードは動揺した様子で髪をかきあげた。「まだなら、どうして急に結婚なんか？お互いほとんど知らないだろう」

咎《とが》めるような口調にかちんときた。「シュゼットのことならよくわかっている。おまえだって、ほとんど知らない相手と結婚するわけだろ」

「クリスティアナは特別で、ぼくたちの状況は普通とはちがう」

「シュゼットだって特別だし、おれたちの状況も普通とはちがうさ」ダニエルは負けじといいかえし、自分の言葉に顔をしかめた。その点については疑問の余地がない。シュゼットはまさに特別だった。シュゼットほど情熱をかきたてる淑女には出逢ったことがなく、目が眩《くら》むほどに魅力的だった。思ったことをそのまま口にするような令嬢は社交界にはまず存在しないが、貧乏を隠すために大人になるまでうそで塗りかためた暮らしをしていたせいか、その率直さに心惹かれるものがあった。とにかくなにをするにも目を奪われるし、愉快で、ほがらかで……。

また、ため息をついた。「舞踏会で結婚を申しこまれたんだ。だから自分の部屋におれがいるのを見つけたとき、イエスの返事をしに来たと思いこんでしまってね。本当の理由を説明できないから、そのまま信じさせておいた。ほかの理由なんて、なにひとつ思いつかなかったしな。それをいうなら、いまも思いつかないが。しかしそれはそれとして、結婚も真剣に考えている」

「そもそも、どうして結婚を申しこまれたんだ？　金に困っている相手を探してるはずじゃなかったか」リチャードがいった。

ダニエルは顔をしかめた。「そうなんだが、おれの経済状態についてちょっと誤解させたかもしれない」

リチャードは眉を上げた。「どうして？」

「収入について訊かれたとき、また財産目当てかと思って文無しだとうそをついたんだ。ところがシュゼットはそれが気に入ったといいだしたもんだから、おれも驚いた」勢いよくかぶりを振ると、ある意味自業自得なのだと苦笑した。だが、財産目当ての母親やその娘に追いかけまわされるのはうんざりだったからこそ、貧乏がいいというシュゼットが新鮮だったのだ。

「それじゃあ、いまも文無しだと……」

「もちろん、おまえも黙っていてくれ」ダニエルは釘《くぎ》をさした。「そうそう、父親の賭博の借金を肩代わりするなんていいだすなよ。結婚するかどうかはともかくとして、おれがなんとかするつもりだ」

リチャードは驚きの表情を浮かべた。「どうしてぼくが肩代わりしちゃいけないんだ？

そうすれば姉妹を苦境から救えるのに」

思わず口ごもった。「姉がこの一年どんな生活をしてきたかを知って、シュゼットは結婚というものに幻想を抱いていないんだ。だから結婚など必要ないとなれば、田舎に引きこもってしまう可能性が高い。シュゼットがマディソン館、おれがウッドローにいたら、お互いを知るチャンスがほとんどなくなってしまう」

「なるほど」リチャードはそうつぶやくと、おもむろに咳払いをした。「事情はわかった。借金の肩代わりを提案するのはやめておくよ。とりあえず、いまのところはな」

ほっとして身体から力が抜けそうになった。「ありがとう」

リチャードは感謝の言葉に手を振り、話題を変えた。「ぼくたちもそのまま結婚を続けると決めたことだし、あれをとっておく必要もなくなったわけだ。ずっと考えていたんだが――」

ダニエルは慌てて遮った。「ちょっと待て」

リチャードは驚いた顔で口をつぐんだ。

「処分するのはまだ早いだろう。少なくとも、だれが殺したのかが判明するまでは」

「なんのために？」リチャードは納得できないという表情だった。「だれに殺されたか教えてくれるわけじゃあるまいし」

「それはそうさ。しかし死体がなくては殺人を証明できない」と指摘した。「毒を盛ったのがだれだろうと、すぐに失敗したことに気づくはずだ。とっくに気づいているかもしれないがね。当然、また殺そうとするはずだ」

リチャードはそこまで考えていなかった様子で、険しい顔で答えた。「もっともだな。気をつけよう。とはいえ、犯人をつかまえるまで隠しておく必要もないだろう。またぼくを殺そうとしたら、そいつをつかまえればいいだけだ」

ダニエルは黙りこんだ。心配だったのだ。ただでさえ問題が山積みだというのに、リチャードの暗殺まで警戒しなくてはならない。ジョージの卑劣な陰謀でリチャードが殺されなかったのは本当に運がよかったが、リチャードになりすましたジョージを殺し、ふたたび本物のリチャードの死をもくろんでいるだろう謎の人物がいる。そしてそれが何者で、なぜリチャードの命を狙うのかもまったくわからないのだ。ならば、現実に殺人が起きたこと、あるいは死んだのはジョージでリチャードは生きていると証明する必要が生じたときのために、死体を手もとに置いておくほうが賢明だろう。現時点では、いったいなにが進行中なのか、今後どのような展開になるのか見当もつかないのだ。ようやく口を開いた。「すべてが解決するまで、念のために隠しておいたほうがいい気がするけどな」

「わかった」リチャードはうなずいた。「で、いまは安全な場所に隠してあるんだな」

痛いところを突かれてうろたえた。「いや、そういうわけでもないんだ。夜のあいだ、裏庭のあずまやに隠しておいた」

「庭に？」リチャードはあっけにとられた顔でこちらを見つめている。

ダニエルは肩をすくめた。「そこしか思いつかなかったんだ。寒くて、人の出入りがないところといっても、なかなか難しいんだよ」それに時間は遅かったし、疲れていたし、いらいらしていたし、だいたい死体なんてどこに隠せばいいんだ？　あのときは、そのくらいしか思いつかなかったのだ。しかしいま、これだけは断言できる。「でも、当然長くは置いておけない」

「あたりまえだ」リチャードもかたい表情でうなずいた。「すぐにでもどこかに移動しないと」

「それについても、考えがある」

「へえ、本当か？」冷たい声だった。

皮肉には気づかないふりをした。「主寝室に戻すのが一番いいと思うんだ」

リチャードは仰天している。「なんだって？」

「まあ、話を聞けよ」ダニエルは順序立てて説明することにした。まったく、リチャードがこれほど怒りっぽいとは知らなかった。もっとも、お互いになにもかもが初めての経験だが。

「三姉妹はすでに死体がなくなったのを知っていて、おまえがディッキーだと信じている。まあ、まさに本物だからな。さらに死体を氷漬けにしたせいで、ベッドが台無しになったのも知っている。だから死体をベッドに戻し、窓を開けて室温を下げておくんだ。当然、ドアにはきちんと鍵をかけておく。そして新しいベッドを注文したと説明すればいい。そうすれば、新しいベッドが届くまで、わざわざ部屋に入ったりする馬鹿はいないだろう」

我ながら名案だ。死体は目の届くところに置いておけばいいのだ。会心の笑みを浮かべて椅子にゆったりともたれ、こう締めくくった。「万が一に備えて、死体は手もとに置いておいたほうがいい。しかも、見つからないところにな」

「たしかに、それならうまくいきそうな気がするな」リチャードは考えこんでいる。

「うまくいくさ」断言し、ひと言つけ加えた。「問題は、白昼堂々どうやって移動するかだ」

ぎくりと顔をあげたリチャードが理解できていない様子なので、さらに説明した。「死体はいますぐにでも移さないといけないわけだ。庭をぶらぶらしている召使が、いつ発見するかもわからないんだから」

「なるほど、そういうことか」リチャードがつぶやいた。途方に暮れたような目でこちらを見つめていたが、がくりと頭を垂れた。

そのまま足もとを凝視しているので、いずれなにか思いつくだろうとゆったりと待つことにした。いまは疲れきっていて、なにかを考えられるような状態ではない。目はしょぼしょぼするし、さっきからずっとあくびを我慢しているのだ。本音をいえば、いますぐベッドにもぐりこみたい。だが、あんなところに死体を隠してしまった以上、その移動が終わるまでは休むわけにいかないだろう。あのときは理想的だと思ったが、隠した場所を口にしたとたん、遅まきながらうかつだったと気づいた。昨夜は疲れすぎていたうえに、気も立っていたので、そこまで頭がまわらなかったのだ。

「古いじゅうたんを駄目にしても構わないよな？」リチャードの声に顔を向けると、さっきまでの険しさがすっかり影を潜め、別人のように顔をほころばせている。どうやら、いい案を考えついたようだ。


「あら、まだ寝ていたの」

昨夜ダニエルはここから入りこんだのだろうと、窓を見つめていたシュゼットはその声にドアを振り向いた。リサがこちらに歩いてくる。

「昔から小鳥のように早起きなのに、今朝は具合でも悪いの？」リサは心配そうに尋ねた。

返事をする気にもなれず、小さく肩をすくめて窓に視線を戻した。体調がすぐれないわけではなく、不安で胃がしくしく痛むだけだった。こうしてベッドに横になって、昨夜の出来事を思いだしていると、どんどん心配になってきたのだ。この部屋にダニエルがいると知ったときには、これで万事うまくいくと確信した。プロポーズを承諾してくれるのだ。ふたりは結婚し、賭博の借金も無事に返済して、幸せに暮らすのだと。

最初はこの部屋で、そして二度目は馬車のなかで、二度にわたる情熱的なひとときがそんな確信を揺るぎないものにしてくれた。でも、最後の最後でそれがひっくり返されてしまった。わたしを馬車から降ろし、服の乱れを直し、約束どおりに明日返事すると宣言したときのダニエルは、まるで別人のようにそっけなかった。そのうえ、地獄の猟犬に追われてでもいるかのように慌てて帰ってしまったことを考えると、気が変わったのではないか、自分がなにか致命的な失敗をしたせいで、やはり結婚をやめたくなったのではないかと生きた心地もしなかった。

もしかしたら、あれほど熱烈にキスに応じてはいけないのだろうか。あるいは慎みを知らない女だと思われたのかもしれない。それとも、淑女たるもの欲望におぼれるべきではないという信条の持ち主で、愛撫やキスに喜ぶ姿にうんざりしたのかもしれない。たしかに喜々として応じていたのは否定できない。これまで生きてきて、あれほど強烈な体験は一度もなかった。あれに似たものを経験したことすらない。口づけすら初めてのことなのだ。

もしも、今日ダニエルに断わられたらどうしよう。かわりの相手を探すしかないが、とてもではないがそんな気持ちにはなれなかった。昨夜出逢っただれであろうと、あれほどの喜びや情熱を引きだしてくれるとは思えない。あんなふうにだれかに触られると考えるだけでぞっとするのだ。ダニエルのように一緒にいるだけで胸が震える殿方と結婚できないのならば、未来に希望なんて抱けるわけがない。なにしろ、すでにあれほどの喜びを知ってしまったのだ。

「シュゼット?」ベッドの端に腰かけながら、リサが心配そうに声をかけた。

ため息をつき、なんとか笑みを浮かべてみせた。「なんでもないの。今朝はのんびりしたかっただけ」

「そうだったの」リサがほっとしたように微笑んだ。「そうそう、ロバートが来たわよ」

「ふうん」ロバートなど、このさいどうでもいいと内心つぶやいた、隣人でもあるロバートは昔から家族ぐるみのつきあいで、いわば一緒に育ったようなものだった。事実、マディソン館にいないときのほうがめずらしいくらいで、兄のような存在なのだ。まるで本当の兄のように、からかったり、いじめたりして喜ぶ困った面もある。

クリスティアナが結婚し、ディッキーが先祖代々の土地よりも町が好きだとロンドンで暮らしはじめた直後、ロバートもシュゼットたちを田舎に残して楽しいロンドン暮らしを始めていた。どうやらロバートはクリスティアナの窮状を知っていたらしい。そして、ロバートの手紙がきっかけで父親はロンドンへ向かい、最終的にはまた賭博に手を出して借金を抱える羽目になった。

「ねえ、ロバートがダニエルのことを知ってるんじゃない?」リサが身を乗りだした。「どんな性格で、尊敬できる立派な方なのかどうかも、ロバートなら正直に教えてくれるんじゃないかしら」

それを聞いていきなりベッドに起きあがった。「そうよね」さっさとベッドから降りる。昨夜のことがとりかえしのつかない失敗だったのかどうかや、どうやって挽回《ばんかい》すればいいのかもわかるかもしれない。それにダニエルについてなら、どんな小さなことでも知りたかった。なにしろ夫となるかもしれない男性なのだ。少なくともそうなってほしいと願っている。

「ジョージナを呼んでくるわね」リサは立ちあがり、ドアに向かった。

「ありがとう」そう答えたものの、ぼんやりメイドを待っているつもりはなかった。早く階下にいきたい一心で、ドレスを物色しはじめる。ジョージナが水を張った洗面器を携えてやってきたときには、すでに服を選び、髪をとかしていた。ジョージナに笑顔であいさつしたが、そのあとはなにを話しかけられても上の空で、手早く顔や手を洗った。ジョージナの手を借りてドレスを身につけ、髪を整えてくれるのをじっと待つ。そして終わったとたんに部屋を飛びだし、階段へと急いだ。ロバートは人を見る目がたしかなので、その意見を早く聞きたかった。

階段を降りると客間のドアは閉まっていた。なかの様子をのぞいてみようと思ったが、朝食室にリサがいたのでそちらに向かった。

「あら、ずいぶん早かったわね」リサは立ちあがり、おずおずと尋ねた。「クリスティアナとロバートに合流する前に食事を済ませてしまう?」

サイドボードに並ぶ料理をちらりと眺め、かぶりを振った。「先にロバートと話をしたいわ」

リサはあからさまにほっとしていた。姉ふたりは昔からロバートを兄のように思っていたが、どうやらここ数年、リサは恋愛感情に近いものを抱いているような気がする。いつもロバートをうっとりとした目で見つめ、人懐こい子犬のようにあとをついてまわっているのだ。

でも、ロバートのほうはまったく気づいてもいない様子だった。もっとも、ときとして男性は信じがたいほど鈍感なものだ。

「じゃあ、客間に行きましょう」リサはテーブルをまわってこちらにやってきた。

うなずいて廊下に出たところで、どうして客間のドアが閉まっていたのだろうと考えた。夫以外の男性と部屋でふたりきりになるなど、既婚女性にはあるまじきふるまいだ。だが、外聞をはばかるようなことが起きているはずはない。ドアの閉まった部屋でロバートとふたりきりになっているのがリサならば、彼にすり寄っているんじゃないかと心配したかもしれないが、クリスティアナならば心配はない。とはいえ、リサが客間のドアを勢いよく開けて「ここにいたのね！」とほがらかに声をかけたあとで、怪訝そうな顔でこう尋ねたのも当然だった。「ハーヴァーシャムから、ロバートが来ていると聞いたの。それより、どうしてドアを閉めているの？」

笑いを嚙みころしながら続いて部屋に入ると、ロバートとクリスティアナがぎょっとした顔でこちらを見た。どうやらかなり大事な話をしていたところを、リサに不意を突かれて驚いているようだった。

「なにも考えないで、つい閉めちゃったのね」クリスティアナはぎごちない笑みを浮かべた。

「ちょうどよかった。今夜わたしたちが出席できる舞踏会がないか、ロバートに訊こうと思っていたところなのよ」

「今夜はハモンド家の舞踏会に行くんだと思ってた」リサと一緒にロバートが座っているソファに腰を下ろしながら、シュゼットはつぶやいた。ロバートとクリスティアナが目配せしているのに気づき、ふたりはいったいなんの話をしていたのだろうと考える。

「ああ、それはそうさ」ロバートはのんきな声で答えた。「クリスティアナは、それ以外にどんな舞踏会があるかといいたかったんじゃないか」

そのとおりとうなずく姉をちらりと見てから、これから数日間のうちに開かれる舞踏会や社交の集まりをひとつひとつ挙げはじめたロバートに顔を向ける。ダニエルに断わられたときのために一応耳を傾けていたが、我慢できずに口を挟んだ。「ねえ、ダニエル・ウッドロー卿って知ってる?」

ロバートは驚いた顔ですぐに答えなかった。クリスティアナは、シュゼットがプロポーズしたことを話さなかったようだ。ようやくロバートが口を開いた。「あ……ああ、知っているとも。おなじ学校だったからね。彼はリチャード・フェアグレイブと仲がいいはずだよ」

シュゼットはとんでもないとかぶりを振った。「ううん、そんなことないわよ。ディッキーのこと、大嫌いだっていってたもの」

「本当かい?」ロバートは興味をそそられた顔で、意味ありげにクリスティアナを見た。

「学生時代、ふたりは親友だったんだがな」

ロバートと姉の様子がおかしいのが気になったが、いまはそんなことよりも、ダニエルについての情報を集めたかった。「どういう人？」

「由緒正しい立派な家柄で、ひとり息子だよ。父親は次男だったが、伯父が一年前に子どものないまま亡くなったので、ダニエルがウッドローの地所と伯爵位を相続した」

「シュゼット、伯爵だって！」リサが嬉しそうに叫んだ。

どうしてダニエルがそのことを黙っていたのか、それが自分にとってどんな意味を持つのか、眉根を寄せて考えた。ロバートが不思議そうな顔でリサと自分を見比べていることに気づき、しかめ面で続きを促した。

ロバートは肩をすくめた。「どんなことを知りたいんだ？」

「ダニエルのこと、どう思ってる？」シュゼットはすかさず尋ねた。ロバートの人を見る目はたしかだ。もっとも、ディッキーについては見込みちがいだったようだが。ただ、無理もない事情もあった。あのころロバートの父親が病に倒れ、クリスティアナが結婚してまもなく亡くなったのだ。父親の看病で忙しかったロバートは、ディッキーが求婚していた時期はあまりマディソン館に現われなかったし、たまに来ても父親の容態が気がかりで心ここにあらずの様子だった。突然ロンドンへ行ってしまったのも、父親を失ったことが原因だろう。悲しい想《おも》い出だらけの家にいたくない気持ちは理解できる。

「ぼくがどう思ってるか？」ロバートは思案顔でしばらく天井を見上げていたが、小さく肩をすくめてこちらに顔を向けた。「昔から好きだよ。頭も切れるし、ユーモアのセンスもある。いじめられている人間をかばったり、不当な扱いを受けている者に味方したりする正義漢でもあったな。いまはあまりつきあいがないが、昔も今も悪い噂は耳にしたことがない。好青年だと思うよ」そこで言葉を切り、眉を上げた。「どうしてそんなことを知りたいんだ？」

「シュゼットが結婚するからよ」リサがにっこり笑った。

驚いた顔で椅子に座りなおしたロバートを見て、リサを睨みつけた。「まだ決まったわけじゃないの。今日返事をもらうんだから」

「返事をもらうだって？」ロバートが目を見開いた。「シュゼットからプロポーズをしたのか？」

なるほど。いまの苦境についてクリスティアナはなにも説明していないのだ。考えてみれば、それも当然だった。前回だって父の不始末については秘密にしたのだ。家族同然のロバートならばおそらく助けてくれるだろうが、そこまでしてもらうのはだれも望んでいなかった。これまでのように気楽につきあえなくなるのが一番困るのだ。それに父親がそんな愚かな真似をしたなんて、恥ずかしくてうちあけられるはずがなかった。だからはぐらかすことにした。「どうして女からプロポーズしちゃいけないの？　好きになったなら構わないんじゃない？」

正面から尋ねられて、ロバートは答えに詰まっていた。

気をとりなおす暇を与えずに質問を続けた。「ご両親はいまもご健在?」

ロバートはちょっと考えていた。「お母上は健在だが、お父上はもうずいぶん前に亡くなっているよ。だからダニエルが爵位や地所を相続したんだ」一瞬顔つきが険しくなり、ゆっくりとつけ加えた。「今年の初めにお母上の体調が芳しくないと聞いた気がするが、もう快復されたはずだ」

「お酒は飲む?」シュゼットは尋ねた。

ロバートはびっくりしたような顔で、記憶をたどっている。「昔も酒を飲みすぎていたという覚えはないし、それ以降も酒びたりになったという話は聞いたことがないな」

「賭博は?」クリスティアナとリサがぎくりとし、わずかに身を乗りだした。父親が招いた結果を考えれば、それは大事な質問だった。

ロバートはきっぱりと首を振った。「いや、あいつはしないはずだ。昔からそういうものには手を出さないやつだったから。そういう遊びに大金を投じるのは馬鹿馬鹿しいといっていたな」

「愛人は?」結婚前にせよ、あとにせよ、愛人がいる男性はめずらしくもないが、ダニエルに自分以外の女性がいるのはいやだった。

「これまでにそういう相手はいたと思う」ロバートは真面目な顔で答えた。「だが、あいつはその方面には人一倍慎重なんだ」

さらに質問を続けようとしたとき、咳払いの音が聞こえた。ドアに目を向けると、執事のハーヴァーシャムが戸口に立っていた。

「どうしたの、ハーヴァーシャム？」クリスティアナがすぐに声をかけた。

「旦那さまがお戻りになりました。ウッドロー卿とご一緒でして、まもなくこちらにいらっしゃるそうでございます、奥さま」

「ダニエルがここに？」シュゼットはさっと背筋を伸ばし、昨夜の夢に出てきた相手にようやく会えると執事の背後をのぞきこんだ。

「さようでございます。旦那さまがなにかを主寝室に運ぶのを手伝っておいででした」

「まあ」がっくりと気が抜けたが、今度は不安や疑問で頭がいっぱいになった。これから返事を告げに来るのだろうか？　約束なのだから、そうに決まっている。いったいディッキーとなにを二階に運んでいるのだろう？　わたしとの結婚の承諾をディッキーからもらうつもりだろうか？　本来ならばお父さまの役目だけど、ダニエルは事情を知っているだけに、ディッキーに話すことにしたのだろう。

「ありがとう、ハーヴァーシャム」

クリスティアナの言葉にはっと物思いから覚めると同時に、執事が返事をした。「恐縮でございます、奥さま」

「すごい！」執事が踵を返すと、リサが明るくいった。「ディッキーにも会えるのね、楽しみだわ」

シュゼットはわざとらしくはしゃぐリサに眉をひそめた。リサは懇願するような目でクリスティアナを見つめている。ディッキーにやり直すチャンスを与えてほしいと頼んだからだろう。リサは、これまでの態度を悔い、改めてクリスティアナといい関係を築きたいといった昨夜の言葉を信じているらしい。だが、自分はまだそんな気にはなれない。昨夜、死に直面することで人は変わるものだとダニエルはいっていたが、ディッキーがそんなに急に改心するとは思えないのだ。だがクリスティアナとしては、夫が神の啓示でも受けて別人のようになってくれるのなら、そんなに嬉しいことはないだろう。

「クリスティアナ？」とリサ。見るとクリスティアナは立ちあがっていた。

「ハーヴァーシャムになにか飲み物を頼むべきだったと思って。まだ近くにいるだろうから、ちょっと行ってくるわ」というなり、姉は足早に姿を消した。

こうなったら早くダニエルが現われて、この宙ぶらりんの苦しみから救ってくれないかと、開いたままのドアをぼんやりと眺めた。どうして昨夜はいきなり、最初の約束どおりに今日返事をするなんていいだしたのだろう。結婚すると伝えるためにわざわざ屋敷までやってきて、寝室の窓から入りこんだくせに。そうでなければ、あんなところにいるはずがない。実は断わるつもりだったのに、こちらの早合点のせいで切りだせなかったとか？　そういえば、なぜここにいるのかという理由もろくに聞かなかったのを思いだした。勝手に承諾してくれたと思いこんで、どこかの身持ちの悪い女のように身を投げだしたのだ。

思いかえしてみれば、積極的だったのはむしろ自分のほうだ。最初に部屋でキスをしたのも自分からで、それから……歯止めがきかなくなってしまった。ひょっとすると、あんなに情熱的なひとときを過ごしてしまった以上、断わりに来たと口にできなくなってしまったのかもしれない。そう考えれば、どうして今日まで待たせることにしたのかも説明がつく。シュゼットはそこまで考えたところで、いきなり立ちあがった。

「わたし、室内履きをとりかえないと」そうつぶやくと、なにか聞かれる前に部屋から飛びだした。不自然極まりない口実だったが、とっさにそれしか思いつかなかったのだ。もうこれ以上じっと待っているなんてできなかった。頭がどうかなってしまいそうだ。ダニエルを見つけ、自分と結婚するつもりがあるのかどうか尋ねよう。これ以上あれこれ考えたり、待ちぼうけを食わされたりするのはまっぴらだ。とにかく、いますぐに返事を聞きだしてやる。

執事はディッキーとふたりでなにかを二階に運んでいるといっていた。急いで階段を上がり、ずんずんと廊下を進む。ちょうど自分の部屋の前を通りかかったときに、廊下の奥の部屋のドアからダニエルが出てきた。そのとたん、その場から動けなくなった。心臓がどきどきいう音があたりに響いているような気がする。今日は自分から駆けよって、抱きついたりはしない。こちらに来るのを待って、きちんと答えを聞こう。今度こそ、絶対にそうしなければ。

6

ダニエルは後ろ手に主寝室のドアを閉めたが、なかの様子が気になって足を止めた。リチャードとふたりでじゅうたんに包んだ死体を苦労してベッドに載せ、それをシーツや毛布でなんとか隠したところで、夫を捜すクリスティアナが部屋に入ってきたのだ。溶けた氷で台無しになったベッドに、なにか大きな塊があることには気づいていない様子だったが、いつまでもあの部屋にいるのは危険だ。死体に気づかれたら厄介なことになる。そうなったらすべてを説明するしかないだろうが、ディッキーは死んでいて、しかもラドノー伯爵の偽者だったと告げたら、どんな大騒ぎになるかわからない。そのうえリチャードが本物のラドノー伯爵であり、昨晩ベッドをともにするわずか数時間前まで、実は会ったことすらなかったと知ったら、クリスティアナは驚きのあまり気を失ってしまうかもしれない。

しかし、リチャードがなんとかするからふたりきりにしてくれというのだから、万事うまくいくように祈って、階下で待っているしかなかった。いまのところ、自分にできることはそれくらいしかないのだ。かぶりを振って歩きかけたとたん、シュゼットがこちらを向いて立っていることに気づいた。

今日はまた一段と美しい。白いモスリンのドレス姿で、ゆるくウェーブのかかった栗色《くりいろ》の髪が肩にかかっていた。しかしいくぶん顔色がよくないようで、目の下にもくっきりとくまができている。自分とおなじように、昨夜はよく眠れなかったようだ。そのせいか、いまにも壊れてしまいそうに見える。ダニエルは思わず指先で頬を撫でた。

「今朝もきれいだね」シュゼットの唇を見つめながらささやく。心配のあまりずっと噛みしめていたのか、唇がふっくらと薔薇色に輝いている。いますぐ口づけしたい気持ちがこみあげてきたが、なんとか自制した。

「よく眠れたかい？」

「ありがとう」シュゼットはぎごちない笑顔を浮かべた。「ダニエルもきれいよ。その、ハンサムだわ」

ダニエルはくすりと笑い、頬に触れていた手を下ろした。

「全然。気が気じゃなくて」シュゼットは素直に認めた。やはり思ったとおりだった。「わたしと結婚するつもり？」

大胆な質問に驚くべきなのだろうが、シュゼットらしいとしか思わなかった。当然のようにそう考えている自分に苦笑しながら、あえてうそをつくのもいやなので、ただうなずいておいた。それを目にして、シュゼットがほうと息を吐いた。嬉しそうに笑うとダニエルの首に抱きつき、唇を押しつけてくる。情熱的に応えたいのは山々だったが、必死に我慢した。

そうしてしまったら、もう止められないだろう。まさに聖書に記してあるとおりにシュゼットを知ることになってしまう。その前にきちんとお互いを理解すると決めたのだ。ダニエルはシュゼットの両手を首からはずし、すこし距離を置いた。

「もっと話をしよう」こちらを不安そうに見上げているシュゼットに優しく声をかけた。

「ああ」シュゼットは安心したようだ。「そうね、そのとおりだわ」

あたりを見まわすと、すぐ横のドアを開けてなかに入った。

「いつ出発するかを相談しなくちゃいけないし、荷造りもしないと。あと――」ダニエルがついてこないことに気づくと、シュゼットはおしゃべりをやめて廊下に戻ってきた。「どうぞ、入って。話しあうことは山ほどあるんだから」

ダニエルは顔をしかめてかぶりを振った。「まだふたりきりになるべきじゃない。気持ちを抑えられなくなってしまうし、それに――」

しかしシュゼットは笑いながら手をとり、ダニエルはそのまま部屋に引っぱりこまれてしまった。「また抱きついたりはしないと約束するわ。昨夜のわたしは積極的すぎたわよね。だけど、普段からあれほど大胆なわけじゃないのよ。それどころか、あんなことをしたのは生まれて初めて」

「わかっているよ」手が自由になったので、安全な距離を置くために数歩離れ、真面目な顔でうなずいた。シュゼットが未経験であることは疑う余地もないが、学習の速さにかけても特筆に値するだろう。あれほど情熱的だったことを光栄に思うべきなのだろうし、つい我を忘れたのが自分だけではなかったと知って嬉しくもあった。だが、なんとしても自制するはずが、結局は部屋でふたりきりになっている。シュゼットはドアを閉めてしまったし、手を伸ばせばそこにベッドがあることを痛いほどに意識してしまった。

「奔放な女だと思われたんじゃなくてよかった」シュゼットはベッドの足もとにある衣装箱に向かった。「昨夜はそれが心配だったの」

「いや、そんなことはすこしも思わなかった」衣装箱の横にひざまずいて、蓋を開けるシュゼットを見て目をむいた。なかの服をよりわけるために尻を突きだす格好になり、動くたびにそれが左右に揺れるのだ。そのうえ、今日着ているドレスがあまりに薄く、まるで第二の皮膚のようにぴったりしているため、身体の線がはっきりとわかる。ダニエルは尻の曲線に目が釘づけだった。これでは裸とそう変わらないだろう。

「何着くらい持っていけばいいと思う?」シュゼットは一枚のドレスをとりあげ、しゃがみこんだ。

食いいるように見つめていた尻が視界から消えたので、とりあげたドレスに目をやってまたまた息を吞んだ。襟のところに小さな薔薇飾りのついたネグリジェなのだが、その生地がほとんど透明なのだ。なにしろそのネグリジェ越しに向こうの衣装箱やらベッドやらの家具が丸見えで、そんなものを着たら肌はあらわに透けて見えるだろう。どうして未婚の娘がこんなものを持っているのか。

「これは母のものだったのよ」シュゼットはくるりと振り向き、にっこりと笑った。「昔から お気に入りだったの。母が亡くなったあと、父は荷物をまとめて屋根裏部屋に片づけさせたけれど、何年か前に見つけてわたしの部屋に隠しておいたのよ。これまで着てみる勇気はなかったんだけどね。実は、どうしてこれをロンドンに持ってきたんだろうと、自分でも不思議だったんだけど、いまとなってはちょうどよかったわ。ダニエルのためなら、着る勇気が湧いてきそう」

このネグリジェを身につけたシュゼットがそれを脱ぎすて、仰向《あおむ》けに横たわるさまが頭に浮かび、ごくりとつばを飲んだ。

シュゼットは幸せそうな吐息とともにネグリジェをベッドの端に置くと、ふたたび前屈《まえかが》みになって衣装箱をかきまわした。また目の前で尻が揺れている。「少なくとも、三、四着は持っていったほうがいいわよね」

揺れる尻を見つめながら、ダニエルは曖昧なうなり声を発した。まったく、これじゃ拷問だ。

「ウッドローってどんなところ？」衣装箱のなかからくぐもった声が聞こえた。

「あ、ああ、いいところだよ。見渡すかぎり畑や森が広がっていて、泳ぎができる池もある。もちろん屋敷はもうすこし修繕が必要だが」シュゼットの尻に気をとられながら、上の空で答えた。

「わたしたちはそこで暮らすの？　それともロンドン？」

ダニエルはその質問にはっとした。昨夜はできれば別居する権利が欲しいといっていたが、そんなことは忘れてしまったようだ。これは期待できるかもしれない。少なくとも、彼女と結婚するならば心強い言葉だ。ひとつ咳払いをした。「ウッドロー中心になるだろうな。もっとも、おれはちょくちょく仕事でロンドンに来る必要があるだろうが」

「それを聞いて安心したわ！」シュゼットは肩越しに振りかえって、満面の笑みを浮かべた。「ほら、わたしは田舎育ちだから。だって田舎のほうがずっとすてきだと思わない？　ロンドンは空気が汚れているし、人も多いし、それに……」肩をすくめ、また衣装箱に向かった。

「やっぱり子どもは田舎で育てたいわ」

ふたたび揺れはじめた尻を眺めながら、その言葉に目を細めた。子どもだって？　もちろん、結婚すればやがて子どもができるわけだ。シュゼットそっくりの幼い少女が脳裏に浮かんだ。おさげ髪を垂らし、きらきらと目を光らせ、いたずら坊主のように笑っている。それはなんとも心がなごむ情景で、思わず微笑んだ。

「女の子はもちろんだけど、男の子もふたり欲しいの」シュゼットは衣装箱に向かって楽しそうに宣言した。

ふたりの真面目くさった少年の姿が頭に浮かんだ。さっきのおてんば娘の両側に護衛のように立っている。そこでシュゼットの声が聞こえ、現実に引きもどされた。

「あなたも小さいころはさぞかしハンサムな少年だったんでしょうね。そのころに会ってみたかったわ」

先ほどのシュゼットの言葉と、本気でそう思っているような口ぶりを思いだし、ダニエルは首を傾げた。「ロンドンの生活に未練はないのか？」

「未練って、なにに？」シュゼットが立ちあがって、肩越しにこちらをちらりと見た。

ダニエルは肩をすくめた。「舞踏会とか、夜会とか、芝居とか、いろいろあるだろう」

軽やかな笑い声をあげると、シュゼットはふたたび衣装箱に向かった。「お芝居なんか一度も観《み》たことがないもの。未練なんてあるわけないわ。舞踏会や夜会なら田舎にだってあるじゃない。もちろんロンドンほど多くはないし、豪華ではないでしょうけど……」そこで言葉を切り、こちらを見て不思議そうに尋ねた。「もしかして、ダニエルはロンドンしか知らないの？」

ダニエルがうなずくと、シュゼットの顔が曇った。

「だったら、連日のように楽しい予定がある生活に慣れているんでしょうね。田舎暮らしは退屈するんじゃない？」

「そんなことはない」きっぱりと答えた。ウッドローであらゆるものの修繕に追われて苦労したにもかかわらず、今年前半に田舎で過ごした半年間はこのうえなく楽しかった。地元の社交的な集まりに出席したことはないが、ロンドンしか知らないダニエルは、自然にかこまれた平穏な暮らしがことのほか気に入っていた。「それに大きくなるまで、舞踏会や夜会はもちろん、芝居にもほとんど行ったことがないんだ」

「どうして？」シュゼットは目を丸くした。

「貧しかったからさ」ダニエルはさらりと切りだした。「父は次男だったんだ。ロンドンの別宅を相続し、銀行でそれなりの地位についていたらしいがね。母と知りあったときは、それ以外に財産らしきものはなにも持っていなかった。いっぽう母は、かなりの資産家の長女だったんだ。だから祖父母は父を認めず、おなじくらい裕福なある男爵と結婚させようとしたらしい。だが、母は父を愛していた。初めて会ったその晩に、この男性こそ運命の人だとわかったそうだよ」

「なんてロマンティックなのかしら」衣装箱の中身をかきまわすのをやめ、シュゼットはこちらを振りかえった。

「だが、祖父母の意見はちがった」ダニエルは淡々と続けた。「反対を押しきって父と結婚した母と、親子の縁を切ったんだ」

「そんな」シュゼットは顔をしかめた。

ダニエルは肩をすくめた。「それでも、両親は幸せに暮らしていたらしいよ。経済的には大変だったらしいが、恋するふたりにはそんなこと関係なかった。とはいえ、父が病に倒れ、その後亡くなってからは、本物の貧乏生活が待っていた。召使は解雇するしかなく、母は繕いものを引きうけるようになった。また、当座の現金のために家具を手放した。母は舞踏会のような席に出るための服を用意することができず、芝居など問題外だった。金がないのを隠すために、ほとんど人づきあいなどしなかったな」

「だけどもちろん、お友だちのお屋敷を訪ねたりとか……」かぶりを振ると、シュゼットの言葉が途切れた。

「招待を受けるわけにはいかなかった。お返しにこちらも招待しなくてはいけないからね。実際、我が家に足を踏みいれた者はほとんどいなかった」

「どうして？」シュゼットは怪訝な顔で尋ねた。

「家具がほとんどなかったからさ」たいしたことではないと、にやりと笑ってみせた。「家具類は借金の支払いと日々の生活費のために、最初に売りはらった。つぎに母は手持ちの宝飾品をひとつずつ売っていった。さいわい、母が子ども時代に両親から贈られた宝飾品は上質なものばかりだった。我が家の財政が比較的良好だったころに父が贈った、それほど上等ではない宝飾品も、長い年月のうちにすべて売りはらわれた……結婚指輪や婚約指輪もね」

「そんな」シュゼットが驚いて悲鳴をあげた。

「おれの学費を工面するために売ったんだよ」説明していて、やるせなくなった。ここ数年、投資の成功で資産ができてからは、母が欲しいものを我慢する必要はない。だが両親の愛の証《あかし》である指輪だけは、いまさらとりもどすことはかなわなかった。あれは母にとっても断腸の思いだったにちがいない。父から贈られた婚約指輪や結婚指輪は、母にとってかけがえのない宝物だ。父を心から愛していたし、それは亡くなって二十年になるいまも変わらない。だからこそ、結婚指輪や婚約指輪を手放すのは身を切られるようにつらかっただろう。

「なんてお気の毒な」シュゼットが小さな声でいった。「それは悲しかったでしょうね」

「ああ、母はずいぶん長いあいだ気に病んでいたよ。父への愛ゆえにひどく苦しんでいた」

「でもみずから進んでその犠牲を払われたのね」シュゼットはそうつぶやくと、こう続けた。「でも、わたしがいったのはダニエルのことよ。あなたもつらかったはずだわ」

ダニエルは目を見開くと、かぶりを振った。「幼いころは、うちが貧しいことも、他人とはちがう暮らしをしていることもわからなかったし、その後は学校に行ってしまったからね。温かいベッド、これまで食べたことのないような山盛りのごちそう、そして気のいい友人。なによりリチャードと知りあえた」

「ディッキーは友人なんかじゃないといってなかった？」シュゼットは目を細めている。

ダニエルはぎくりとして、慎重に言葉を選んで答えた。「学生時代は親友だった。だが、ロンドンの別宅が火事になってから、ディッキーとは一切つきあっていない」

シュゼットはほっとした顔でため息をついた。「双子の弟を亡くしたせいで、そんなに変わってしまったの？」

ダニエルは言葉に詰まった。この件でシュゼットにうそをつきたくないのだ。これまでもその点だけは気をつけてきた。考えた末に、ゆっくりと答えた。「別宅の火事とジョージの死がすべてを変えた。いまのリチャードはかつての自分をとりもどし、友人であることを誇らしく思える男だよ」

「ふうん」シュゼットは半信半疑といった顔でつぶやいた。また衣装箱のほうを向くと、話題を変えた。「あなたのお母さまってすてきなかたなのね」

「そうかな」これまでそんなことをきちんと考えたことはなかった。もちろん、息子のために多くの犠牲を払ってくれた母親のことはこのうえなく大切に思っている。そうだ、母親についても手短に説明しておこう。「母は強く、聡明《そうめい》で、人好きがするタイプだよ。苦労をしてもひがみっぽくなったりはしなかったな。父を失ったことは大きな痛手だったけれど、父とともに過ごしたかけがえのない想い出があるからこそ、その後の悲しみも乗りこえることができたそうだ」

シュゼットは衣装箱に向かって小さくため息をついた。「お母さまは、本当に心からお父さまを愛してらしたのね」

「うん」どうしてこんなに詳しい話をしてしまったのだろう。リチャードさえ、うちの家族のことをここまでは知らないのに。

「じゃあ、お母さまのご家族とはいまもつきあいがないの？」シュゼットの声に、はっと我に返る。「お父さまが亡くなったとき、ご実家にはお帰りにならなかったのね？」

「ああ」ぎゅっと唇を引きむすんだ。「どうやら祖母はメイドを通じて、食べ物やお金などを届けさせていたらしいがね。その祖母も学生時代に亡くなり、祖父は血も涙もない冷血漢らしく、一度も態度をやわらげたことはない」どうしても声に苦々しさが交じる。

「いつかは変わってくれるかも」

「どうでもいいことだ。いまとなっては興味もないね」それは本音だった。その気になれば簡単に母を苦境から救うことができたのに、祖父はなにもしなかった。それにいまは自分がいる。いまさら、冷酷な老人に助けてもらう必要もなければ、関わりたいとも思わなかった。

シュゼットは衣装箱に向かって大きくため息をついた。「ずいぶんと苦労したのね。それに比べたら、わたしは理想的な子ども時代を送ったわ。母はリサを産んですぐに亡くなったけど、仲良しの姉妹や優しい父と一緒に、きれいな空気と愛情や笑い声にかこまれて育ったもの」

「だが、その優しいお父上のせいで、家族を救うために結婚する羽目に陥ったんじゃないのか」つい冷たい声で指摘してしまい、慌てて続けた。「幼いときに苦労する者もいれば、大人になってから苦労する者もいる。人生というのは長い目で見れば公平にできているのさ」

シュゼットは面食らったような顔で振りかえった。

「おれは若いころに苦労したが、きみは幸せな子ども時代が終わったいま、それを経験しているわけだ。正直、おれなら早い時期に苦労するほうがいい。若かったから、失ったものはさほど多くはないからな。だが、今回のことはきみにとってはさぞかし打撃にちがいない。まさか、家族を救うために結婚することになるなんて、昔は想像すらしなかっただろう」

「それは、ダニエルだっておなじことでしょう」シュゼットは穏やかに答えた。

返す言葉がなかった。実は、金のために結婚する必要はないのだが、それを口にするわけにはいかない。それに、リチャードがいなかったらそうなっていた可能性が高いのだ。

「でもそれを喜んでるといったら怒られるかしら?」シュゼットは続けた。

ダニエルは思わず目を丸くした。「喜んでいる?」

「資産家の相手を探しているからこそ、わたしと結婚してくれることになったわけでしょ」シュゼットは悲しそうな顔で告白した。「結婚してくれないんじゃないか、そしてべつの相手を探さなければいけないんじゃないかと、心配でたまらなかったの」

シュゼットがべつの相手を探すというのは愉快な話ではなく、昨夜、ギャリソンと踊っていた姿を思いだして渋い顔になった。持参金の額を聞いただけで、大喜びで列をなす独身男が脳裏に浮かぶ。しかもその全員が、美しく情熱的なシュゼットを飢えた目つきで狙っている気がした。

「そう思うとなにをする気にもなれなくて」シュゼットはため息をついた。「ダニエルに触れられると……そう、これまでに感じたことがないほど、自分が生きているって実感するの。

でも、ほかの男性にあんなふうに触れられるのは絶対にいやだし」

おれだってそうだとむっつり考える。シュゼットは淡い青のドレスをネグリジェの横に並べ、また衣装箱に顔を向けた。ダニエルの脳裏にはいまや、さっきのいやらしい独身男たちがシュゼットをベッドに放りなげ、つぎつぎと襲いかかるさまが浮かんでいた。この、ろくでなしどもめ！

「それにダニエルにキスされると息がとまりそうになるの」シュゼットはまた尻を揺らしはじめた。「いまも想像しただけで、唇がぞくぞくするくらい。あなたに断わられていたら、べつの人にあんなふうにキスされたり、触れられたりしなくちゃならないわけよね」シュゼットはかぶりを振ったが、しばらくしてからのんきな声で続けた。「でも、それほど心配することもないのかしら。ほら、ダニエルに初めてキスされたとき、ほとんどなにも知らなかったけれど、それでも驚くほど身体が熱くなったの。ひょっとしたらキスとはそういうもので、相手が変わっても、おなじようになるのかもね」くるりと振り向いた。「どう思う？」

「全然ちがう」ダニエルは喉の奥で低くうなった。ほかの男たちを思いうかべたせいで、頭のなかで嫉妬と怒りが渦巻いている。

「ふうん」シュゼットはまた衣装箱に視線を戻した。「じゃあ、どうしてあのときはあんなに熱くなったのかしら。ああ、舞踏会で飲んだパンチのせいかも。あんなに強いのは初めて飲んだから。きっとお酒のせいね」

黙って聞いていたら、いうにことかいて酒のせいだと？　身体が熱くなったのはパンチが原因とは勘違いもはなはだしい。今朝は一滴も酒を飲んでいないはずだから、一生忘れられないくらいぞくぞくさせてやる。そうすれば二度と酒のせいだとか、べつの男でもおなじだなどと思ったりはしないだろう。ダニエルは勢いよく立ちあがり、つかつかとシュゼットに歩みよった。

「そんなに飲んだつもりはなかったけれど、自分で思っているよりは口にしていて、そのせいで——」突然、腰をつかまれて床から持ちあげられ、シュゼットは息を呑んだ。その場にまっすぐ立たされ、顔を上向きにされたと思うと唇を重ねられる。今度もやはり、ぞくぞくと電流が全身を走った。

シュゼットは即座に反応し、両手を首に巻きつけて自分から唇を開いた。まだ話しあわなければならないことはたくさんあったが、その前にキスしたりいろいろできるのなら、話なんてあとまわしだ。なんだかダニエルの口づけは癖になるようで、唇を重ねたとたんにもっと欲しくなった。ふたたび抱きあげられたときは、ふたりの身体が触れあったせいでついうめき声が洩れる。気づくとベッドに横になっていた。本当なら抵抗しなくてはいけないのだろうが、ダニエルが身体を起こそうとしたので、離れたくなくて首に絡めた両腕に力をこめた。だが、軽々と手をほどかれてしまった。

どうしたのかと不安だったが、ダニエルはすばやく上着とベストを脱ぎ、タイもはずしている。脱いだものを窓際の椅子に置くのを眺めていると、驚くほどたくましい胸をしていて、ほれぼれと見とれてしまった。ベッドに戻ってきたダニエルは隣に膝をつき、シュゼットの上半身を起こした。

またキスをしてくれるものと期待したが、唇の端に軽く触れただけで、唇はそのまま耳のほうへと滑っていく。頭を傾けながらうっとりと瞳を閉じていると、ダニエルの両手を背中に感じてはっと目を開けた。気づくと肩からドレスが落ちていて、あとは袖から手を抜くだけだった。

上半身を裸にすると、ダニエルはふたたび唇を重ねてきた。ベッドに横たえながら、さっきよりも激しく、むさぼるように唇を求めてくる。シュゼットは喜んでそれに応じ、初めのうちは首にしがみついていたが、そのうちに我慢ができなくなって筋肉質の肩から背中を両手で撫でてみた。勇気を出して、たくましい胸も触ってみる。それはかたいようで柔らかくもあり、探検するようにあちこち撫でさする指先に筋肉の動きが伝わってきて、キスしながらため息が洩れた。ダニエルはしばらくされるがままになっていたが、その唇はどんどん下に向かい、鎖骨を軽く嚙まれたときには、もうダニエルの胸がどこにいってしまったのかもわからなかった。

ベッドの上でせわしなく身をよじらせながら、なにかつかむものを求めて彼の頭を握りしめた。胸を愛撫され、うめき声をあげる。股間がうずき、両脚が震えはじめていた。これではとても立っているのは無理だから、横になっていてよかったとぼんやりと考えた。

「ダニエル」両方の乳首をかわるがわる嚙まれたり、吸われたりするあいだ、彼の髪に指を絡ませた。生まれて初めての喜びに怖くなり、それは終わりにしてキスしてほしいと願ったが、その希望はかなえてくれなかった。胸の下側に舌を走らせ、そのまま腹に唇を這わせている。

「ああっ」髪を強く引っぱりすぎて傷つけてしまうのではないかと心配になり、身体の下にある毛布をつかんだ。ダニエルは腰のあたりで紐のようによじれているドレスまで降りていき、お腹のあたりの肌を舐《な》めている。シュゼットはぞくぞくして飛びあがりそうになった。頭を左右に振りながら、毛布に爪をたてたり、ぎゅっと引っぱったりして我慢する。甘い拷問が終わり、ダニエルが立ちあがったのでほっとした。またキスしてくれるかと期待したが、ダニエルは脚の横に移動して、ふくらはぎのあたりからスカートをめくりあげた。

なすすべもなく見つめていると、ダニエルはその場にうずくまり、スカートを上へ上へと滑らせた。そのまま膝上までたくしあげると、左の足首をつかんでベッドから持ちあげた。足首の外側に唇を押しあてられて、急に乾いてしまったような唇をしめらせていると、ダニエルは持ちあげた脚の下をひょいとくぐった。そのまま足首の内側に口づけしたり、嚙んだりしている。気づくとスカートはさらに上までたくしあげられ、いまや太ももから下はむきだしで、かろうじて中心部分を覆っているにすぎなかった。だが唇を噛みしめて耐える。ふくらはぎから膝へと歯を立てられて、毛布をぎゅっと握りしめた。

だが膝の裏側に舌を走らせられたときは、強烈なうずきに驚いて身体がびくりとした。脚をベッドに戻してくれたので安心したのもつかのま、気づくとダニエルの両側に大きく脚を開いて横たわっていた。腹這いになったダニエルは、もういっぽうの足首とふくらはぎに歯を立てたり舌を這わせたりしている。

いっそう強く唇を噛みしめながら、急に名状しがたい不安に襲われ、頭を上げて彼を見つめた。彼の唇が膝を過ぎ、そのまま太ももへと這いのぼってきても、なにかにすがりたいような気持ちは消えなかった。

「ダニエル？」自分でもあきれるほどに頼りない声だった。

「しぃっ」ダニエルは太ももに息を吐きかけると、優しく歯を立てた。「あれがパンチのせいなんかじゃないことを証明するよ」

「そんなこともうとっくにわかっ……ああっ！」太ももに歯を立てられたまま、這いのぼってきた彼の手が芯に押しあてられた。たまらず声をあげ、必死で毛布を握りしめる。両脚はダニエルの手と顔でさらに押し広げられている。いまや彼の両手が両方の太ももを押さえていた。ふたたび下のほうを見ると、スカートがドレスの身ごろと一緒になって腹のあたりにあり、下半身が完全にあらわになっているのでぎょっとした。するとダニエルが開いた両脚のあいだに顔を埋《うず》め、口が裂けても人にはいえないようなことを始めたので、もうなにもわからなくなってしまった。

口をきくこともできず、また横になった。おそろしいほどの喜びに腰が跳ねあがり、身悶《みもだ》えしてしまう。

ダニエルは太ももを押さえつけたまま、舌を這わせ、舐め、吸っている。弱々しい泣き声のような声しか出てこなかった。すべてを呑みこんでしまうような喜びが強くなっていくにつれ、甲高い悲鳴をあげ、とっさに毛布を口にくわえた。しかし喜びの波に押し流されるように、腰は勝手に跳ねあがっている。つぎの瞬間、毛布も忘れて大声で叫び、眩《まばゆ》い閃光《せんこう》に貫かれるまま、身体を弓なりに反らした。このまま死んでしまうんだと覚悟した。

すべてを粉々に砕くほどの衝撃は、やがて緩やかに脈打つ波へと変わった。ダニエルからキスされて、いつのまにか隣にいることに気づいた。ダニエルはしっとりと濡れた芯を手で愛撫し、指先を身体のなかに入れては出すをくり返している。そして口には舌が滑りこんできた。

さっきまでの波が引いていくと同時に、新たな波が襲ってくるのを感じ、うめき声をあげてダニエルの肩にすがりついた。まだ余韻のなかにいたせいか、ふたたび痺《しび》れるほどの波にもみくちゃにされて、悲鳴をあげて身体を震わせた。ダニエルは愛撫をやめ、身体をぎゅっと抱きしめてくれた。

喜びの奔流がゆったりとした流れへと変わるのに、とてつもなく長い時間がかかったように感じた。目を開けてみると、不思議なほど優しい表情を浮かべたダニエルが、無言でこちらを見下ろしている。

「あれはパンチのせいなんかじゃない」ダニエルは真面目くさった顔で宣言した。

「ええ」

「それに、だれが相手でもこうなれるわけじゃないんだ」駄目押しする。

やんちゃ坊主のような口調がおかしくて、シュゼットは笑ってしまった。「ダニエルと結婚できることになってよかったわ。こんなに身体を熱くしてくれる夫と、生涯をともにできるなんて本当に幸せね。もうほかの人とは結婚できなくなっちゃった」

ダニエルはなんとも形容しようのない表情を浮かべ、すぐにまた顔を近づけてきた。今度はごく穏やかな優しいキスだった。だが、いまさっきの表情がどうにも気になる。そのとき、自分は二度も絶頂を迎えたのに、まだ脚にかたいものが押しつけられているのに気づき、彼は満足していないのだと理解した。ダニエルは片脚を彼女の太ももの上に載せ、脚のあいだの愛撫を続けている。それはあまりにも不公平に思えて、ベッドの上で身をよじった。今度はシュゼットが上になり、胸を彼の胸に押しつけてかたいものに手を伸ばした。

だが、それに触れた瞬間、ダニエルは唇を離して低くうなった。「駄目だ」

「でも――」

「駄目だ」ダニエルは譲らない。「これはきみのためなんだ。純潔を奪うわけにはいかない」

「わたしたちは結婚するのよ。奪うといっても、もうあなたのものじゃない」促すようにぎゅっと握った。「それに、わたしのなかで感じたいの。ダニエルだっておなじ気持ちのくせに」

ダニエルは全身をこわばらせたが、すぐにむくりと立ちあがった。

「ダニエル？」

歯を食いしばりながらダニエルは急いでベストと上着を拾いあげ、頑としてシュゼットには顔を向けなかった。理性はかろうじて細い糸一本で保たれているだけなのだ。もしも振りかえって、満ちたりた表情でドレスを腰のあたりに巻きつけた艶めかしい姿を見てしまったら、その理性などあっという間に吹き飛んでしまうこともわかっていた。本心では先に進みたくてたまらないのだから、我慢できるはずがない。しっとりと濡れている秘所に深々と突きたててしまうに決まっている。

そもそもこんなことを始めた自分が馬鹿だったのだ。急いでベストのボタンをかけ、上着をはおる。あれはパンチのせいでもなければ、だれにでもできることではないと証明してやろうなどと、くだらないプライドにこだわってしまった。あの時点で、もっと慎重に考えるべきだったのだ。驕《おご》れる者は久しからずという言葉が頭に浮かぶ。愚かにも衝動のままに突っ走ってしまった。いや、単に考えたくなかっただけなのかもしれない。なにか自制心を失うような事態になり、ついに彼女を我がものとすることを心の奥底では願っていたのだろうか。さいわい、シュゼットが結婚の話を持ちだしてくれたので、なけなしの理性をかき集めて踏みとどまった。シュゼットは親友の義理の妹、正確にはリチャードとクリスティアナが結婚することに決まったら、正式に親友の義理の妹になる女性だ。そうでなくても、親友の屋敷で貴族の令嬢と戯れるなんてもってのほかだろう。シュゼットと結婚する決意がかたまるまでは……。

ダニエルは自分の優柔不断さに顔をしかめた。いったいだれを欺こうとしているのだろう？　本音をいえば、町で見かけた最初の神父をここまで引きずってきて結婚式を執りおこなってもらい、帰る神父がまだ扉も閉めおわらぬうちに、晴れてシュゼットとひとつになりたかった。シュゼットは人間の姿をした炎だ。その身体は抱きしめると熱く、みずみずしく、反応は率直で奔放そのものだ。これまで女性とつきあったことなら何度もあった。その何人かはすばらしい愛人だと思っていたが、いま思えば自分はなにもわかっていなかったのだ。彼女たちは豊富な経験に裏打ちされたテクニックでこちらの情熱をかきたてたが、あれは本物の情熱などではなかった。

シュゼットはなにもかもがちがう。彼女の反応は純粋なもので、こちらを喜ばせるための演技ではないという事実がさらに情熱を誘った。彼女が身を震わせると我がことのように嬉しく、彼女の情熱の味は自分の欲望に火をつける。彼女が絶頂に達するのを目にするだけでこちらまで達しそうだった。すべてを自分のものにしたいし、そのためには結婚する必要があるというなら、いつでもグレトナグリーンに行ってやる。

「ダニエル」

自分を呼ぶ声に警戒したが、まさか一糸まとわぬ姿で目の前に現われるとは思わなかった。シュゼットはかろうじて巻きついていたドレスを脱ぎすてててしまったらしい。自分の考えごとに夢中になっていて、さっきからタイに苦労していたのだが、シュゼットはかわりにやってあげるといいたげにタイをつかんだ。そのまま、真剣な顔でこちらを見上げた。

「わたしの純潔を奪いたくないというのは紳士的で立派だと思うの。それでね、あなたの春の柱《メイポール》をわたしのなかに入れずに、さっきのような喜びをお返しできる方法を、本で読んだことがあるんだけど」

「いったいどんな本を読んでいるんだ？」自分のものが勢いよくズボンから飛びだしそうで、ダニエルは喉の奥から声を絞りだした。

シュゼットはくすりと笑い、口づけをしながら片手でタイをとり、もういっぽうの手でズボンの上から触った。うめき声をあげてキスに応えたところで、ドア越しに男たちの声が聞こえてきた。ダニエルは慌ててキスをやめ、シュゼットを抱きあげてしかるべき距離を置くと、おそるおそるドアを見た。どうやらリチャードとロバートが主寝室に向かっているらしい。リチャードはなにをやっているのかと顔をしかめてから、自分こそなにをやっているんだとかぶりを振った。そろそろかたくなっている自分の分身以外のことを考えてもいいころだ。もっとも、こいつを一度満足させてやらないと、なかなか難しいだろうが。

渋い顔のままシュゼットに向きなおり、絶望のため息をついた。シュゼットの魅力にあらがおうなど身のほど知らずもいいところで、そもそも欲望を抑えてお互いのことをよく知るのは不可能だったのだ。シュゼットは嵐のさなかでも燃えさかる家のように、竜巻のようにこちらを呑みこんであっという間に焼きつくす。シュゼットを前にしたら、自分の理性や分別などなんの役にも立たなかった。

「服を着るんだ」シュゼットの顔をベッドの上に脱ぎすてられたドレスに向ける。「できるだけ早くグレトナグリーンへ行こう」

「でも……」振り向いてズボンのふくらみを見つめているシュゼットを、有無をいわさずベッドに向かせた。

「結婚するまでくらいは待てるさ」まったく自信はなかったが、きっぱりと約束した。一緒にいるとどうにかなってしまいそうだ。うんざりした気分で分身を見下ろすと、窓を開け、廊下に出る前に頭を冷やそうと何度か深呼吸をした。本当なら洗面器に入った冷水を股間にかけるくらいしたほうがよさそうだったが。ため息をつきながら窓を閉め、シュゼットを振り向いた。まだコルセットと格闘している。慌てて近づき、コルセットを締めあげるのを手伝った。

「髪も整えたほうがいい」コルセットが済むとささやいた。「身支度が終わったようだから、先に階下《した》に行くよ」

シュゼットをその場に残して、すばやく廊下に滑りでた。さっとドアを閉め、だれもいないことを確認する。残念ながら、そう都合よくはいかなかった。リチャードが主寝室のドアに鍵をかけていて、クリスティアナの姿は見あたらなかったが、ロバートが一緒だった。ということは、ロバートや、もしかしたらクリスティアナも事情を知っているのだろうか。だとしたら、かなり楽になったといえる。こんな秘密を守りとおすのはほとんど不可能なのだから、信頼できる協力者は多いに越したことはない。

「たしかにそうだな」ドアの鍵をかけおえたリチャードは背筋を伸ばした。「計画を変更できないか、ダニエルに相談してみよう」

冷静にと自分にいいきかせながら、ダニエルはふたりに近づいた。「計画?」

ふたりともこちらを振り向いた。

「どこから出てきたんだ?」ロバートが問いただした。疑わしげに細めた目を、シュゼットの部屋のドアに向けている。

「ああ、それは、その……」廊下の向こう側を曖昧に手で示したが、背後でドアが開く音がして、その場に凍りついた。

「ダニエル、ダニエル、タイを忘れてる」

よく通るささやき声にはっとして振りかえると、どうやらまっすぐ階下に向かったと思ったらしく、シュゼットが階段へと急いでいる。

ダニエルはため息とともにぐるりと目をまわし、声をかけた。「シュゼット！」

シュゼットはびくりと立ち止まるとこちらを振り向き、廊下にリチャードとロバートもいるのに気づいて目を丸くした。

「あら」階段のほうに手を振ってから、シュゼットはゆっくりと三人に顔を向けた。タイを振っているのを思いだしたようで、その手をさっと背中に隠している。「これから降りていくところなの」

リチャードが思わず噴きだしそうになるのを咳でごまかしたのに気づいたようで、シュゼットはたちまち苦々しい顔になった。わざと大きなため息をつくと、つかつかとこちらに歩いてきて、黙ってタイを渡すと踵を返した。

ダニエルは独特の凝った方法でタイを結びながら、立ち去るシュゼットを目で追ってひそかににやりとした。ありふれた令嬢だったら、とても耐えられる状況ではなかった。だがシュゼットときたら、三人を相手に堂々と渡りあってみせたのだ。なるほど、シュゼット・マディソン嬢は稀《まれ》に見る非凡な女性らしい。少なくとも彼女と一緒ならば、寝室以外でも毎日退屈する心配だけはなさそうだ。ダニエルは改めて結婚の決意をかためた。タイを結びおえるとリチャードとロバートに顔を向ける。ロバートの苦虫を嚙みつぶしたような表情を見て、内心苦笑した。

「結婚するつもりだ」非難されるのも業腹《ごうはら》なので、機先を制してやろうと宣言した。

「もう決心したのか？」リチャードはおもしろがっているようだった。

「それが正しい表現なのかは疑問だな」ダニエルは苦笑した。「いってみれば、運命に従っただけだ。女性はある意味、本能に忠実だからね」

「たしかにシュゼットはそういう面がある」ほっとした顔でロバートもうなずいた。「それで、グレトナグリーンにはいつ出発するんだ？　ぼくも同行させてくれ」

「なるべく早くだ」ダニエルは険しい顔で断言した。「またシュゼットに部屋に連れこまれたら、結婚するまで純潔を保っていられるか自信がない。すでに昨日より大胆になっているんだ」

7

「すごく怒ってるだろうな」

ロバートの言葉にリチャードは顔をしかめたが、ダニエルは黙っていた。一緒に帰ろうと約束しておいて、男だけで先に出発してしまったのだから、腹を立てるのが普通だろう。それを考えると、憂鬱だった。

廊下でロバートとリチャードに出くわしたのは、もうすぐ午後になろうという時間だった。予想どおり、クリスティアナとロバートはすでに死体の存在はもちろん、すべての事情を知っているそうだった。そこで諸々《もろもろ》を鑑みた結果、いますぐにグレトナグリーンに向かうことをその場で決め、客間で三姉妹に告げたのだ。ところが全員からありえないと猛反対されてしまった。結婚式となればおしゃれしなくてはいけないから、荷造りだけでも明日までかかるし、メイドなしでは絶対に出発できないと譲らないのだ。そこまで強硬に反対されるとは思ってもいなかった。

結局、想像していたような馬車一台での強行軍ではなく、出発は翌日の朝、三台の馬車を連ね、それぞれのメイドやたくさんの衣装箱を運ぶ旅になった。衣装箱の内訳は、三姉妹のドレスがそれぞれひと箱ずつ、男たちの服がひと箱、そして残るひと箱はもちろん死体だ。

そんな大所帯では食事のたびに休憩し、毎晩宿に泊まる旅になるだろう。グレトナグリーンに到着するのに、確実に四日はかかる。でもダニエルは内心では安堵していた。シュゼットと結婚すると決めたのは事実だが、その前にお互いを知る機会が多いのは願ったりかなったりだ。しかし、すぐにそう甘くはないと思い知らされることになる。出発するとき、先頭のラドノー家の馬車にクリスティアナとリチャード、続くウッドロー家の馬車にはつきそいのリサとロバートとともにダニエルとシュゼット、しんがりのラングリー家の馬車にメイドたちが乗ることになった。

しかし、出発直後からお互いをよく知ろうというダニエルの希望はかないそうもない気配が濃厚だった。最初リサはせっせとロバートに話しかけていたが、そっけない返事ばかりで会話がいっこうにはずまないので、諦めてシュゼットとおしゃべりすると決めたらしく、ダニエルはそれに耳を傾けているしかなかったのだ。それでも、もうすこしシュゼットのことがわかるかと思ったが、まるで期待はずれに終わった。昨日の朝、シュゼットの部屋では自分の話ばかりしていたので、今日はできればシュゼットの思春期の話を聞いてみたかったのだ。しかし、残念ながらその機会はないままに、スティーブニッジで昼食を済ませたあとは、三姉妹が先頭の馬車に乗ることになり、二番目の馬車は男所帯と化した。

そういうわけで午後は馬車の雰囲気が一変した。女性がいるとおしゃべりに花が咲いて明るい雰囲気だったが、男三人だと空気が重苦しいのだ。話題はもっぱらジョージ殺害犯についてだったが、ジョージはだれとつきあいがあったのか、去年一年なにをしていたのかもさっぱりわからないままでは、最後は黙りこくるしかなかった。

ダニエルは、クリスティアナがいればなんらかの情報をもたらしてくれただろうと残念だった。いまやすべての事情を承知しているのだから、この一年のジョージの行動や交際関係も教えてくれたはずだ。しかし、べつの馬車ではどうしようもなかった。

日が落ちるころにはラドノーの屋敷に到着し、ほっと一息つくことができた。ジョージの死体を納骨堂に隠しておくために寄ったのだ。しかし、ほっとしたのもつかのま、三姉妹が大騒ぎしながら馬車から降りてきた。リサが町の子どもから伯爵宛の手紙を託されていたことを思いだしたらしい。リサは出発のごたごたで手紙のことをすっかり忘れていて、ラドノーの屋敷に着く直前に思いだしたそうだ。クリスティアナは、手紙はリチャード宛になりすましたディッキー宛ではないかと思ったようだが、手紙を開くと本物のリチャード宛だった。ジョージが死んだことを知っている何者かが、リチャードがジョージを殺して爵位や財産を奪いかえしたと誤解している様子だった。沈黙の代償として相当な額の金を要求している。

そういうわけで、いまやジョージ殺しの犯人を突きとめるだけでなく、脅迫者ともやりあわなくてはならなくなった。事態はさらに混沌《こんとん》としてきたようだ。

ひとつ明るい面もあるとすれば、クリスティアナはこの手紙のせいで、妹たちにすべての事情を説明せざるをえなくなったことだ。これで死体の存在も無理に隠しておく必要がなくなった。しかし、これはダニエルにとって痛しかゆしでもあった。なにも聞いてないとシュゼットがおかんむりなのだ。夫婦たるもの、隠しごとはすべきではないという主義らしい。まだ正式に結婚していないというわけにもいかず、自分の秘密ではないから勝手に教えるわけにはいかなかったと説明した。もちろん、そんなことでシュゼットの機嫌が直るはずもなかった。

脅迫状のせいでグレトナグリーン行きは延期となり、すぐにロンドンにとんぼ返りすることに決まった。しかし、本来の目的である死体の入った衣装箱を納骨堂に運ぶ際に、ラドノー家の牧師に目撃されてしまったのだ。これがなければ、三台の馬車はいまごろ一路ロンドンへ向かっていただろう。だが怪我《けが》の功名で、牧師にも事情を説明したところ、すぐにリチャードとクリスティアナの結婚式を執りおこなってくれることになった。牧師のいうとおり、結婚公告は公示されているし、一年前の結婚許可証も残っている。一年前の結婚が無効である理由は、リチャード本人が結婚式に出席し、証明書に署名していないというただその一点のみだったのだ。改めて結婚式をおこない、立会人の前でふたりが署名さえすれば、結婚は法的に成立したことになる。そういうわけで、慌ただしく式を済ませたあと、急いで結婚の宴を準備させるあいだに、リチャードは二階で水を使って身支度を整えるよう女性陣に勧めた。

牧師と一緒に食事をしてから、町へ戻ると説明したのだ。

しかしその姿が消えるなり、リチャードは牧師になにごとかを耳打ちし、いますぐ出発しようとダニエルとロバートを説得した。男だけでロンドンへ戻るほうが速いし、女性陣が危険な目に遭う可能性も低い。脅迫者の問題は三人でなんとか解決し、その後ラドノーの屋敷で合流すれば、ダニエルたちの結婚のためにグレトナグリーンへの旅を再開できると主張した。

しかし、ダニエルはあまり気が進まなかった。シュゼットが激怒するのはまちがいないというのもあったが、なにより一緒にいなければお互いをもっと知ることなどできないからだ。だが、屋敷に残しておくほうが安全だし、脅迫者の一件に姉妹を巻きこみたくないと、リチャードが頑として譲らなかった。さらに、どうせ一日か二日で戻ってきて、またグレトナグリーンへ向かうのであれば、メイドやら衣装箱やらと一緒に三台の馬車でぞろぞろロンドンに帰るのは馬鹿馬鹿しいと主張した。たしかにもっともな意見だったので、最終的にはふたりも賛成し、女性たちが二階にいるあいだに、三人でこっそりと抜けだしてウッドロー家の馬車で出発したのだ。

シュゼットを置き去りにしたことは気がかりだったが、たしかに危険がないのはまちがいないし、一台の馬車で飛ばすほうがずっと速いのも事実だ。馬を替えるために三カ所でとまっただけなので、まだ真夜中を過ぎてもいないのに、ロンドンまで残すところ四分の一弱となった。

「まあ、なんとか怒りを静めてくれると信じるしかないな」ダニエルは願望を口にした。

ロバートは容赦なかった。「あの三姉妹のことは生まれたときから知っているが、そんな甘いものじゃないよ」そしてリチャードに顔を向けた。「それにしても――」

その続きは耳に入らなかった。月が輝く空を眺め、シュゼットはいまごろなにをしているのだろうかと考える。その瞬間、ぎゃんぎゃんとまくしたてる顔が浮かんだ。ラドノーの屋敷に戻ったときにどうやって仲直りするか、考えておいたほうがよさそうだ。そうだ、ロンドンでなにか贈り物を買おう。そこで、名案がひらめいた。婚約指輪と結婚指輪しかないだろう！　これまでは指輪のことはうっかり失念していた。宝石がひとつついただけのシンプルなものか、それともたくさん宝石がついた華やかなものか、どちらを喜ぶだろうか。そのとき、バリバリという大きな音が聞こえたと思うと、突然馬車が横転した。

ダニエルはとっさに手近な支えになるものにつかまったが、あたりは叫び声と馬のいななきに包まれた。馬車のなかをごろごろと転がって、こっちの壁、あっちの壁と衝突するたびに、あとのふたりとぶつかり、最後は三人揃って床に叩きつけられた。馬車は何度か回転したようだが、ようやくすべてが静かになった。

沈黙が支配していた車内で、ダニエルはうめき声をあげた。比較的平らな場所に横になっていたが、なにかが尻のあたりを突いていて痛かった。それに、なんとか息はできるものの、なにか重たいものが上に載っていて、胸を締めつけている。おそらくはリチャードかロバートだろう。あるいは両方かもしれない。その重たいものが動きはじめたので、ダニエルはようやく呼吸が楽になった。

「旦那さま、ご無事ですか？」

頭上の扉が開いて、暗闇のなかに眩い光が差しこんだ。御者が角灯《ランタン》を持ってのぞきこんでいる。明るくなったおかげで、ふたりとも自分の上にいるのがわかった。ロバートが這いだそうともがいていて、その下のリチャードが痛いとぼやいている。ロバートはなんとか自力で外に出た。

「おい、リチャード、どいてくれ。息ができない」ダニエルは酸素を求めて喘いだ。身体を動かすたびにどこかがぶつかるが、リチャードはそのたびに律儀に謝り、最後はダニエルのそばに膝をついた。「大丈夫か？」

「あちこちぶつけて痛いが、大きな怪我はなさそうだ」ダニエルは身体を起こした。「おまえは？」

「おなじく」リチャードが頭上に顔を向けた。

御者とロバートがこちらを見下ろしている。ダニエルは立ちあがりながら御者に尋ねた。

「なにがあったんだ？」

「まったくわかりません、旦那さま」御者は申し訳なさそうに答えた。馬車の外に出ようと手を伸ばすと、御者とロバートは後ろに下がった。「順調に走っておりましたところ、突然バリバリという音がしたかと思うと、馬車がひっくり返ってしまったのでございます。さいわい、すぐにはずれたので馬は無事でした。引きずられていたら駄目だったでしょうが」

外に出ると、あとに続くリチャードの邪魔にならないよう、馬車の横に立った。とりあえず御者の無事を確認する。「おまえは大丈夫なのか？」

「投げだされた先が茂みでしたので」御者はいまいましげに続けた。「しかし馬車はもう使い物になりません。修理もできないでしょう」

「だれにも怪我がないならいいさ」ダニエルはロバートに向かって眉を上げた。

「ぼくも大丈夫だ」ロバートは馬車に近づき、ひょいとしゃがみこんだ。「だれかの肘がぶつかったから、目のまわりが痣《あざ》になっているくらいだな」

それを聞いて安堵のため息をつき、馬車に近寄って車輪を調べた。リチャードも一緒にのぞきこんだ。上になっているふたつの車輪はなんの問題もなさそうだったので、しゃがみこんで地面に触れている下の車輪を調べる。車輪の輻《や》を調べてつぶやいた。「やけにきれいに折れているな」

リチャードがすぐに隣にしゃがんだ。「細工されたか？」

「この三本が怪しい」ダニエルはきれいに切りとったような三本並んだ輻を指さした。「それ以外は自然だけどな。最初にこの三本が折れたら、残りの部分で支えるのは無理だろう」

リチャードはそれを聞いて考えこみ、身体を起こしてあたりを見まわした。「ぼくもおなじ意見だ。問題はいったいだれが、なんのために、いつ細工したのか?」

「そんなもの簡単さ」ダニエルは答えた。「ジョージを殺した犯人は、毒では失敗したと思いこんでいるわけだろ」ちらりと割れた車輪に目をやった。「そのうえ、ロンドンで細工された可能性はまずない。今朝、出発したときは四人乗っていたんだ。細工された車輪では、ロンドンを出ることもできなかっただろう。そもそもおまえは乗っていなかったしな」

「つまりラドノーの屋敷か、馬を替えた三カ所の宿か」とリチャード。

ダニエルはうなずいた。ジョージを殺した犯人は失敗したものと思いこんでいて、もう一度襲ってきたのだろう。それにしても、こんな卑劣な手を使うとは許せない。三人とも死んでいた可能性もあるのだ。リチャードに目をやると、いつ犯人が飛びかかってくるかわからないという顔であたりをうかがっている。無理もない。細工されたのがラドノーの屋敷かどこかの宿ということは、ロンドンからつけられていたわけだ。いまもその辺に隠れているのかもしれない。

「馬車の音が聞こえないか?」とリチャード。

ダニエルは眉を上げて、耳を澄ませた。たしかにそんな音がする。まだ遠いがこちらに向かっているようだ。「ああ、かなり飛ばしているな。道を空けたほうがいい」

リチャードはすぐにその場を移動し、ダニエルもそれに続いた。御者は指示どおりに馬を脇の茂みに移動させ、道に戻ってくると角灯を掲げて前後に揺らし、近づいてくる馬車に合図した。

「六人乗りの大型馬車だ」月明かりに馬車が見えてくると、ロバートがつぶやいた。

近づいてくる馬車の御者が角灯に気づいたようで、一同をよけはしたものの、馬車はスピードを落とさずにそのまま通りすぎた。

「いまのは……？」とロバート。

しかめ面のリチャードが最後まで聞かずに答えた。「そうだ」顔を窓に押しつけた三人の顔が見えた。つぎの曲がり角で馬車が見えなくなると、ダニエルはかぶりを振った。シュゼット、クリスティアナ、リサが驚いた顔でこちらを見ていたのだ。

「あの三姉妹はそう甘くないといっただろう」ロバートはおもしろがっていた。

「だが、追いかけてくるとはいわなかった」とダニエル。

ロバートは肩をすくめて笑った。「そんなことを教えたりしたら、せっかくのお楽しみがパーじゃないか」

やれやれと思っていると、走り去った方向からまた馬車が近づいてくる音が聞こえた。予想どおり三姉妹がゆっくりと戻ってきたのだ。

「さあ、現実と向きあう時間だぞ」馬車がとまっても、飛びだしてくる様子もない。ロバートはのんきな声で宣言し、馬車へ歩いていった。

ダニエルは返事のかわりにうなり声をあげた。姉妹がこちらの安否を確かめようともせず、そのまま沈黙を守っているのは、どうにもいやな予感がする。ため息をつきながら、御者に馬をあちらの馬車の後ろにつなぎ、御者の隣に乗るよう指示した。つぎの宿で馬と御者を残し、壊れた馬車の回収や修理ができるかどうかの手配をさせ、そのあとで追いかけさせるつもりだった。

「やあ、ご機嫌いかがかな」

ロバートが明るく声をかけて馬車に乗りこむと、あいさつだけは返ってきたが、あとはしーんとしている。今度はリチャードが馬車のなかをのぞきこみ、なにを見たのかため息をついたが、「失礼」と声をかけて乗りこんだ。

今度はなんのあいさつも返ってこない。つぎは自分がおなじ目に遭うかと思うと憂鬱だった。どうやら置いてきぼりの主犯はリチャードとダニエルで、ロバートはお咎めなしのようだ。ダニエルは肩をすくめ、意を決してドアに近づくと、ごく自然な調子で声をかけた。予想どおり沈黙に迎えられる。ロバートとリチャードは怒った顔のクリスティアナの隣に座っていて、その正面にこれまた苦虫を嚙みつぶしたようなリサとシュゼットがいた。ダニエルはふたりのあいだに割りこんだ。

すぐに馬車は動きだした。激しく揺れるせいで、シュゼットの肘が腹にあたって痛くて仕方ない。シュゼットが低い声で謝った。見ると、リチャードがいやがるクリスティアナを膝に載せていた。名案だ。遠慮なく真似しよう。クリスティアナのように抵抗されると覚悟していたが、シュゼットはおとなしくダニエルの膝におさまり、横向きになって肩に片腕をまわしてきたので嬉しくなった。

だが嬉しい驚きだったのは、シュゼットの胸の谷間が目に入るまでだった。おなじ体勢であらわになった胸を、舐めたり吸ったりしたことをいやでも思いだす。

耳たぶをつねられてはっと我に返った。いまにもシュゼットの胸にしゃぶりつきそうになっていた。なにしろ目の前で甘美なカーブが揺れているのだ。なんたるざまだと背筋を伸ばし、慌ててあたりを見まわした。さいわい一同は、置き去りにしたことでリチャードを責めるクリスティアナに気をとられているようだった。だがシュゼットだけは、いたずら坊主のような顔でにやりと笑ったかと思うと、膝の上でもぞもぞと腰を動かした。先ほど抵抗しなかった理由がようやくわかった。その効果も充分承知したうえで、置いてけぼりの罰を与えようとしているのだ。

「おてんば娘め」ダニエルはささやいた。

シュゼットは満面の笑みを浮かべ、わたしはただ座りなおしただけという顔でまた腰を動かした。自然と胸が斜めになり、目前に迫ってくる。こんなに苦しい拷問もない。シュゼットのささやきが駄目押しとなった。「初めて馬車のなかでふたりきりになったときのことを思いだすわ」

シュゼットが上半身をねじったので、さらに目前に迫る胸を見まいとまぶたを閉じた。くそっ、あまりにも近すぎる。ひょいと口を下に向けただけで届いてしまいそうだ。ああ、首筋からあの丸みまで舌を這わせたい。するとシュゼットがまた身体を動かし、ぼそぼそと低い声でささやいたので、ダニエルはぎょっと目を開けた。「そういえば、わたしたちも目的地にたどりつけなかったわね」

当然、いまはロンドンに向かっているわけだから、グレトナグリーンにたどりつけるはずがない。だがシュゼットのいう目的地はべつの場所のような気がした。少なくともダニエルの頭に浮かんだのはべつの場所だった。馬車の床にひざまずいてシュゼットの脚のあいだに自分をこすりつけ、いまにもなかに入ろうとしていたとき、死体の存在を思いだして直前で踏みとどまったことを思いだしたのだ。

シュゼットの尻の下の分身がかたくなるのがわかって、このかわいい魔女をどうにかしてくれと内心で悲鳴をあげた。ロンドンまでの旅はまさに地獄の道行となりそうだ。

「どういうこと？　ジョージは殺されたの？」突然シュゼットが大声をあげた。ダニエルの首に巻きつけていた腕をはずし、思案顔で腕組みしている。ダニエルは慌ててまわりの会話に注意を向けた。

どうやらジョージとゆすり屋と殺人の話をしているらしい。クリスティアナが説明した。

「毒を盛られたかもしれないって。ダニエルとリチャードは、口もとからアーモンド臭がするのに気づいたの」

「アーモンドはべつに毒じゃないでしょ」すかさずシュゼットが反論した。

「食べるのとはちがう苦扁桃《くへんとう》という種類があって、それは青酸カリの材料なの」リサの説明に、一同はぎょっとしてそちらに顔を向けた。「本で読んだだけよ」

「それで？」シュゼットはクリスティアナを見た。「ほかになにか隠してることはないの？」

「もう、なにもないわよ。わたしだって、毒のことはさっき結婚式のあとで聞いたんだから。ふたりに話す機会がなかっただけ」クリスティアナは申し訳なさそうに説明した。

シュゼットはうなずいたが、つぎはこちらを睨みつけた。「ほかには？」

ダニエルはため息をついた。まだ隠しごとがあるのではと疑って、怒りが再燃したようだ。リチャードがクリスティアナに毒の件を伝え、クリスティアナが妹たちにすべて説明したのだろう。下手に言い訳はせず、ひと言で答えた。「それだけだよ」

「どうしてもっと早く教えてくれなかったわけ？」

とっくに知っていると思ったからといいかけて、そうするとクリスティアナにきちんと説明しなかったリチャードを暗に非難することになると気づいた。「おれの秘密じゃないからね」

期待したほど納得してはくれず、シュゼットの声は冷ややかだった。「言い訳ばっかり」つんと前を向く。いまは腹を立てているため、これ以上シュゼットの色香で悩まされるおそれがなさそうなのは朗報だった。とはいえ、それがつまらないと思う気持ちもたしかにあった。こんな甘美な拷問ならば永遠に続いてほしい。自分にマゾヒスティックな傾向があるとは知らなかった。

「つまりゆすり屋と人殺しがいるわけね」リサの言葉に、ダニエルはみんなとの会話に意識を戻した。「それともおなじ人かしら?」

リチャードははっとした顔でこちらを見たが、ダニエルはお手上げと答えるかわりに肩をすくめた。いまはなにひとつまともに考えられない。シュゼットは身体こそもぞもぞ動かしてはいないが、まだ膝の上に座っていて、半分その気になっている分身に彼女の体重がかかっているのだ。そのうえ、シュゼットを支えている自分の手はウエストにあり、それは胸のちょうど下でもあるし、尻のわずか上とも解釈できる。とてもではないが、こんな状態で頭が働くわけがなかった。

「そんなの、まだだれにもわからないわよ」だれも返事をしないので、シュゼットが答えた。

「それにしても」リサが眉をひそめた。「屋敷のなかで、だれにも見つからずに毒を盛るのは難しいんじゃない?」

いい点を突いていると感心したが、よりによってこのタイミングでまたシュゼットが動きはじめた。どうやら拷問再開らしい。ダニエルはシュゼットの重みを感じて歯を食いしばった。ドレスの胸もとからのぞいている形のいい丸みに目が吸いこまれそうだ。まわりの会話が突然ただのつまらない雑音になり、呼吸するたびに動くシュゼットの胸をひたすら見つめた。するとリチャードが自分の名を呼ぶのが聞こえた。「それで、きみはどうだ、ダニエル？」

リチャードに顔を向けたが、なにを訊かれたのかはわからなかった。シュゼットが顔を寄せて耳打ちしてくれた。「ジョージがリチャード殺しをうちあけるくらい、信頼していた相手を知ってる？」

即座にかぶりを振って、ひとつ咳払いをした。「去年は伯父のヘンリーが亡くなったんで、ずっとウッドローで地所のあれこれを片づけるのに追われてた。ようやくロンドンに出かけたら、ちょうどアメリカにいるおまえから手紙が届いたんだ。おまえになりすましたジョージが結婚したことすら知らなかったくらいだ。奴がこの一年なにを企み、だれとつきあっていたかは、まったくわからん」

「そんな難しい問題じゃないだろう」ロバートが口を挟んだ。「みんな噂話が大好きだからな。あちこちでそれとなく訊いてまわれば、ジョージがだれを信頼していたかはわかるはずだ」

「召使にも訊いてみよう。それと同時に、この一年のジョージの行動や交友関係についても情報を集め……そうそう、金の用意もしなくてはならない」リチャードは言葉を切り、みんなの顔を見まわした。「ほかにすべきことはあるか？」

だれもなにもいわなかったので、ダニエルが答えた。「とりあえず行動を起こそう。そのうち追うべき手がかりも見つかるだろう」

リチャードはうなずいた。クリスティアナが前屈みになって、座席の下から大きな籠を引っぱりだした。

「それは?」クリスティアナが籠の中身を探っていると、ロバートが興味津々で訊いた。

「馬車の準備を待っているあいだ、料理番に食べ物を用意してもらったの」

「食べ物?」リチャードが顔を輝かせた。

「そうよ」クリスティアナは振りかえって夫を見つめた。「どうせ、泥棒のようにこそこそいなくなる前に、食べ物を用意したりはしていないだろうと思って」

そんなやりとりを眺めていると、今度はシュゼットが身を屈め、こちらの座席の下からもなにかを引っぱりだしたので驚いた。彼女が落ちないよう支えるふりをして尻をつかみ、両脚を開いて片方にまたがらせた。シュゼットが驚いたような声をあげ、バランスをとるためにダニエルのふくらはぎにしっかりと脚を絡めてきたので、内心しめしめとほくそ笑む。シュゼットがとりだしたのもおなじような籠だった。ダニエルは落ちないように気をつけているふりをして、どうだとばかりにおおっぴらに背中を引っぱりあげた。

息をはずませて慌てふためく様子がかわいらしい。シュゼットが始めた戯れにうまく仕返しができて満足だった。だが残念なことに、それで終わりとはならなかった。シュゼットは籠に隠れて手を滑りこませ、ズボンの上から分身をぎゅっと握ったのだ。やはりシュゼットにはかなわない。

結婚するまで悩まされるのはまちがいなかった。いや、おそらくこれから一生悩まされるのだろう。もう一度シュゼットに強く握られ、このお遊びを受けてたつのはさぞ楽しいだろうと、ダニエルは結婚する日が待ちきれなかった。

8

「客間で待ってるよ」

朝食を終えて食堂を出たところで、着替えてくるというリチャードにダニエルが声をかけた。シュゼットはダニエルをちらりと見た。一同は明け方の四時すぎに帰宅して、それぞれのベッドに直行した。馬車のなかですこし眠ったとはいえ、自分の部屋にたどりついたときには文字どおりへとへとだった。戸口でダニエルに軽くキスをされても、それに応える気力もほとんど残っていなかった。ダニエルはそのまま同室のロバートと部屋に向かい、シュゼットはドレスを脱ぐ気力すらなく、そのままベッドに倒れこんだ。

朝になって目を覚ますと、ドレスはしわくちゃでひどいありさまだった。どうしたものかと途方に暮れたが、メイドのジョージナがドレスを用意して現われたので、心の底からほっとした。さいわい、メイドたちが乗った馬車は予定より早く、自分たちのすぐあとに到着したようだ。ジョージナの話では、到着したときにラドノー家の馬車はまだ屋敷の前にとまっていたそうだ。男性陣も乗っていたから重量が二倍以上になり、そのせいでこちらの馬車は時間がかかったのだろう。ダニエルの馬車の修理を手配するため、御者と馬を降ろすのに時間をとられたせいもあったかもしれない。

リチャードは足早に二階へ向かい、ダニエルは客間に入っていった。シュゼットはクリスティアナの腕に触れた。

「いつから始める？」客間の長椅子に座るダニエルをじっと見つめた。今日はそれぞれ全員にやるべき任務がある。シュゼットとクリスティアナは、ジョージのウイスキーに毒を盛った犯人を見つけだすため、召使を個別に面接する予定だった。リサとロバートはいろいろな場所に顔を出し、この一年のジョージの動向を探りだす。ダニエルとリチャードは、ゆすり屋に払う金の工面を担当した。もちろん、金を払う前につかまえるつもりだったが、あらゆる事態を想定して用意だけはしておくことに決まったのだ。

「みんなが出かけてからにしましょう」とクリスティアナ。「それまでダニエルのお相手をしててくれない？　どういうふうに進めるか、リチャードに相談してくる」

シュゼットは我が意を得たりと笑顔になった。いそいそと客間に入り、きちんとドアを閉める。

そのかすかな音にダニエルは振り向き、目を細めた。「なにをしてるんだ？」

「どういう意味？」とぼけてダニエルに近づいた。「リチャードを待っているあいだ、あなたのお相手をしようと思って」

「なるほど。それなら、そんなふうにドアを閉める必要はないんじゃないか？　そのほうがいいことくらいは知っているだろう」ダニエルは立ちあがってドアに向かった。

「待って、わたし……」ドアが開くと、シュゼットはため息をついた。リサが廊下にいて、まさにドアを開けようと手を伸ばしていたのだ。ふたりに聞こえないようにぶつぶつぼやき、長椅子にどさりと座って妹とロバートを睨みつけた。「とっくに出かけたんだと思ってたわ」

「時間が早すぎるかと思って」リサは肩をすくめた。「だから、もうすこしここにいることにしたの。それにドアを閉めきった部屋で、あなたたちをふたりきりにするわけにいかないでしょう」

妹にやんわりとたしなめられて、シュゼットは思わず顔をしかめた。リサはおとなしいようでいて、ときどき痛いところを突いてくる。三人が今日の計画についてあれこれ話すのに黙って耳を傾けた。シュゼットが参加しないことをだれも意に介さないどころか、気づいてもいないようで、会話に花を咲かせている。そのとき、二階からばんばんとなにかをぶつけるような音が聞こえてきて、一同話をやめて天井を見上げた。音は一定のリズムで続いている。

「いったいなんの音？」リサが天井をじっと見ながら怪訝な顔をした。

「うーん、だれかがなにかを叩いてるみたいだな」ロバートが小声で答え、意味ありげにダニエルと目配せした。

「叩いているんじゃないわ。家具が壁にあたっているみたい」音が速くなると、リサは眉をひそめて立ちあがった。「様子を見てきたほうがいいわね。もし……」

「いや、そろそろ出かけよう」ロバートは慌てて立ちあがり、リサの腕をつかんだ。「噂話を仕入れにね」

「でも……」

「さあ」ロバートはドアに引っぱっていった。

シュゼットはふたりが出ていくのを眺めていたが、視線を避けてズボンの糸くずをつまむふりをしているダニエルに顔を向けた。

「じゃあ、わたしが確認してくる」音がさらに速度を増したので立ちあがった。

ダニエルはこちらにちらりと視線を向けたが、シュゼットの表情を目にすると、やれやれとばかりに肩をすくめた。「お望みなら」

あてがはずれてしまった。ダニエルが止めてくれたら、お返しにキスするつもりだったのだ。でも、こんなよそよそしい態度をとられるとは計算ちがいだった。もうすぐ結婚すると決まったのだから、我慢する必要などないはずなのに。それにダニエルとの初夜はすてきな想い出として心に残したかった。本で読んだように激痛に泣き、血まみれになるのだったら、グレトナグリーンへ行く前に済ませてしまいたい。

もちろん客間でそんな真似におよぶのではない。ダニエルはロバートと一緒の部屋なので、夜になったら自分の部屋に遊びに来てくれと誘うつもりだった。まずは何回かキスしてもらえば、それを切りだす勇気が湧いてくると思っていた。だがダニエルはなんだかそっけないので、かなり唐突だがこのまま誘うしかなさそうだ。いざ、口を開こうとしたら、ドアが開いたままだった。急いで閉めてダニエルの隣に座ると、ダニエルがぎょっとしたように身体を離したので、シュゼットはぐるりと目をまわした。

「もう、処女じゃあるまいし、どうして男性のあなたがそんなにびくびくと怖がるの？　襲いかかったりしないわよ」なんだか腹が立ってきた。

「なんだって？」ダニエルは顔をしかめた。「なにもおれは……」

「初夜を美しい想い出にしたいの」ダニエルが怒りだす前に急いで切りだした。

ダニエルは目を丸くしたが、そのあと苦笑した。「そりゃ、おれだってそうだよ。美しい想い出にするためなら、なんでもするさ」

「よかった。それなら今夜、わたしの部屋に来て」

「駄目だ」ダニエルは即答した。

「お願い」シュゼットも負けてはいなかった。「結婚式の夜に血まみれになって、痛みで気が遠くなるなんていやなの」

「血まみれだって？」ダニエルは啞然《あぜん》として聞きかえした。「血まみれになって痛みで気を失うなんて、だれにいわれたんだ？」

「本で読んだのよ」きちんと相手をしてくれるようになったのでほっとした。

「いいかい、春の柱《メイポール》だの、初夜だのについて、いったいどんな本を読んだのか、そろそろきちんと説明してもらおうか」ダニエルは怖い顔だった。

また、話がそれてしまった。「本の題名は覚えてないわ。リサの本だったから」

「あのおとなしいリサが？」ダニエルは仰天している。「リサについて、リチャードと相談したほうがよさそうだ」

「もらった本なのよ」シュゼットはいらいらと説明した。「近くの村に立ち寄った知らない人から何冊かもらったらしいの。わたしが読んだのは一冊だけよ。ロンドンに出てきた田舎娘が、騙されたりなんだりで、かわいそうに売春婦になってしまうの。それで、初恋の人と再会して、最後は愛する相手と結ばれるんだけど、これまでの自分の人生を語って聞かせるわけ」顔をしかめた。「初めてのときはあまりの痛みに気を失ったそうよ。意識が戻ってもずきずきして、歩くこともできなかったって。名前は……」

「ファニー」とダニエル。

「あら、ダニエルも読んだの？」シュゼットは驚いた。

「いや、読んでないよ。ただ、話は聞いたことがある。あれは発禁本だよ。いったいどうやってリサは手に入れたんだろう？」

「だから、いったでしょう。もらったって」なんだか堂々めぐりだ。

「だれから?」

シュゼットは眉をひそめた。禁書なのは知っていたが、だからこそよけい興味をそそられたのだ。リサはだれにもらったのか、頑《かたく》なに口にしようとしなかった。その人物を面倒に巻きこみたくなかったのだろう。だいたいの見当はついたが、おなじ理由からダニエルに明かすのはためらわれた。「教えてくれなかった」

ダニエルが疑わしそうに目を細めたので、シュゼットは口を尖らせた。「そんな目で見ないでよ。父じゃあるまいし」

「もちろん、きみの父親じゃない」ダニエルの返事は早かった。

「それならそんな態度をやめて、話をもとに戻しましょうよ。今夜、わたしの部屋に来てくれるの? 流血と激痛の問題を解決しちゃえば、グレトナグリーンに着くころにはきっと傷も癒えているわよね」

ダニエルは顔をしかめて、シュゼットの手を優しく握った。「大丈夫。そんなことにはならないから。出血はちょっぴりだし、痛みもほとんどない」

今度はシュゼットが目を細める番だった。「以前にも処女とおつきあいしたことがあるの?」

「とんでもない!」ダニエルは即答した。その慌てぶりを見るかぎりでは、本当のことをいっているようだ。

「それなら、わかるわけないでしょう」

シュゼットはダニエルの膝ににじり寄り、首に両手を巻きつけた。キスしようとしたわけではなく、ごく近くから顔をのぞきこみたかったのだ。「お願い、ダニエル。毎年の結婚記念日に痛い初体験を思いだしたくないの。あらかじめ済ませておけば、喜びの記憶だけが残るでしょう」

ダニエルはため息をついて、ぎゅっと抱きよせてくれた。「こんなふうにしていると、なにもまともに考えられなくなるんだよ」シュゼットの首もとに顔を埋め、その香りを楽しむように大きく息を吸いこんだ。

「それなら、なにも考えないで」ダニエルが背筋を伸ばしたので、彼の耳たぶを優しく嚙んで吸った。

ダニエルは大きく吐息をつくと、いきなりシュゼットの唇をとらえた。嬉しくなってその貪るようなキスに応え、ダニエルの太ももにまたがった。ドレスのスカートが邪魔だったが、ダニエルが裾を持ちあげてくれた。ひやりと冷たい空気がむきだしの肌を撫でる。ダニエルは片手でスカートを上げ、もう片方の手でシュゼットの丸いお尻を強くつかんだ。キスをやめると、さらにシュゼットを持ちあげて、胸もとからのぞいた乳首に口を近づけた。

たまらずにうめき声を洩らし、ダニエルの頭をかきいだいた。ダニエルの手がお尻から脚のあいだに入ってきたので、唇を嚙みしめる。そのとき、背後で咳払いが聞こえて仰天した。

ダニエルも慌ててシュゼットの胸から口を離し、スカートを下ろした。背後からリチャードの声が聞こえた。「ちょうどいいタイミングで来たようだな」
シュゼットはダニエルの膝にどさりと腰を落とし、熱い頬を彼の首もとに押しつけた。ダニエルはため息を洩らし、なだめるように背中を優しく叩いてくれた。それから立ちあがり、シュゼットを引っぱりあげて額に軽くキスすると、そのまま部屋を出ていった。シュゼットはその場でかたまっていた。めったなことでは動じないという自信があったが、リチャードにむきだしのお尻を見られたかと思うと、まともに顔を合わせられなかった。客間のドアが閉まり、くぐもった話し声が遠ざかるまで戸口に背を向けたままじっとしていた。正面玄関が閉まる音が聞こえると、シュゼットは長椅子にうつぶした。恥ずかしくてこのまま消えてしまいたかった。

「思ったより早くいいものができそうじゃないか」数時間後、リチャードとダニエルは仕立屋から出て、馬車に向かっていた。最初の用事が首尾よく済んだので、仕立屋に立ち寄ることにしたのだ。朝一番にまっすぐ金の工面に向かい、思ったよりも早く用事が終わった。しかし、弟の服を着ているリチャードがそわそわと落ち着かない様子だったので、予定の変更を勧めたのだ。リチャードも嬉しそうに同意した。帰国したときにまともな服など持っていなかったので、仕方なくジョージの服を着ているのだが、ジョージの服の趣味ときたら最悪で、クジャクにこそ似合いそうな派手な色しかないのだ。

さいわい、仕立屋が手際よくてきぱきと仕事を進めてくれたので、銀行と同様に、満足の面持ちで店をあとにした。ほっとしたようなリチャードの笑顔を見て、ダニエルも楽観的な気分になった。「今日はついているようだから、屋敷に戻ったらゆすり屋と殺人犯も判明していて、あとはつかまえるだけかもしれないぞ」

「そんなふうにうまくいくといいけどな」リチャードは苦笑した。

「さっき、ふたりとも世にも幸運な男だといったのはおまえだろう」調子に乗って続けた。先ほどは女性たちを話題にしていたのだ。

リチャードは振り向いて口を開いたが、そのまま凍りついたかと思うと、ダニエルの腕をつかんで地面に転がった。思いがけない展開に、ダニエルは勢いよく地面に叩きつけられた。まわりの人びとも悲鳴をあげながら、右往左往している。

馬の蹄と車輪の音だけが耳にとどろき、すぐそばを馬車が走り去っていった。リチャードが近づいてくる馬車に気づき、轢《ひ》かれないように助けてくれたのだ。なにしろ通りすぎるときに風を感じたほどなので、まさに間一髪のところだった。ダニエルは寝転がったまま目を閉じて、鼓動が静まるのを待った。

「大丈夫ですか、旦那さま?」だれかの声が聞こえる。ラドノー家の御者だろう。リチャードが心配そうに名前を呼ぶので、ダニエルは大きく息をして起きあがった。「大丈夫だ。おまえのおかげで命拾いしたな」

「非常識な者がいるものでございます」御者は顔をしかめ、馬車が走り去った方向を睨みつけた。「おそらく借りた馬車でしょう。よけようともいたしませんでしたよ。まるでおふたり目がけて突っこんできたような」

リチャードが舌打ちした。ふたりは立ちあがって服の汚れを払ったが、見るとリチャードの額に血が流れている。

「血が出ているぞ」と声をかける。「転んだときに頭を打ったようだな」

リチャードは額に手をあて、すり傷に触って顔をしかめた。ため息をついて血を拭くと、ふたりは馬車に戻った。


「わたしがジョージと結婚する羽目になったことで、お父さまはずっとご自分を責めてらっしゃるのかしら?」

クリスティアナの言葉にシュゼットは目を丸くした。どうしていきなりそんなことをいいだしたのだろう。ふたりはゆすり屋と人殺しを突きとめようと、午前中いっぱいかかって召使の話を聞いたが、完全に時間の無駄だった。二階を担当するメイドたちとの実りのない話を終えると、ふたりは階下の執務室で休憩し、いつしか話題は男性たちやリサのこと、彼女がもらった本のことになったのだ。

シュゼットがファニーという売春婦の禁書を読んだとうちあけると、クリスティアナはひっくり返そうになっていた。リサまでもがその本を読んだとは、とても信じられないようだ。聞いてるうちにシュゼットはいらいらしてきて、リサはもうすぐ二十歳になるのだから、結婚して子どもがいたっておかしくない年齢だと指摘した。そこから突然、父親が自分を責めているのではないかという話題に飛んだのだ。

「そうね」クリスティアナを悲惨な結婚に追いこみ、いままた、自分までが望まぬ結婚を強いられている状況に腹が立って、つい口調が辛辣になった。「まあ、当然よ。前はお気の毒だと思ってたけど、まさかおなじ過ちをなさるなんて!」

「そうじゃないかもしれないの。賭博なんか、一度もなさらなかったのかも」

「どういうこと?」

「リチャードの話では、ジョージには懇意にしてる賭博場の主人がいたみたい。その賭博場では、客に薬を盛ってお金を巻きあげるというもっぱらの噂らしいわ。お父さまもその犠牲になったんじゃないかって」

それを聞いてシュゼットは息を呑んだ。リサと一緒にロンドンの別宅に着いたときのことを思いだして唇を嚙む。「ロンドンの別宅でお父さまを見つけたとき、申し訳ないといいつづけていらしたの。記憶が曖昧で、どうして賭博場に行くことになったのかすら、はっきりおわかりにならないご様子で。二度ともはっと目覚めると、賭博で多額の借金をこしらえたと知らされたんだって」

クリスティアナはため息をついた。「たぶんお父さまはなにもなさっていないのよ」

「そんな！」どさりと椅子にもたれかかった。「ロンドンに着いた朝、お父さまにかなりひどいことをいっちゃった」

「それは仕方ないわ」クリスティアナが慰めた。「だって、ジョージが薬を盛ったかもしれないなんて、だれも思わないもの」

「最低！」シュゼットは怒りに燃えて、背筋を伸ばした。「まだ生きてたら、この手で殺してやるのに！」

「うーん」クリスティアナは考えこんだ。「でも、ジョージがそんなことをしなかったら、いまごろリチャードと結婚できなかっただろうし、あなただってダニエルに出逢えてなかったかもよ」

「たしかにそうね」ジョージの悪行のおかげで、こうしてダニエルと出逢えたのだ。こんな状況下ではなかったら、通りすがりに礼儀正しくあいさつを交わすだけで、お互いに燃えあがるような情熱を感じるとは気づかぬままだったかもしれない。本当にあの炎は怖いほどだった。なにも知らないころは、ああしてキスや愛撫をしてもらうのがこれほど楽しみだとは思いもしなかった。とはいえ、やはりまだ激痛や出血のことも気になるのだ。ダニエルはそんなことはないと約束してくれたけれど、処女とつきあったことがないなら、どうしてわかるのかしら。そうそう、クリスティアナはつい最近まで処女だったわけだから、直接訊いてみればいい。「ということは、リチャードに満足してるのね？」

「楽しく暮らせるかもしれないと思ってる」クリスティアナは慎重だった。

そんなあたりさわりのない答えなど求めてはいなかった。

「もう、いいかげんにして。楽しく暮らせる？　あんなにさんざんいろんな声を聞かせておいて？　ジョージが死んだ夜もそうだったし、昨夜だって。ああ、リチャード……あ、あ、そうよ、あああああ！」だんだんおもしろくなってきた。「いまにも死んじゃいそうな叫び声をあげてたくせに」

「聞こえてたの？」クリスティアナの顔が引きつった。

「屋敷じゅうに聞こえてたわよ」ずけずけと指摘する。「リチャードはライオンみたいに吼《ほ》えるし、お姉さまは串刺しにされた豚みたいに叫ぶし」言葉を切って、大まじめに続けた。

「いまのは例のファニーの本で読んだ表現なの。デリケートなところに、初めて春の柱《メイポール》が入ってくると、そんなに痛いの？」

「メイポール？」クリスティアナはぎょっとしている。

「ファニーはアレのことをそう呼んでるの。まあ、ある場面ではね」シュゼットは肩をすくめた。「で、痛かった？」

クリスティアナはうめき声をあげ、真っ赤になった顔を覆った。返事はない。

「ねえ」こんなときに頼りにならないなんて、なんのための長女なの？

「たぶん、すこしはね」クリスティアナは顔から手を離し、処刑場に向かう覚悟ができたかのように背筋を伸ばした。

シュゼットは構わずに続けた。「ふーん、ファニーは痛みで気を失ったの。それに大量に出血したし。それは痛いはずよね」

「とにかく寝室でなにがあろうと、それは結婚の一部なの。でも寝室の外でも、うまくやっていけそうな気がしてきたところ」

話題を変えたいようだから、そろそろ勘弁してあげようかしら。昔からクリスティアナは三人のなかで一番慎重だった。シュゼットは姉を見つめ、穏やかな声でいった。「ジョージとちがって、リチャードは大切にしてくれるみたいだしね。それにわたしたち三人が醜聞に巻きこまれないよう、この結婚を続けていこうとしたんでしょ」クリスティアナはうなずいた。「最初は自分が醜聞を避けたいのかと思ったけど、リサのいうとおり、殿方はそれほど被害がないものね。お姉さまのために結婚を続ける決心をしたなんて、とても騎士道精神に富んでいてすてきじゃない。お金のためにわたしと結婚するダニエルなんかとは、比べものにもならないわ」

クリスティアナが眉をひそめたので、口調が辛辣すぎたかと視線をそらした。経済的苦境にある男性が持参金目当てに結婚を承諾してくれ、わたしの行動をあれこれ束縛することもなく、自由な人生を送ることを認めてくれる。それはまさに希望どおりの理想的な相手だった。それを苦々しく思うなんてどうかしている。でも、なぜかダニエルがそうだと思うと腹立たしいのだ。

「ダニエルとの結婚を考えなおしたいの？」クリスティアナが静かに尋ねた。

改めて、その問題を考えてみる。考えなおす？　いや、ダニエルと結婚したい。いまでは大好きだし、一緒にいてとにかく楽しいのだ。それにダニエルもわたしとの結婚を望んでいると思いたい。

「お父さまの借金は、たぶんリチャードがなんとかしてくれると思うの。まあ、返済する必要があるならだけど。薬を盛られただけで、賭博なんてしていないと証明できれば……」

「それはいいの」シュゼットは即答した。「証明するのは難しいだろうし、いますぐやるべきことが山積みなんだから」早口でまくしたてた。なんとか微笑んで、気まずい話題を終わらせた。「とにかく、そろそろ本来の仕事に戻らない？　まだ話を聞いてないのはだれ？」

9

「あの紳士を知っているか？」

ダニエルは馬車の窓から身を乗りだして、リチャードが指さす先を見た。年配の紳士がリチャードの屋敷の前を行ったり来たりしている。銀髪で身なりもよく、きちんと帽子をかぶって杖《つえ》も持っているが、歩きながらぶつぶつと独り言をいっている様子が、その立派な姿となんともそぐわなかった。

「見覚えがあるような気がするが」紳士の顔をつくづくと眺めたが思いだせなかった。「困っているような様子だな」

「ああ」リチャードは扉を開けて馬車から降りた。「問題は、どうしてうちの屋敷の前なのか」

「最近、おまえは幸運どころか不幸を招きよせているようだからな」ダニエルは苦笑しながら続いて馬車を降りた。

近づくと、その紳士は屋敷の前で足を止めてじっと目を凝らし、またなにかつぶやきなががらくるりと振り向いた。そこにリチャードが立っていたので、驚いたように後ろに飛びすさった。

ダニエルは黙って紳士を観察した。リチャードが声をかけた。「なにかお困りですか?」

どういうわけか、その言葉が信じられないとばかりに紳士は目を見開いた。「なんですと?」

「リチャード・フェアグレイブ・ラドノー伯爵と申します」リチャードは握手しようと片手を出した。「なにかお役に立てることがありましたら」

紳士は毒蛇でも見るような目で差しだされた手を睨みつけた。「ご冗談もいいかげんになされよ。あのようないかがわしい場所に連れていって、わたくしをひどい目に遭わせておきながら、まるで面識のないようなあいさつとはおそれいる」

成り行きを見守っていると、リチャードは手を下ろした。どうやらこの紳士は、この一年のあいだにジョージとなんらかのつきあいがあったようだ。そして、無理もないことだが、リチャードが本物のリチャードであることを知らない。

「なかに入って、その件についてお話ししませんか?」リチャードは玄関に向かった。

紳士はその様子を見つめていたが、くるりと振りかえってこちらにやってきた。帰るつもりなのだろう。引きとめて、去年のジョージについて情報を訊きだすべきかと迷っていると、紳士はいきなり上着の内側から黒と象牙細工のピストルをとりだし、ダニエルの脇腹に突きつけた。そして、リチャードに顔を向けて宣言した。「子どもたちを連れてきていただきたい。伯爵のお友だちとここで待たせていただこう」

思わぬ展開にダニエルはいささか驚いたが、特に狼狽はしていなかった。ここは人通りの多い道路だ。まともな神経の持ち主なら、衆人環視のなかで引き金を引きはしないだろう。

独り言がうるさいほどだったから、まったくの正気ではないのかもしれないが、それでも人品卑しからざる紳士だからまず大丈夫なはずだ。子どもたちとはマディソン姉妹のことかもしれない。見覚えがある気がしたのはそのせいか。おそらく撃たれる心配はほとんどないだろう。少なくとも故意には。紳士の手が震えているのに気づき、内心苦笑しながら訂正した。

リチャードは振り向き、状況把握に努めているようだ。

「ご自分で思っているほどは、頭が切れるわけではないようですな」紳士は苦々しく吐きすてた。「いますぐわたくしの娘を渡していただきたい。もちろん三人ともですぞ。これ以上娘をひどい目に遭わせるのは、許しがたい暴挙と呼ばせていただこう」

「娘？」ダニエルは思わず聞きかえした。思ったとおりだった。この紳士はセドリック・マディソン卿、シュゼットの父親だ。顔立ちが似ているので見覚えがあるような気がしたのだ。娘よりずっと穏やかな顔立ちだが。

「あなたはマディソン卿ですか？」リチャードは驚いた顔で尋ねた。面差しが似ていることには気づかなかったようだ。

マディソン卿はリチャードに注意を向けたが、銃はダニエルの脇腹に押しつけたままだった。「まだ芝居を続けなさるか。わたくしを何度も騙すだけでは飽きたらず、クリスティアナにまでひどい仕打ちをくり返しているそうで。ランドン公の舞踏会のあと、ロバートからすべて聞きましたぞ。そのおかげで、ようやくこの老いぼれにも理解できた次第ですわ。娘を愛するふりをなさっていたが、すべては持参金目当ての演技にすぎなかったわけですな。そして今度はこともあろうに、シュゼットまでもおなじ状況に追いこもうとなさっている。しかし、なにがあろうとそれだけは許しませんぞ。結婚していようが、もうそれも関係なかろう。クリスティアナも連れ帰らせていただく。必要とあらば、婚姻無効の手続きでも、王に直訴でも、なんでもいたす覚悟ですからな。さあ、一刻も早くかわいい娘たちを連れてきていただきたい」

「お父さま？」

三人は声がした方向に顔を向けた。リサがロバートと一緒にこちらに走ってきた。

「お父さま、どうしてシュゼットの婚約者に銃なんか向けてらっしゃるの？　だれかが怪我をしないうちに、早く下ろしてくださらない？」

「いや、駄目だ」マディソン卿は容赦なく答え、空いたほうの手でリサの腕をとって脇に押しやった。銃はダニエルの脇腹にいっそう深く食いこんでいる。「伯爵の友人との結婚など、とうてい許すわけにはいきませんな。シュゼットまで不幸になるのが、この目に見える気がいたしますとも。さあ、いい子だから、いますぐ姉さんたちを連れておいで。みなでマディソンに帰ろう。借金の返済ならロンドンの屋敷を売ったから、もうシュゼットが無理に結婚する必要はないのだよ」

「屋敷をお売りになったのですか？」ピストルが離れるのを感じながら、ダニエルは驚いて尋ねた。

「そうですとも」マディソン卿は笑みを浮かべ、ダニエルとリチャードを交互に見た。「おふたりは、まさかそこまでするとは予想なさらなかったのかな？　しかし娘が不幸になるくらいならば、屋敷など惜しくもない」背筋を伸ばして続けた。「というわけですので、クリスティアナも連れ帰らせていただきますぞ」

「まあ、お父さま」リサがため息をついた。「そんなことをなさる必要はまったくなかったのに。ダニエルとシュゼットはきちんと相談して、持参金の四分の一を借金の返済にあてて、その残りはお姉さまが自由に使えると決めたんだもの。ダニエルは親切なかたなのよ」

「それにここにいるリチャードは、マディソン卿が想像なさっているような悪党ではありません」ロバートがリサのかわりにマディソン卿の横に立ち、ぼそぼそと耳もとでささやいた。きちんと説明しようとしたら何時間もかかる話だが、ロバートならばそのあたりの複雑な事情もうまく説明してくれるだろう。そのうちマディソン卿は銃を持った手を下ろし、驚きの声をあげた。「なんですと？」

ロバートがうなずいた。「クリスティアナは、ここにいるラドノー伯爵と幸せな結婚生活を送っていますよ。それにダニエルも尊敬すべき立派な紳士です。シュゼットにはお似合いですね」

ダニエルはそれを聞いて鼻を鳴らし、つい本音を洩らした。「借金の返済のためにロンドンの屋敷を売ったと聞いたら、話は全然変わってきそうですが。シュゼットがそれを知ったら、たぶんおれと結婚してくれないでしょう」

「マディソン卿なら、しばらく黙っていてくださるさ」リチャードが助け船を出してくれたが、マディソン卿は驚いた顔で答えた。

「それはお答えできかねる。なによりもシュゼットの意志を尊重してやりたいもので」

リチャードは苦笑した。「普通ならばマディソン卿のご意見に賛成しますが、今朝、客間でふたりの邪魔をしてからは、ふたりを結婚させるしかないという結論に達しました。シュゼットの義理の兄として、それがぼくの義務だと考えております」

「どういうことですかな」マディソン卿がきっとダニエルを見た。今朝、出かける前にリチャードが客間に入ってきたときのことを思いだして、ついにやりとしてしまった。シュゼットが太ももにまたがってきたので、邪魔なスカートを思いきり持ちあげたのだった。そしてむきだしになった尻の柔らかな肌をつねって、さらに先に進もうとしたところで、リチャードが入ってきたのだ。ありうべからざる醜態だ。こんなことが表沙汰になったら、シュゼットは破滅だろう。シュゼットとどうしても結婚したければ、この件のさわりだけでも広めればいいのだ。ダニエルもようやく覚悟が決まった。なにがあろうとシュゼットを逃しはしない。

気づくとみんながこちらを注目していた。「申し訳ありませんが、屋敷の売却のことは忘れていただけませんか。どのみちシュゼットは、おれと結婚するしか道はないんです」

「この紳士は本当に誠実で、シュゼットとお似合いだと誓ってくれるかね？」マディソン卿は半信半疑という顔でロバートに訊いた。

「誓います」ロバートは笑いをこらえていた。「これでもダニエルは、誠実であろうと精一杯努めているんです」

マディソン卿がまたこちらを見たので、ダニエルは満面の笑みを浮かべた。美しく情熱的なシュゼットと結婚し、晴れてベッドをともにできるのだ。

「それに」ロバートが続けた。「なによりシュゼットが、ダニエルと一緒だといきいきしていますから。たぶん、だれよりも結婚したがっているのはシュゼット本人ですよ。とはいえ、あの子はつむじ曲がりだから、いまは結婚する必要があると思わせておいたほうがいいでしょうね」

「ふむ」マディソン卿は顔をしかめた。「たしかに、三人のなかではシュゼットが一番頑固で、扱いが難しかったものでしたな」ダニエルをちらりと見た。「きみは本気で結婚しようと思ってくれているのかね？　あの娘《こ》は一筋縄ではいかんぞ」

「ともかぎらないでしょう」我ながら控え目な表現だと内心おかしかった。たしかにシュゼットは一筋縄ではいかないかもしれないが、簡単に手に入るものなど興味はない。「少なくとも、退屈する心配だけはなさそうですから」

マディソン卿は我が意を得たりと勢いよくうなずいた。「あの娘は母親そっくりでな。わたくしも結婚したその日から夢中になって、一瞬たりとも結婚を後悔したことはなかったですぞ」

「それでしたら、結婚の必要はないといわないでいただけませんか？」ダニエルは改めて頼んだ。

マディソン卿は唇を引きむすび、まずはまじめな顔でうなずいているリサに目をやり、残る三人を見まわしてため息をついた。「まずはシュゼットの話を聞いてみたいですな。あの娘がきみとの結婚をいやがっていないようなら、とりあえず屋敷を売ったことは黙っていましょう」

ダニエルはほっとしてうなずいた。「ありがとうございます」

マディソン卿はリチャードに顔を向け、まじまじと眺めてかぶりを振った。「それにしてもそっくりですな」

「双子でしたから」

「ああ、そうでした。しかし目がちがいますぞ。弟君はいつも虚《うつ》ろで、計算高い目をしておったが、きみは……」そのちがいを表現する言葉が出てこないようだった。

「そろそろなかに入りませんか」通りすぎる馬車をちらりと見て、リチャードが提案した。

「おお、お茶を所望してもよろしいかな。どうやら、ここに来るので疲れきってしまったようで」マディソン卿が答えた。

「もちろんですとも」リチャードは開けたままだったドアを大きく開き、一同を迎えいれた。

ダニエルはマディソン卿、リサ、ロバートに先を譲った。最後に入って玄関ドアを閉めると、シュゼットが笑顔で執務室から飛びだしてきた。「みんなの声が聞こえたから」

ダニエルは思わず顔をしかめた。先ほどの重要な会話を、廊下にいた召使に聞かれていないことを祈った。玄関ドアが開いていたということは、偶然通りかかった者がいたらすべて聞かれてしまっただろう。

シュゼットは一同を見まわし、父親の姿に気づくと驚いた顔で駆けよった。「お父さま、どうしてここに？」

「わたしたちを助けに来てくださったの」リサが笑顔で答えた。「お父さまはリチャードとダニエルに銃を向けてらしたのよ。ロバートとわたしで慌ててご説明したからよかったけど」

「お父さま、ありがとう！」シュゼットは父親に抱きついた。マディソン卿は驚いた表情を浮かべている。温かく歓迎されるとは思ってもいなかった様子だが、続くシュゼットの言葉を聞いて事情がわかった。「このあいだ、お父さまにひどいことばかり申しあげてごめんなさい。お父さまは身に覚えがないなんて、わたしは知らなかったから、あんなに責めてしまって」シュゼットは身を引いた。「クリスティアナに聞いたんだけど、お父さまはジョージに薬を盛られて、借金を負ったと思わされただけじゃないかって。全部、持参金目当ての計画だそうよ」

マディソン卿はまさかという顔でリチャードを見た。「たぶん、そうではないかと疑っております。弟がその手の詐欺で有名な、賭博場の主と懇意にしていたという噂を耳にしまして」

マディソン卿は安堵のため息をついた。「そんなことではないかと疑っておったのです。なにしろ賭博をした記憶が一切ありませんでな。ぼんやりと覚えておるのは、まわりのかたがたの話し声や笑い声、なにかの合図がどうしたといった程度で」顔をしかめて、かぶりを振った。「そもそも賭博などまったく興味もありませんし、あのような場所でどう遊べばいいのかすら存じませんからな。しかし、わたくしが署名した証文があるのは事実でして」

シュゼットが父親の背中を優しく叩き、また抱きしめた。

「さて、誤解がすべて解けたところで、どこかにゆっくりと腰を下ろして、それぞれの情報を教えあいませんか?」ダニエルは提案した。借金とシュゼットの結婚の必要性の話から、早く一同の興味をそらせたかったのだ。するりとシュゼットの隣に立ったので、シュゼットは父親とダニエルに挟まれる形になった。できればシュゼットの腕をがっちり抱えこんで放したくないところだ。マディソン卿の気が変わって、借金を返済するために屋敷を売ったと口を滑らしたりしたら、すぐにでもシュゼットを連れて逃げだすつもりだった。まったく気の休まる暇がない。きちんと正式に結婚するまではこんな状態が続くと思うとげんなりするが、このゆすり屋の問題が片づくまでは仕方がない。さいわい、リチャードも事件解決に意欲的なので、そう長くはかからないだろう。

「では、客間に移動しましょうか」リチャードの言葉で一同がぞろぞろと動きはじめた。

「クリスティアナは?」

「そう、そう」シュゼットは眉をひそめてあたりを見まわした。「わたしも捜しに行こうとしていたの。フレディを寄こすよう、ハーヴァーシャムに頼みに行ったまま、戻ってこないのよ。いくらなんでも、時間がかかりすぎると思って」

「ジョージの従僕のフレディか?」リチャードは名前を知っていたようだ。

「そう、ジョージの従僕」とシュゼット。「一緒にいる時間が長い従僕なら、入れ替わりに気づいてた可能性もあると思ったの。そしてどこかで見かけて、またリチャードに戻ったと察したかもしれないでしょ。だから、彼がゆすり屋なんじゃないかと睨んだわけ」

「なるほど」リチャードはうなった。

少なくとも問題のひとつはこれで解決できるかもしれないと思っていると、執事のハーヴァーシャムが急ぎ足で厨房《ちゅうぼう》から出てきた。

「ハーヴァーシャム、クリスティアナを見なかったか？」リチャードが訊いた。「きみを捜しに行ったまま、戻ってこないらしいんだ」

「旦那さま、わたくしがここにまいったのも、その件でございます」執事は面目ないとしかいいようのない表情で報告した。「わたくしがおりませんでしたので、奥さまはご自分でフレディを呼びに行かれたご様子で。そのため、少々事態が紛糾しているようでございまして」

「紛糾？」リチャードは顔をしかめた。

「たまたまフレディの部屋の前を通りましたら、奥さまと引き換えに旦那さまに金銭を要求するといった趣旨のことを彼は申しておりました。奥さまを執務室にお連れして、なにかを探すつもりのようでございます。そこでわたくしどもが待ち伏せし、現われたところを一斉に襲いかかれば、奥さまを無事にとりもどすことができるかと存じますが」

「それは名案だな」ダニエルは改めて執事を尊敬のまなざしで見つめた。リチャードに顔を向ける。「急いだほうがいい。あの部屋には隠れる場所がほとんどないし」

うなずいて踵を返したリチャードに、ロバートが声をかけた。「ぼくも行く」

「わたくしもご一緒したい」とマディソン卿。

「わたしも」シュゼットも続いた。

シュゼットたちは客間で待っていてほしいと思ったら、リチャードがきっぱりと宣言してくれた。

「全員が隠れる場所はありません。ロバートとダニエルだけ一緒に来てくれないか。あとのかたは客間に隠れていただきたい。くれぐれもあたりをうろうろして、フレディを警戒させないよう願います」マディソン卿は抗議しようとしたが、リチャードは耳を貸さなかった。

「客間でシュゼットとリサを守っていただきたいのです」

マディソン卿が言葉を呑みこんでうなずいたので、ダニエルはほっとした。


「お姉さまは大丈夫だと思う？」リサがいわずもがなのことを尋ねた。

「もちろん、大丈夫なわけないじゃない。フレディはお姉さまを監禁して、身代金を手に入れるつもりなのよ」シュゼットは腹立ちまぎれに、ずけずけと指摘した。自分が同行していれば、こんなことにはならなかったかもしれない。いても立ってもいられなくて、すぐにでも執務室へ駆けつけて助けたかった。それなのに、こうして客間で父親と執事に監視されているなんて。

シュゼットはもどかしくて仕方なかった。問題が発生すると男性は助けに駆けつけるというのに、どうして女性はただ待っていなくてはならないのだろう。

「料理番にお茶の用意をさせてまいります」執事がなんの前置きもなくドアへ向かった。

「だが、ここで待機していろといっておった」父親が指摘し、必要とあらば体当たりも辞さない気迫で立ちあがった。

どこまで本気かはわからないが、いつになく攻撃的な父親に内心驚いた。執事が戸口で振り向いた。

「おっしゃるとおりでございます」執事は素直に認めた。「しかしながら、いつもとちがう行動をとりましたら、かえってフレディを警戒させてしまうのではないかと存じます。みなさま三人がここにいらっしゃるのはまったく問題ありませんが、わたくしがここにいるのは不自然でございます」

父は判断に困っている様子だったので、シュゼットは口を添えた。「たしかにそうだわ、不自然よ。警戒されてしまったら、執務室に行くどころか、お姉さまを連れて逃げられちゃうかもしれないし。ハーヴァーシャムには、普段どおり仕事をしてもらうのが一番ね」

「そうだな」父はしぶしぶうなずき、ため息をついた。「いいだろう。だが、執務室には近づかんように。くれぐれも驚かすような真似はしてはならん」

「かしこまりました」

部屋を出ていく執事を羨望のまなざしで眺めていたが、ふと思いついてドアに向かった。

「お菓子も添えてくれるよう頼んでくるわね。甘いものがあれば、気持ちが落ち着くから」

「シュゼット」父親が戒めた。

「すぐに戻ってくるから」これ以上なにかいわれる前に、急いで部屋を飛びだした。

期待したとおり、すでに廊下に執事の姿はなかった。執務室に顔を向け、ドアに耳をつけてなにが起こっているのか探ってやろうかと考えた。だが、ドアの向こうから父親の声が聞こえてきたので、急いで厨房に飛びこむと同時に客間のドアが開いた。

父親が小声で自分の名前を呼んでいるのが聞こえたが、シュゼットは黙って厨房のドアを閉めた。いまはそれどころではない。すぐに執事を見つけたが、その姿を見てびっくりした。おそろしげな巨大肉切り包丁を手に、裏口から忍びでようとしていたのだ。

「お茶は待たされそうな気がしたの」シュゼットは淡々と声をかけた。

執事はその場で凍りつき、申し訳なさそうな顔で振り向いた。そのまま厨房に戻り、そそくさとドアを閉めた。「わたくしは、ただ……」

言葉に詰まる姿に、思わず苦笑した。「庭木の手入れでもするつもりだったの?」

執事はただただ恐縮していたが、やがて自分が手にしている肉切り包丁をシュゼットが凝視していることに気づいたようだ。包丁を下げると、威厳をとりもどしてきっぱりと返事をした。「すでにお茶の用意は手配いたしました」

「たしかに承りました。いま、お湯を沸かしているところでございます」調理台のパイ生地を麺棒で伸ばしながら、料理番が口を添えた。「ハーヴァーシャムさんは、従僕のひとりが肩に袋をかついであちらのフランス窓から出てきたのを見て、そのあとを追っていこうとしたのでございます」

「袋だと？」背後から声がしたので、シュゼットは振り向いた。やはり父だった。その後ろには、不安そうに手を握りしめたリサまでいる。

「あれは袋だったと思います」料理番の女性は麺棒を動かす手を止めて、ぐつぐつ煮えている鍋をかきまわした。「でも、あたしはちらっと見ただけでございますから」料理番はそう説明し、あとは任せたとばかりに執事を振りかえった。

執事は険しい顔であとを引きとった。「たしかにあれは袋でございました。リチャードさまが執務室でお待ちになっているものが入っているのだと存じます」料理番をちらりと見て、続けた。「あとをつけまして、たしかに執務室に向かうかどうかを確かめるつもりでございました」

シュゼットは眉をひそめた。肩にクリスティアナをかついでいるのであれば、召使に目撃される危険の高い屋敷内を避け、庭をまわって執務室へ行くのもうなずける。しかし、肩にかつがれていること自体は、あまりいい知らせではなかった。それに、待ち伏せしている三人は、廊下側のドアから入ってくるものと思いこんでいて、庭に面したフランス窓の可能性は考えていないだろう。庭にいるフレディが室内の不審な動きに気づいたら、クリスティアナを連れたままこっそり逃げだしてしまうかもしれない。

「いい考えだ。わたくしも一緒に行こうではないか」父親は宣言し、調理台の包丁入れにあった一番大きなナイフを選んだ。「ふたりは客間に戻りなさい。わたくしもすぐに戻るから」

父親は執事のあとを追って、裏口へ向かった。

「客間に戻る？」とリサ。

「まさか」シュゼットはさっき料理番が使っていた麺棒を手に、やはりドアへ向かった。

「待って」リサが息を呑んだ。

後ろを振りかえると、リサは調理台に並んでいる厨房道具をあれこれ手にして悩んでいたが、長くて大きな二叉《ふたまた》の調理用フォークに決めたようだ。満足そうにひとつうなずくと、あとをついてきた。

シュゼットは身を低くして、できるだけ壁に沿って屋敷の裏にまわった。振りかえらなくても、すぐ後ろからリサがついてくるのが気配でわかった。ふたりはそのまま、父と執事のあとをすこし離れてついていった。

執事が先頭で、父はそのすぐ後ろにいる。ふたりの向こうに見えるのが問題のフレディだろう。フランス窓の前に立って、なかをのぞいている。まるで袋のようにクリスティアナを肩にかつぎ、落ちないように片手で両脚を押さえていた。意識がないのかと心配したが、フレディが窓を開けてなかに入るときに、姉は目を開けてあたりを見まわした。

「生きてるわ」後ろからリサの安心したようなささやきが聞こえた。

シュゼットは黙ってうなずいただけでそのまま進み、万が一、フレディが急に引き返してきて、執事と父もとり逃がした場合に備えて、麺棒を高々と振りあげた。クリスティアナを連れて逃げられるくらいなら、思いきりこれで頭を殴ってやる。

執事がようやくフランス窓にたどりついたが、なにかためらっている。フレディがきちんと閉めなかった窓からなかをのぞきこんでいたが、大きく開けてするりと忍びこんだ。すぐ後ろにいた父も、窓の前でいったん立ち止まったが、おなじように様子をうかがってなかに滑りこんだ。

シュゼットは爪先立ちで先を急いだ。どうなっているのか心配でたまらなかった。窓に近づくと、リチャードの声が聞こえた。「なにがあろうと、ここからは逃がさないから覚悟しろ」どうやらフレディとの対決が始まっているようだ。ようやく窓にたどりつき、まずはなかをのぞきこんだ。入ったすぐに父が、その前に執事がいるが、クリスティアナをかついだままのフレディはこちらに背を向けているので、ふたりには気づいていないようだ。部屋の反対側にある机からはリチャードが、長椅子の向こうからはダニエルが、それぞれじりじりとフレディに迫るのが見えた。ところがロバートの姿が見あたらない。

「ロバートはどこ？」後ろからリサの心配そうな声が聞こえた。慌ててかぶりを振り、手を上げて黙らせた。フレディが叫んだ。「下がってろ。さもないとこいつを刺すぞ」

さっきはフレディが武器を手にしているかどうかはわからなかったが、どうやら持っているようだ。クリスティアナが悲鳴をあげた。「痛い！」

「妻を下ろせ」リチャードが命令した。

「くそっ、地獄へ落ちやがれ！」フレディはくるりと向きを変えて庭に逃げだそうとしたが、当然、すぐ後ろに控えていた執事と鉢合わせした。

シュゼットの位置からでは、フレディの顔しか見えなかった。最初は驚いていたが、それがうろたえた様子に変わり、そのままばたりと倒れた。倒れるときに、胸から肉切り包丁が突きでているのがちらりと見えた。傷のまわりに血が広がっている。執事の武器に向かって飛びこんでしまったようだ。

「まあ」リサが後ろで消えいりそうな声をあげた。妹は血が苦手なのだ。慌てて振り向くと、案の定、顔は真っ青だし、足もとがふらついている。

「しっかり」シュゼットはリサの腕をつかんで窓から遠ざけた。「ほら、大きく息を吸って」

リサは何度か深呼吸するとすこし落ち着いたようで、顔色も戻ってきた。

「大丈夫？」シュゼットは心配で声をかけた。リサは昔から血を見るとたいてい気を失うのだが、お仕着せの前が染まる程度の出血量だったせいか、なんとか自分の足で立っていられるようだ。リサはけなげに笑みまで浮かべてうなずいた。

シュゼットも微笑んで窓に目をやると、父親に連れられてまだ震えているクリスティアナが出てきた。

「姉さんとふたりきりで話がしたいのだ」シュゼットとリサが駆けよると、父親は小声で説明した。

シュゼットは庭の奥に歩いていくふたりを眺め、リサに視線を戻した。「そろそろなかに入らない？　なんとか大丈夫そう？」

リサはうなずいた。「そっちを見ないようにする」

シュゼットはリサの腕を支えて室内に入ろうとした。執事の姿は消えていたが、いつの間にか現われたロバートも含む三人が死体のまわりをかこんでいたので、それ以上なかに入れずにその場で立ち止まった。「とにかく、これでひとつ問題が片づいたな。もうゆすられる心配はないわけだ」とロバート。

「だが殺人犯の問題が残っている。またリチャードを狙うおそれだってあるんだ」ダニエルが冷静に指摘した。

ロバートは残念そうにリチャードに報告した。「今日、リサとほうぼうで耳を澄ませてみたが、有益な情報はなにも手に入らなかった。義理の妹にあたるリサがいては、喜んで教えてくれるとはいかないな。たぶんクリスティアナとシュゼットのほうが、役に立つ情報をつかんだんじゃないか」

「早速訊いてみよう」リチャードはこちらに顔を向けた。ところが、いるのがシュゼットとリサだけで、肝心のクリスティアナの姿がないことに、気づいたようで怪訝そうな表情を浮かべた。「どこに行った？」

「お父さまがふたりきりで話がしたいと、庭に行かれたわ」シュゼットは答えた。

リチャードは庭のふたりを眺めていたが、部屋のドアが開く音に視線を戻した。

身体を傾けてのぞいてみると、なにごともなかったように執事がふたりの男を案内してきた。赤いベストを着た、中央警察裁判所《ボウ・ストリート》の巡査だった。

「いやだ」リサが急に声をあげた。「もうここにいたくない」

シュゼットは驚いて妹に顔を向けた。警官が現われたせいではなく、見ないようにするといっていた死体がうっかり目に入ってしまったらしい。みるみるうちに顔が青くなってきた。

「わかった」シュゼットはため息をついた。「邪魔にならないように、客間で待っていましょう」

「ありがとう」リサはほっとした顔でささやいた。シュゼットは一同をよけて妹をドアに急がせた。

10

「つきあってくれる必要はないのよ。みんなのところへ行きたいのなら、わたしはひとりでも大丈夫だから」

シュゼットはリサを見てかぶりを振り、手をひらひらさせた。「いいの、いいの。どうせ警察にくだらない質問を山ほど浴びせられるだけでしょ。まあ、よくわからないけど」

「死体も片づけていってくれないかしら」リサはしょんぼりとつぶやいた。

「たぶんちゃんとやってくれるわよ。あるいは片づける人を手配してくれるとか。駄目ならリチャードに頼めば、なんとかしてくれるはず。ずっとあのままにしておけるわけないんだから」

死体を想像したのか、リサは情けない顔をした。「こんなに血が苦手じゃなければよかったんだけど」

シュゼットはやれやれと肩をすくめ、窓の外を眺めた。「だれにだって弱みはあるわよ。リサはまだましなほうじゃない。血を見ることなんてめったにないんだから。お菓子を見るたびに気を失うんだったらどうする？」

期待したとおり、リサはくすくす笑った。そのあとふたりでなんの気なしにドアに目を向けると、ばたんと開いてダニエルが飛びこんできた。後ろにはロバートもいたが、満面の笑みでこちらに駆けよるダニエルしか目に入らなかった。

「終わったよ。警察は帰った」ダニエルはしっかりと抱きしめてくれた。

「それはよかったわ」シュゼットはわけがわからずにダニエルを見上げた。最近、ダニエルは距離を置こうとしているような印象だったので、リサとロバートがいる前で抱きしめ、いまにもキスしそうな勢いで顔を近づけてきたから、すこし驚いたのだ。

口づけこそしなかったが、ダニエルは首筋に唇を押しあてて耳もとでつぶやいた。「ゆすり屋も殺人犯も判明したから、こんなところでぐずぐずしている必要はないんだ。なにをいいたいかはわかるよね」

「グレトナグリーンに行くのね」喉もとに沿って軽くキスされて、顔を傾けて吐息を洩らした。優しい愛撫に背筋が震え、頭がぼうっとしてきたが、ようやくダニエルの言葉が理解できてしゃんとした。「殺人犯もわかったの？　両方、フレディの仕業だったってこと？」

「いや」ダニエルは鎖骨に唇を寄せた。

「それなら、だれが犯人だったの？」

ダニエルは身体を起こし、唇を尖らしたシュゼットを見つめて微笑んだ。「そんな顔をしていてもかわいいよ。キスしたくなる」

「ねえ、ちゃんと教えて」だが、ダニエルの返事は唇へのキスだった。ロバートとリサがそこにいるにもかかわらず。これ見よがしの大きな咳払いが聞こえ、なんと父もおなじ部屋にいることに気づいた。

ダニエルはシュゼットから離れると、父に堂々と微笑んだ。「一緒にグレトナグリーンにいらっしゃいますか?」

「もちろんだとも」声は威厳に満ちていたが、その目の輝きを見るかぎりでは喜んでくれているようだ。

ダニエルが問いかけるようにリサとロバートに顔を向けると、ふたりとも当然とばかりにうなずいた。

「ダニエル」シュゼットはダニエルの胸をつついた。「ジョージに毒を盛ったのはだれだったの?」

「馬車で説明するよ」ダニエルはシュゼットの手をつかんで小走りにドアへ向かった。

ダニエルの強引さに思わず笑ってしまったが、手を振りはらうなんて頭に浮かびもしなかった。廊下に出ると、階段近くにリチャードとクリスティアナがいたので、ダニエルはシュゼットの手を放してそちらへ近づいた。

「リチャード、ゆすり屋も殺人犯も判明したことだし、ぐずぐずしてはいられない。おれたちはいますぐグレトナグリーンに向かうよ」

リチャードはとっさにうなり声をあげたが、すぐに冷静な顔で答えた。「たしかにそうだな。明日の朝一番で発《た》とう」

「朝？」ダニエルが聞きかえした。不満そうな声になったのも当然だ。

リチャードはうなずいた。「女性陣は荷造りしなくてはならないだろう。それに――」

「今朝帰ってきたまま、衣装箱は開けてもいないの。少なくともわたしはね」シュゼットは答え、ロバートや父と一緒に廊下に出てきたリサを振りかえった。

「わたしも」リサが答えた。

つぎにクリスティアナに目をやった。最初はもじもじしていたが、結局うなずいた。「わたしもよ」

リチャードがすぐにクリスティアナの耳もとでなにかささやいた。クリスティアナも小声で返事をし、ふたりの会話が終わるのを待って、ダニエルが尋ねた。「リチャード、おまえの馬車はまだ正面か？　それとも厩舎《きゆうしや》に入れたっけ？」

「いや、そのままだ。今後の行動予定がわからなかったから」

「ぼくの馬車も正面にいるぞ」とロバート。「いつでも出発できる」

「すばらしい」ダニエルは嬉しそうに手を叩いた。「じゃあ、うちの馬車を急いで用意させたらすぐに……しまった！」急に言葉を切った。「いまは使えないんだった。一台借りてこないと」

シュゼットはまたかと唇を噛んだ。グレトナグリーンに行こうとすると、かならず邪魔が入るのだ。まさか、だれかに呪われているとか？

「わたくしのをお使いなさい」父が申しでた。「前にとまっているから」

父ににっこりと微笑んだ。これですべてがうまくいく。今度こそ、なにごともなくグレトナグリーンに向かい、ふたりは結婚するのだ。


旅に出て三日たち、目覚めたときに馴染《なじ》みのないベッドに寝ているのがわかっても、それほど驚かなくなってきた。とはいえ、いまはグレトナグリーンに向かっていて、おなじ部屋にリサもいることを思いだすのにしばらくかかった。そこでシュゼットはぱっと目を開けた。そうだ、今日は四日目、旅の最終日だった。夕方にはグレトナグリーンに到着し、すぐに結婚だ。そのあとみんなとお祝いの宴をかこみ、ようやく夫婦となったダニエルとベッドをともにするのだ。

そこまで考えたところで、さっきまでの笑みが消えた。幸せな気分に影を差したのは、もちろん晴れて夫婦になることではなく、ベッドをともにするほうだ。楽しみでもなんでもない。それどころか、初めてのせいで初夜が台無しになるかもしれないと思うと憂鬱でたまらなかった。初めてのときはすごく痛いのかとクリスティアナに訊いたら、「たぶん、すこしはね」とはぐらかされてしまった。いやな顔をされたが、そうだれにでもぶつけられる質問ではない。もしかしたら、本当のことを告げて怖がらせまいとした可能性だってある。クリスティアナは慌てて話題を変えたが、どうしても本で読んだ大量の出血と失神するほどの痛みが頭から離れないのだ。

できればその日を迎える前に終わらせてしまいたかったが、残念ながらロンドンを出てからはふたりきりになるチャンスがなかった。正式に結婚するまで純潔を守るのは父親の務めとばかりに監視されていたし、ほかの四人までもがそれに協力したのだ。ダニエルもシュゼットも、ひとりになるチャンスすらなかった。寝るときもそうなのだ。どこの宿でも三部屋とったのはいいとして、リチャードとクリスティアナ、父親とロバートとダニエル、そしてリサとシュゼットという部屋割りだった。リサと同室なのはべつに構わないのだが、ロバートや父と同室のダニエルはかなり気の毒だと同情した。ふたりともいびきをかくだろうし、毎晩ベッドのとりあいだろう。

ふたりの男性にはさまれて縮こまっているダニエル、あるいはこっそり抜けださせまいと目を光らせている父親の姿を想像して、くすりと笑った。でも、それも今夜でおしまいだ。ダニエルとおなじ部屋で眠るのはわたし。そして流血と激痛も体験するのだろう。

シュゼットは勢いよく毛布をはねのけ、急いでドレスを着ると身支度を済ませた。髪をとかしていると、リサが目を覚まして起きあがり、きょろきょろとあたりを見まわした。

「どうしたの？」リサはのんびりとあくびをした。

「出発の準備よ」シュゼットは笑った。「リサもさっさと起きて、ドレスを着たほうがいいんじゃない？　そのうちクリスティアナが……」

「まさか」リサはまたベッドに潜りこんだ。「今日はそんなに早く出発しないんじゃなかった？　九時ごろに出るって。だからゆっくりお寝坊できると思ったんだもの」

髪をとかす手を止めた。

「知らない」リサは寝返りをうった。「そうだったっけ？　どうして早く出発しないの？」

「ゆっくり出発するから、遅くまで寝てていいってお父さまがおっしゃったの。聞いてなかった？」リサは肩越しに振り向いた。

「うん」

「きっと忘れちゃったのね。もうすこし寝たほうがいいわよ」リサはまた背中を向けた。

シュゼットは黙ってリサを見つめた。なにかおかしい。どうしてそんなにのんびりしているのだろう。毎日そうだったのだから、旅の最終日の今日だって、日の出とともに出発するものと思いこんでいた。

ため息をついてブラシを置くと、ドレスを脱いでベッドに戻ろうかと考えた。でも、もう眠れそうにない。とはいえ、みんなが起きだすまで部屋をうろうろしているのも退屈だし、喉も渇いた。シュゼットは静かにドアに近づき、廊下に出た。

そっとドアを閉めると、階下の広間からぼそぼそと話し声が聞こえた。階段の手すりから身を乗りだして、無人のテーブルが並ぶ階下をのぞいた。厨房のドアに目をやると、ダニエルが宿の主《あるじ》と低い声でしゃべっている。

ダニエルの姿を見つけて嬉しくなった。真剣な面持ち、すこし乱れた髪。どうやら起きぬけで、まだ髪もとかしていないようだ。頬にシーツのあとが残っているのも微笑ましい。こうして姿を目にしただけで、愛《いと》しくて胸が切なくなった。この気持ちをどう解釈すればいいのかよくわからなかったが、そんなことはあとでゆっくり考えればいい。いまは男たちの会話に交ぜてもらおうと階段へ向かったが、宿の主はうなずいて厨房に引っこみ、ダニエルはテーブルのあいだを抜けて玄関を出てしまった。

ダニエルに追いつこうと、階段を駆けおりて中庭に出た。ちょうどダニエルが厩舎に入っていくのが見える。出発は九時過ぎなのに、こんな朝早くになにをするつもりなのか不思議だった。いっぽうで、ついにふたりきりになれそうだと胸がどきどきした。

厩舎では最初ダニエルの姿が見つからなかったが、捜すうちに一番奥近くの馬房で見つけた。馬に鞍《くら》をつけている。なにも考えずに飛びだした。

「なにをしているの？」いきなり声をかけられて、ダニエルは驚いて飛びあがった。しかし、相手がシュゼットだとわかるとすぐに微笑んだ。

「おはよう」鞍をつける手を止め、馬房の手すりまでやってきた。

「おはよう」シュゼットもあいさつを返した。「どうして馬に鞍をつけてるの？」

「乗るからさ」ダニエルはひと言で答えた。「馬車より速いからね。でも帰りは馬車で戻ってくると思う。母も馬に乗るのが好きだったんだが、年齢も年齢だし、去年は大病をしたからね。あまり疲れさせないほうがいいだろうと」

「お母さま？」驚いて聞きかえした。

その表情を見て、ダニエルは笑いながら手すりを越えた。ウエストをしっかりと抱きしめる。「そうだよ。早くシュゼットを紹介したいし、結婚式にも出席してほしいから、迎えに行くことにしたんだ。昨夜、無理してこの宿まで来たのは、ここからならウッドローの屋敷まで一時間と近いからなんだよ」

「まあ」シュゼットは息を呑んだ。とうとうダニエルのお母さまに紹介されるんだ。もしかしたら嫌われてしまうかも？　結婚に反対されたらどうしよう？

「なにを考えてるんだ？」ダニエルは怪訝そうだった。「やけに怖い顔をしてるね。母に出席してもらいたくないのか？」

「も、もちろん、そんなことないわ。でも、嫌われたらどうしようと心配で」シュゼットはしょんぼりと白状した。

ダニエルはくすくす笑いながら、ぎゅっと抱きしめた。「心配しすぎさ。シュゼットならだれだって好きになる」そう励まして身体を離した。「こうしてふたりきりになるのも久しぶりだな。おはようのキスをして、見送ってくれるかい？」

シュゼットは目を丸くした。その言葉を聞いた瞬間、ダニエルの母親に好かれるかどうかの心配が吹き飛んでしまったのだ。

「ほら」ダニエルは顔を近づけてくる。

「もちろん」ふたりの唇が重なった。

おはようの軽いキスどころではなかった。ダニエルの舌が唇をこじあけて入ってくる。シュゼットの思うおはようのキスというのは、軽くついばむようなものだった。これはあいさつなんかではなく、それ以上だ。まるで貪りつくすようなキス。藁《わら》の上に押し倒して、スカートをまくりあげ、淫らなことをしたいと伝えあっているような。ダニエルの手がシュゼットの身体をまさぐりだした。

ああ、男の人はこんなふうにキスができるんだ。シュゼットはダニエルの首に腕を巻きつけ、さらに身体をぴたりとくっつけた。ダニエルの唇がますます激しく覆いかぶさってくる。彼の手がお尻をつかむと、うめき声を洩らし、腰を前に突きだした。ドレス越しに春の柱《メイポール》があいさつしたがっているのを感じる。シュゼットはお返しに腰を彼にこすりつけた。ふたり揃って物憂げな声を洩らす。

キスをやめて、ダニエルが喘いだ。「もう行かなくては」しかしその手は胸を探りあて、襟もとから入ってこようとしている。

「そうね」シュゼットは手を下ろし、ズボンの上からかたいものを包みこんだ。

ダニエルがうめき声をあげ、さらに激しくキスをした。手が胸を乱暴なくらいに愛撫しているので、そのリズムに合わせて彼のものを握っている手を動かす。ダニエルは口を離して、息も絶え絶えにつぶやいた。「駄目だ、シュゼット。やめてくれないと……」

意思とは裏腹にその言葉は最後まで続かず、ダニエルがはっと息を呑んだ。シュゼットがもう片方の手をズボンのなかに滑りこませ、彼自身を直接つかんだのだ。観念したのか、ダニエルがまた唇を求めてきたので、シュゼットも愛撫を続けた。

背中がちくちくする。たぶん干し草が直接肌にあたっているのだろう。ダニエルはキスをしながら、胸をかわるがわる揉みしだき、乳首を甘嚙みしている。シュゼットは空いている手でズボンのボタンをはずすのに夢中で、朝の涼気が背中を撫でるまで、コルセットをはずされたことに気づかなかった。ダニエルはドレスの袖を引き抜こうとしていたが、そうするとズボンのボタンを諦めなくてはならない。それはどうしてもいやだった。するとダニエルが断念し、ドレスの襟を下げて胸をあらわにすると、そこに顔を埋めた。

「あ……ああ」シュゼットはうめいた。なんとかズボンのボタンをはずすことに成功し、春の柱《メイポール》を引っぱりだした。ダニエルは身体をこわばらせて乳首を軽く嚙み、シュゼットの手にかたいものをこすりつける。そのあいだも手は忙しくスカートをまくりあげ、シュゼットの脚を指が這いのぼってきた。

ダニエルの手で脚を開かされ、あいだに指が入ってきた。喜びの炎が全身を貫き、目を閉じて逃れようとした。もうなにも考えられない。そこであることを思いだした。ファニーの本に、口を使って男性を喜ばせるくだりがあったのだ。自分でもやってみたかった。

シュゼットが考えこんでいたので、ダニエルはやめたがっていると誤解したようだ。慌てて身体を離した。「すまなかった。こんなことは……」

その言葉は驚きに変わった。シュゼットがダニエルの前にひざまずいて、かたいものを口に含んだからだ。

そのままふたりとも動かなかった。ダニエルは驚きのあまりだが、シュゼットはつぎにどうしたらいいのかわからなかったのだ。本には口で男性を喜ばせる具体的な描写は少なく、ぼんやりとごまかしたままに終わっていた。内心肩をすくめながら、やりたいとおりにやってみた。舌で味わい、口全体でその大きなものを感じ、片手で支えて先端にキスをする。

ダニエルが喜んでくれているのかどうかはわからなかったが、こんなふうに彼を堪能できて嬉しかった。すると突然ダニエルに腕をつかまれ、身体を起こされた。立ちあがることもできず、そのまま干し草の上に座りこむ。

「わたし……」これでよかったのかどうか尋ねようとすると、ダニエルがキスでそれを遮った。吐息を洩らして首に腕をまわしたら、脚を開かされてそこにダニエルがするりと入りこむ。ダニエルの手がまた胸をつかんだので喜んでいると、もう片方の手がスカートの裾からなかに入ってきた。

ダニエルの指が太ももを這いあがってきた。干し草の上で身をよじっているうち、気づくと干し草の山から落ちそうになっていた。指が核心に触れると、シュゼットは身体をこわばらせてうめき声をあげた。彼の指が興奮ではちきれんばかりの箇所でうごめき、思わず頭がのけぞる。ダニエルの唇が耳たぶを噛み、首筋、鎖骨、また乳首へと移動した。

今度は逃げようなんて考えなかった。愛撫に背中を弓なりにし、髪に指を絡ませ、腰に脚を巻きつけてさらに引きよせた。ダニエルが乳首を優しく噛み、ふくらんだ芯に指を躍らせる。なにかがあたっていた。きっと春の柱《メイポール》だ。シュゼットは声をあげ、腰に巻きつけた両脚に力をこめた。愛撫は続き、もう我慢できないほどになっていた。

「ダニエル」喘ぎながら、この甘美な責め苦をやめてくれるよう懇願した。

ダニエルはまたシュゼットの口を求め、手を止めずに激しくキスをした。ダニエルの肩をつかみ、腰を前に動かして、両脚でさらに激しく彼を締めつける。ダニエルが突然指を引き抜いたのでがっかりしたが、なにかが熱い肌をかすめるのを感じた。ダニエルの下唇を軽く噛みながら、両手で腰をつかんで自分のほうにしっかりと引きよせた。その無言の求めに応じてダニエルが入ってきたとき、すぐにはわからなかった。最初はなにかべつのものだと勘違いしたのだ。想像よりもずっと大きかったので、あまりの痛みに悲鳴をあげてしまった。口をふさがれていなかったら、声が響きわたっていただろう。

ダニエルもぎょっとしたのか、キスをやめ、心配そうにシュゼットを見下ろした。「大丈夫か？」

真っ赤になってうなずいた。叫び声をあげるほど痛かったというよりは、びっくりしたのだ。あんなに大きな声をあげなければよかった。実はつねったくらいの痛みで、気を失うなんて大げさもいいところだ。たぶんファニーの恋人はやり方が下手だったのだろう。ダニエルがまだ自分のなかにいるのは奇妙な感じだが、身体を伸ばしてしっかりと受けいれた。最初は気持ちよくもなんともなかったが、ダニエルが手で愛撫を始めると、すぐにに身体が反応してさっき遠のいた熱い波が戻ってきた。ダニエルの唇を求めたら、すぐに応えてくれたのが嬉しかった。彼を締めつける脚に力をこめると、愛撫を続けながら腰を前後に動かしている。口を出入りする舌とおなじリズムだ。最初はゆっくりだったが、どんどん腰を動かす速度が上がった。そして手でシュゼットのお尻をかかえると、精を放った。

シュゼットはたまらずに声をあげ、ダニエルの肩に爪を立てて、待ち望んでいた喜びに身をゆだねた。最高潮の喜びが炸裂《さくれつ》し、そのあまりの激しさに身体を震わせる。無我夢中でダニエルにきつく抱きつき、寄せる嵐の波にただただ身を任せた。ダニエルは腰を動かしつづけていたが、喉の奥からの深いうめき声とともに果ててくずれおちた。

ダニエルは精根尽きはてたようにぐったりと倒れこみ、シュゼットもようやく痙攣《けいれん》がおさまった。

「ああ」しばらくすると、ダニエルはシュゼットを見下ろして、苦しそうに言葉を絞りだした。「すまなかった」

驚いてダニエルの顔を見上げた。「どうして謝るの？」

「こんなことをするべきじゃなかった。それも厩舎でなんて……淑女にふさわしい場所じゃない。だれが入ってくるかもわからないのに。こんなことは……」

その口をキスで黙らせた。そしてダニエルをきつく抱きしめる。「もう一度する？」

ダニエルは胸を震わせて笑っていたが、ゆっくりと身体を起こした。「ものすごくそそられる提案だけど、いますぐは無理かもしれないな。それに母を迎えに行かないと」シュゼットの鼻の頭にキスをした。「すまない」

がっかりしてため息をつくと、しぶしぶダニエルの分身を解放した。ぼんやりとズボンを上げるダニエルを眺めていたが、立ちあがって自分のドレスも直した。

ダニエルが最初の馬房に戻ろうとしたので、干し草の山から降りてあとを追いかけた。両脚のあいだがひりひりするが、いまは考えないことにした。「いつごろ戻ってくる？」

「ここから馬車で一時間くらいの場所だ。母の荷造りに時間がかかったとしても、馬を走らせるから二時間程度で戻ってくるよ」ダニエルは馬に鞍をつけながら、上の空の様子で答えた。

「一緒に行っちゃ駄目？」一線を越えてすぐにダニエルと離れるのがいやで、シュゼットはおそるおそる尋ねた。

ダニエルは驚いた顔で振りかえった。悩んでいる様子だったが、かぶりを振って馬の準備に戻った。「いや、ひとりのほうがいい」

「どうして？」だんだん心配になってきて詰めよった。「お母さまがわたしのことを気に入らないかもしれないから？」

ダニエルはまた振り向いて、怪訝な顔をした。「そんなこと、あるわけないじゃないか」

「それなら、どうして一緒に行っちゃいけないの？」べつの疑いが浮かんで目を細めた。

「本当に戻ってくるつもり？」

「もちろん、戻ってくるさ」ダニエルは笑ったが、今度はこちらも見ずに馬の手綱を引き、馬房から出た。シュゼットの前で足を止めて軽くキスをすると、腕をつかんでまわれ右させた。「さあ、部屋へお帰り」

振りかえろうとしたが、ダニエルに押さえこまれ、先導する形で厩舎から中庭に出た。

「さあ、おとなしく待っててくれ」ダニエルはきっぱりと宣言し、シュゼットの背中を優しく押した。

シュゼットは諦めて宿に向かって歩きだしたが、玄関の手前で振り向いた。ダニエルはもう馬にまたがっていて、笑顔で手を振ると走りだした。姿が見えなくなるまで見送っていたら、これがダニエルの見納めになるかもしれないという不吉な考えが突然心をよぎり、急いで宿に駆けこんだ。

さっき飛びだしたときと同様、広間はがらんとして人気《ひとけ》がなかったので、シュゼットは胸を撫でおろした。どういうわけかだれかに見られているような、もう処女ではないことを知られてしまったような感じがするのだ。まるであの体験で消せない刻印をつけられたようだ。

勢いよくかぶりを振って、そんな幻想を追いはらった。リサのいる部屋に戻ろうと階段を登る。今度は眠れるかもしれない。すこし休めば気分も変わるはずだ。シュゼットは心から穏やかな気持ちになっていた。ひと眠りすれば身体も癒えることだろう。


ダニエルはウッドローへ向かいながら、最初の三十分は無意識のうちに顔がほころんで仕方がなかった。なにも考えなくとも身体が自然と動いて馬を操るので、頭のなかはシュゼットのことでいっぱいだった。首筋から胸にかけての美しいライン、スカートを上げてあらわになった腰、情熱に燃える熱い瞳。どうしても我慢ができなかった。こうして出逢うために生まれてきた相手だと感じる。あの腕、脚、突くたびに締めつけてくる身体。吐息、喘ぎ声、喜びにむせぶ声がまだ聞こえてくるようだ。まさに理想どおり、いや、それ以上の女性だった。シュゼットは常識にとらわれないし、身体も自由奔放だ。生涯、退屈することはないだろう。結婚するのが心から楽しみだった。

そう思うと自然と笑みが浮かんだ。以前は結婚にそれほど熱心になれなかった。妻という存在自体許せなかったのだ。母親は貴族社会ではめずらしく、必要とあらば腕まくりして自分でなんでもやってのける女性だった。この社会では、極めて稀ですばらしい特質だと思っている。いっぽうこれまで出逢った令嬢のほとんどは、おなじ衣装を二度着るのはいやだから ドレスがごっそり欲しいだの、見せびらかすための豪華な宝石が山ほど必要だのと、王女並の要求しかしない甘やかされた者ばかりだった。男の気を惹いて、舞踏会や芝居や夜会に連れていってもらうことにしか興味がないようだ。そしてそれを可能にするために、汗水垂らして働くのは男だった。

しかしシュゼットはちがった。必要とあれば自分でなんでもできる女性だ。実際、家族全員を醜聞から救うため、自分を犠牲にしようとしていた。リサを一緒に犠牲にするよりも、みずから進んで人のいやがることを引きうけたのだ。

シュゼットならば社交界のあらゆる催しに引っぱりまわされる危険もなかった。人が多くて空気が汚れた都会より、美しい田舎で静かに過ごすほうが好きだと明言していたから安心だ。シュゼットのドレスや宝石はどれも仕立てがよく、よく似合っていた。ロンドンの最新流行とはいえないが、そんなことは気にしてもいないようだ。ぶっきらぼうなしゃべり方だが、さばさばしていて気持ちがいいくらいだ。おかしなことだが、ドレスや宝石にこだわらないとなると、逆にたくさん与えてやりたくなった。

思わず苦笑したとき、突然なにかが砕けるような音が聞こえ、はっとしてあたりを見まわした。右手の森から聞こえてきたようだ。馬の速度を緩め、木々のあいだに目を凝らす。ウッドローの地所のはずれに来ていた。以前は密猟者が入りこむこともあったようだが、アメリカに発つ前の半年を見るかぎりそのような痕跡はなかった。しかし、さっきの音はなんだったのか。野生生物を追って密猟者が潜りこんだ可能性はある。手を打っておかないと――。

また鋭い音が聞こえ、右後方からなにかが背中にぶつかった。まるでだれかに蹴飛ばされたかのようで、一瞬息が止まり、馬から転げおちそうになった。ダニエルはなんとか前傾姿勢に戻り、馬を全速力で走らせた。また音がしたが今度はなにも起きなかったので、ただ手綱をしっかり握ることに集中した。指に力が入らず、呼吸も苦しくなってきた。肺に穴が空いたかと心配したが、大きく息を吸えるので大丈夫のようだ。ショック状態なのだろう。

それに出血もしているようだ。脇腹を温かなものが流れおちるのがわかる。それにしても、屋敷に近かったのは不幸中のさいわいだった。遠ければたどりつけなかったかもしれない。とはいえこの状態では、無事に屋敷に着いた瞬間に気を失ってしまうだろう。

11

「ダニエルを待たないの?」みんなと朝食のテーブルに着くようにいわれ、シュゼットは父親に尋ねた。さっきから、いつ玄関が開くかとずっと見つめていたのだ。本当だったら、いまにも到着するんじゃないかと中庭に走りでたいところだった。ダニエルが出発して二時間がたち、特にここ三十分は落ち着かなくて何度か外の様子を見に行った。しかし、ついに父親にリサの隣に座れと命じられてしまった。「どうしてこんなに遅いんだと思う?」

「レディ・ウッドローの荷造りに時間がかかっているんだろう」リチャードがクリスティアナの隣に腰を下ろしながら、のんきな声で答えた。

「そうよね」母親の荷造りに時間がかかっても、二時間以内に戻ってくるといったことは黙っていた。

朝食の席では笑いとおしゃべりが絶えなかったが、シュゼットは気もそぞろで、ダニエルはまだかとドアばかり見ていた。ようやく食事も終わり、とりあえず厩舎まで行ってみようと玄関へ向かった。しかし、玄関の手前でちょうど厩舎から戻ってきた宿の主とばったり会った。主は微笑んだが、気の毒そうにかぶりを振った。

「お帰りになったご様子はありませんね。そろそろだとは思いますが」

「そう」シュゼットは無理やり笑みを浮かべた。「ありがとう」主が通れるよう一歩下がり、そのまま階段に向かった。ベッドの下に靴下が落ちていないか、もう一度荷物をチェックしよう。すでに確認したが構わない。なにかしていないと、頭がどうかなってしまいそうだった。

こらえ性のなさに自分でも驚きながら、足早に部屋に向かった。ドアを開けてなかに入ると、床に手紙が落ちている。怪訝に思って拾いあげると、走り書きながらきれいな字で自分の名前が書いてあった。

ドアを閉め、ベッドに近づきながら手紙を開いたが、あまりの内容に足が止まった。

親愛なるシュゼット
こんなタイミングに申し訳ないが、きみとは結婚できない。今朝の厩舎での出来事は、率直にいって淑女にあるまじきふるまいとしか思えなかった。あれは不幸な事故だったと忘れてほしい。悪臭のする不潔な厩舎でスカートをまくりあげた姿は、身分の低い乳搾り女と変わらなかった。きみを妻として信頼できるのか心配になってしまった。自由奔放で人のいうことなど耳を貸さないきみが、あんな激しい情熱を覚えたら、どんな男とでもベッドをともにするかもしれない。そんな淫乱な妻のことで一生悩まされる人生もいかがなものか。相手は召使か、厩舎の若造か、訪ねてきた男の客かと思い悩み、あるいは考えすぎかと反省し、どう考えても暗い未来しか思い浮かばない。そんな人生はまっぴらごめんだ。謝罪なら何度でもしよう。だがグレトナグリーンへの旅を続ける気はないし、宿にも戻らない。きみの幸せを祈っている。だがこれからはべつの人生を歩もう。

ダニエル

シュゼットはもう一度最初から手紙を読んだ。背後でドアが開く音がする。衝撃のあまり、クリスティアナの声もほとんど耳に入らなかった。「あら、ここにいたの？　リサとわたしは散歩をして時間をつぶそうかと思っているの。宿のご主人に、水辺に向かうすてきな小径があると教えてもらったのよ。シュゼット？　どうしたの？」

クリスティアナが隣に来ると、シュゼットは傷ついた目で姉を見つめた。なんとか声を絞りだす。「ダニエルは戻ってこない」

「なんですって？」クリスティアナは眉をひそめた。妹が震える手で手紙を握りしめているのに気づくと、とりあげようとした。だがシュゼットは胸に押しつけて背中を向けた。こんな手紙は恥ずかしくてとても見せられない。

「わたしと結婚したくないんだって」息をするのも難しくなってきた。苦しくて仕方ないのに、全然楽にならない。酸素を求めて喘いだ。「胸が苦しい」

「ここに腰を下ろして」クリスティアナはシュゼットをベッドに座らせ、急いで窓と日除《ひよ》けを開けて風を入れた。「大きく息を吸ってごらんなさい」

いわれたとおりに、何度も深呼吸をした。しばらくすると、なんとか普通に息ができるようになった。

「手紙を見せて、シュゼット」落ち着くのを待って、クリスティアナは穏やかな声できっぱりと命令した。

「いや」シュゼットはさらにきつく胸に手紙を押しつけた。

「それなら、なんて書いてあったのかを教えて。なにか誤解があるのかも」

「親愛なるシュゼット、こんなタイミングに申し訳ないが、きみとは結婚できない」のろのろと口にした。二回読んだだけだが、頭のなかにその言葉が焼きついていた。

「それは誤解じゃなさそうね」クリスティアナは表情を引きしめた。「理由はなんだって?」

「自由奔放で人のいうことなんか耳を貸さないから、結婚しても信頼できるのか心配なんだって」自分で口にしたとたん、涙が溢《あふ》れた。

「まあ、シュゼット」クリスティアナは妹をぎゅっと抱きしめた。あやすように揺すられていると、いくらでも涙がこぼれ落ちるようだった。そのときノックの音が聞こえた。

「だれ？」クリスティアナの不機嫌な声が聞こえる。

「きみの旦那さま」リチャードのふざけるような声がした。

クリスティアナは迷っていたが、短く答えた。「どうぞ」

シュゼットは慌てて泣きやみ、姉から離れて涙を拭いた。ドアが開いた。

「ちょっと様子を見に……どうしたんだ？」リチャードが顔をのぞかせたが、妻の怖い顔とシュゼットの泣き顔を見ると、なかに入ってきてドアを閉めた。心配そうな表情で近づいてくる。「なにがあったんだ？」

「ダニエルは戻ってこないんですって」クリスティアナは立ちあがって説明した。「シュゼットと結婚しないと決めたらしいの。自由奔放で、人のいうことなど耳を貸さないからって」

重苦しい沈黙が続いた。シュゼットが顔を上げると、リチャードは眉をひそめて考えこみ、クリスティアナは返事を待ってじっと見つめている。姉の顔が心配そうに曇った。「リチャード？　どうして驚かないの？　なにかのまちがいじゃないの？」

「わからない」リチャードは口ごもり、のろのろと説明した。「最初、ダニエルは結婚したいのかどうか、確信が持てなかったのは事実なんだ。でも、そう答えてしまうとシュゼットはほかの相手を探すだろうから、もっとよく知りあってから決めたいと、迷っていることは隠していたんだよ。てっきり覚悟を決めたんだと思っていたが、もしかしたら……」

「ダニエルがうそをついていたということ？」クリスティアナはうろたえた。「真剣だとシュゼットに思わせておいて、実は……」

「いや、正確にはうそをついたわけではない」リチャードの反論はだれが聞いても説得力がなかった。「ぼくたちふたりで死体を移動させようとした晩、あいつはシュゼットの部屋で見つかってしまった。シュゼットは結婚の承諾の返事を伝えるために忍びこんだと早合点したが、それを訂正しなかっただけだ」

「どうちがいがあるの?」クリスティアナは容赦なかった。「シュゼットの誤解をそのままにしておくなんて。紳士とは思えないわ」

シュゼットは理解できずに尋ねた。「返事を伝えに来たんじゃないなら、どうしてあそこに――」

「死体をなんとかするために屋敷に忍びこんだんだ」リチャードが遮った。「そうしたら、ちょうどきみたちが帰ってきたので、ぼくらはそこがきみの部屋だと知らずに隠れた。そして、ダニエルと死体を残したまま、ぼくが出ていってきみとリサを執務室に誘ったんだ。そのすきにダニエルに死体を運びださせるつもりだった。ところが、シュゼットがウイスキーを飲もうとしたんで、ぼくはあれに毒が入っていると思いこんでいたから、きみの手から払いおとした。そのせいで逃げられちゃったわけだが」

「ああ」シュゼットはあの晩、リチャードにいきなりグラスを払いのけられて驚いたことを思いだした。大切な上等のウイスキーを飲ませまいとしたのだと思っていたが、毒入りだと思っていたからだったのか。でもいまはそんなことはどうでもいい。引きつる唇を無理やり開いた。「わたしが部屋に入ったとき、ダニエルはひとりだった。死体なんてなかった」

「ダニエルが窓から投げおとしたんだ。続いて自分も脱出しようとしたところに、きみが戻ってきたそうだ」リチャードは決まり悪そうに説明した。

シュゼットは目を閉じて顔をそむけた。「じゃあ、最初からわたしと結婚なんてしたくなかったのね」

「それはちがう。その、正確にそうだとわかっているわけではないが」リチャードは歯切れが悪かった。「シュゼットに惹かれていたのはまちがいない。きみのことが好きで、もっとよく知りたいと思っていた」

「そうよ、たしかにダニエルはあなたのことが好きだったわ」とクリスティアナ。「シュゼットにキスしたり、いろいろしてたのを知っているもの」

シュゼットは顔をしかめた。「でも、持参金は？　ダニエルはお金に困ってるんでしょ。そんな簡単に諦めるようなことなの？」そう口にしながらも、恥ずかしくてこのまま消えてしまいたかった。その答えなら手紙に書いてある。大金を手にして家を守る機会をふいにしても、わたしのような淫乱な女とは結婚したくないのだ。力なくかぶりを振る。「信じられない。そこまで毛嫌いされたんだ。わたしと結婚するくらいなら、経済的に困るほうがましだなんて」

「ダニエルは金に困っているわけじゃないんだ」リチャードがすまなそうに明かした。「それだけはうそだったんだよ」

「そんなはずないわ」シュゼットはダニエルから聞いた子ども時代の話を思いだした。あれまでがうそだとは考えたくない。それともまさか？　すべて本当だと信じこんでいた。「生きていくために家具を処分したって。そうよ、宝石や結婚指輪まで。召使だってひとりもいない――」

「それはすべて真実だ」リチャードは明らかにほっとした顔で告げた。「それに、ダニエルが適齢期になったとき、お母上が資産家の令嬢との結婚を勧めていたのも事実だ。お母上は長年必死で苦境を隠してらした。その甲斐《かい》あって、ウッドロー家が貧乏だと思う者などひとりもいなかった。もともとお母上の家系はとても裕福だったんだが、ダニエルのお父上と結婚したときに勘当されてしまったんだ。お父上が亡くなってからは、かなり大変だったみたいだな」

ダニエルの話が裏づけられて安心したが、それでも疑問は残る。「でも、さっきお金に困ってるわけじゃないって」

「そうなんだ」リチャードは髪をかきあげた。「ある晩、ダニエルがうっかり口を滑らせたんだ。どんなにウッドロー家が貧乏か、お母上がどれだけ苦労したかを。そして、すぐにも資産家の令嬢と結婚してほしいと期待されていることも」肩をすくめる。「もちろん、ぼくもうすうすとは気づいていたんだ。ぼくたちは親友で、あれこれ目にすることも多かったからね。ぼくとしては、相談してくれるのを待っていたんだ。で、そのときから、ぼくの勧めで投資を始めた」気が進まなそうに認めた。「いまではダニエルはぼくに負けず劣らず金持ちだよ。持参金は必要ないんだ」

「それなら、どのみちわたしなんて必要ないのね」シュゼットは打ちのめされた。

「シュゼットをもてあそんだわけね」クリスティアナはかんかんだった。隣に座り、妹をしっかりと抱きしめた。

「とても信じられない」リチャードが表情を引きしめた。「ダニエルは誠実な男だ。そうでなければこれほど仲良くはつきあえない。なにか事情があるにちがいない」

「どんな？」クリスティアナは容赦なかった。

「それはまだわからないが」リチャードはもどかしそうに手を伸ばした。「手紙を見せてくれないか」

「いや！」シュゼットは手紙を握りしめ、強く胸に押しつけた。厩舎での出来事をリチャードに知られたくない。あのときは天にも昇る気持ちだったのに、いまとなっては薄汚れた恥ずかしい経験になってしまった。乳搾り女のように軽々しくスカートをまくりあげた結果、ダニエルに嫌われてしまったのだ。こんな恥辱をだれにも知られたくなかった。

クリスティアナとリチャードはしばらく黙っていたが、リチャードがふたりきりで話をしたいとクリスティアナに声をかけた。そのままドア近くに移動して、小声で相談している。シュゼットは手紙を握りしめたまま、ベッドにうずくまって動かなかった。手紙は燃やすか、破くかすべきだと思いながら、そうする気力すら残っていなかった。

部屋のドアが開閉する音が聞こえたが、シュゼットは壁を見つめたままでいた。どれくらいそうしていたかわからない。なにもかもが空《むな》しくて、麻痺《まひ》したように身体が動かなかった。しばらくするとまたドアの音がした。シュゼットは目も開けなかったが、かたい床を歩く静かな足音が聞こえたかと思うと、だれかがベッドに座り、そっとシュゼットの背中を撫でた。クリスティアナの声が聞こえた。「心配しないで。リチャードとロバートが事情を聞くためにダニエルを訪ねるって」

シュゼットは身体をこわばらせた。淫らなふるまいのせいでダニエルに嫌われたとばれてしまう。こんな恥ずかしいことをみんなに知られたくない。慌ててクリスティアナに顔を向けた。「ふたりを止めて」

クリスティアナは眉を上げた。「どうして？」

「だって」なんとか身体を起こした。「どうしても。ダニエルと話をしてもらいたくないの」

「だから、どうしてなの？」クリスティアナは納得しなかった。

こうなったら自分でリチャードを追いかけるしかない。シュゼットは急いで階段を駆けおりて外へ飛びだし、リチャードたちの姿を捜した。しかし、すでに影も形もなく、がっくりと肩を落とした。追いかけようにも、いまから準備をしていたら追いつけるはずがない。そもそも、ウッドローの屋敷がどこにあるのかすら知らないのだ。

「シュゼットじゃないか？」

ぼんやりとあたりを見まわすと、どことなく見覚えのある男性が立っていた。興味もないので、返事もせずに宿に戻った。それでもしつこくついてきて、また声をかけようとする。相手にせずに、重い足を引きずって二階の自分の部屋に戻った。

クリスティアナはベッドの脇に腰かけて、くしゃくしゃの紙を読んでいる。一瞬、それがなにかわからなかったが、例の手紙であることを思いだした。飛びだしたとき、部屋に忘れたのだ。シュゼットは閉めたドアに力なく寄りかかった。

クリスティアナが頭を上げた。その瞳は悲しみで曇っていた。「シュゼット……」

シュゼットはうなだれた。改めて恥ずかしさがこみあげてきて、姉と視線を合わせることができなかった。


ダニエルはあまりの痛さに目を覚ました。まるで胸を引き裂かれるような激痛だった。落馬して、生きたまま猛獣に肉を食われているのかと思ったほどだ。しかし目を開けると、若いころはさぞかし美人だったろう銀髪の女性がこちらをのぞきこんでいた。母親のキャサリンだった。

「母上？」ダニエルは事情を理解できずにうめいた。まわりを見まわすと、ウッドローの屋敷の主寝室だとわかった。「なにが……？」

「お飲みなさい」キャサリンはダニエルの身体を起こすと、なにかの液体が入ったカップを口もとに近づけた。素直にひと口飲む。「ローレンスさんが農場を巡回した帰りに、馬がとぼとぼ歩いているのを見つけたんですって。あなたは馬の背中にうつぶせになっていたらしいわ。驚いて、すぐにここへ運んでくれたの」

ダニエルは男の名を聞いてうなずき、残りもすべて飲みほした。ジョン・ローレンスは屋敷の管理を任せている有能な男で、彼に任せておけば、アメリカに行って留守をしても万事安心だった。

「なにがあったの？」母が心配そうに尋ねた。

「撃たれたんです」

「それはわかっています。わたくしが包帯を巻いたのよ。でもいったいどうしてそんなことに？」

ダニエルは首を振った。「わからない。母上を迎えに、ここへ向かっていたんです」車輪の幅に細工されていたように見えた馬車の事故を思いだした。それに、リチャードともどもあやうく馬車に轢かれそうになった件もある。あのときはジョージを殺した犯人がリチャードを狙ったものと思ったが、のちに犯人はジョージの殺害に成功したことは承知していて、リチャードなど狙ってもいないことが判明した。ふたつの事故はリチャードを狙ったものではなかったようだ。こうして自分が撃たれたのが、なによりもその証明であるように思える。しかし、うかつに口にできることではなかった。いたずらに母親を動揺させたくない。「おそらく、狩りをしていた者が獲物と見まちがえたんでしょう」

母は眉をひそめたが、とりあえずその話題は終わりにしてくれた。「わたくしを迎えにって、なんのために？」

「ああ、そうだ」ダニエルはそもそもここに来た目的を思いだした。早く戻らないと、シュゼットが大騒ぎして捜索隊を派遣するかもしれない。いや、彼女のことだから、みずから先頭に立ってやってくるだろう。まあ、そうしたら地所内を案内して――。

「いま、何時です？　おれはどのくらい寝ていたんですか？」ダニエルは起きあがったが、背中から腹にかけての痛みに顔をしかめた。

「横になっていなさい。それよりもわたくしの質問に答えてちょうだい。なんのために迎えに来たの？」

「おれの結婚式ですよ」ダニエルは母親に押しきられて、また横になった。ほんのちょっとだけだ。すぐに戻らないと……。

「あなたの結婚式ですって？」冷ややかな声だった。

しまったと母に目を向ける。ひどく動揺したときにしか出さない声だ。考えてみれば当然だった。あきれ、困惑し、ほっと喜んでいる様子もあるとはいえ、やはり驚いている。

「どなたと結婚するの？　わたくしにひと言の相談もなく？　そんなそぶりもまるで見せないで」キャサリンは不機嫌そうにいいつのった。

「いや、おれにとっても予想外の展開なんです」どう説明すればいいものか、言葉に詰まった。「つまり、そんな大げさなことではなく、グレトナグリーンに行くつもり――」

「グレトナグリーンですって！」母は胸に手をあてて息を呑んだ。「お腹に赤ん坊が？」

「まさか。もちろんちがいます」ダニエルは憤然と答えた。

「それなら、どうしてグレトナグリーンになんて？」

ダニエルは脱力してかぶりを振った。「いささか複雑な話なんですよ、母上」

母は目を細めた。「それならそうで、わたくしにきちんと説明してくださるでしょうね」

ダニエルは視線をそらせた。「名前はシュゼットといいます。なんというか――きっと母上も気に入ると思いますよ。母上によく似ています。芯が強くて、頭の回転が速く、優しいんですが、ちょっと怒りっぽい。彼女はほかの令嬢たちとは全然ちがうんです」にっこり笑った。「もちろん礼儀をわきまえて、黙っているべきときは口をつぐんでいますが、どちらかというと、思ったことをすぐ口にしてしまうほうですね。だからなにを考えているのか、わかりやすいですよ。必要以上にお世辞もいいませんが、隠れて人の噂話をしたり、悪口をいったりといった心配も不要です」

「そう」母は小声でつぶやいた。「かなり風変わりなお嬢さんのようね」

「ええ」力強くうなずいた。「ふたりが仲良くなってほしいと願っています。シュゼットは三姉妹の真ん中なんですが、田舎でお父上が男手ひとつで育てたそうです。お母上はまだ彼女が幼いころに亡くなり、身近に手本になる女性がいなかったんです。だから普通の令嬢たちとはちがい、屋敷の切り盛りなどは慣れてないかもしれません。でも、そんなことは心配もしていませんけどね。母上が気に入ってくれれば安心です」

「うまくやっていけそうな気がするわ」キャサリンは微笑んだ。

ダニエルはうなずいて起きあがろうとしたが、母親がその肩を押さえた。

「休んでいなさい。あなたは撃たれたんですよ」

ダニエルはかぶりを振った。「戻らなくてはなりません。みんなが宿でおれのことを待っているんです」

「みんな？」

「シュゼット、彼女の姉妹とお父上、リチャード、それとロバート・ラングリーという友人です。みんな、おれが母上を連れて帰るのを待っています。戻らないと心配するでしょう」

険しい顔であたりを見まわした。「いま、何時ですか？　どれくらい時間がたったのかわからないんです。すでに捜しまわっているのかもしれない」

「どうしてみなさまを一緒にお連れしなかったの？」母はなんとか寝かしつけようとした。

「その、実は」諦めてベッドに横たわった。「シュゼットは、おれが持参金目当てで結婚すると思っているんです」

母は目を丸くした。「なんですって？」

「つまり――」

「きちんと聞こえましたよ」ぴしゃりと遮られた。「いったいどうして、気の毒なお嬢さんにそんな勘違いをさせたのか、わかりやすく説明してちょうだい」

また失敗だ。母親の言葉はすべてもっともで、ひとつひとつが胸に突きささる。かなり怒っているようだ。「その、シュゼットはかなり高額な持参金を手にすることになります。驚くほどの額といってもいいでしょう。そして彼女も金が必要な夫を探していました」母親の表情がますます混乱したのを見て、言葉を切った。「話せば長くなります、母上。とりあえず、ウッドロー家は経済的に安定していて、シュゼットとの結婚は必要ないと思われたくないんです」

「それではなにひとつ理解できないままだわ、ダニエル。普通、女性はお金持ちの殿方を探すものよ」

「母上はちがったではありませんか」ダニエルはにやりとした。

「わたくしは変わり者ですからね」キャサリンは苦笑した。

「シュゼットもそうなんです」

「たしかにそういっていたわね。いいから寝ていなさい」ダニエルがまた起きあがろうとすると、母は制した。「そしてきちんとわたくしに説明なさい」

「時間がないんです。どうしても行かないと。

「大怪我なのだから休養が必要です。宿にはわたくしから伝えておきます」

「待ってください」立ちあがった母の手をつかんだ。そんなことをしたら本人がここに来てしまう。シュゼットにこの屋敷を見せたくないんです」

納得した表情ではないが、母はとりあえず腰を下ろした。「それなら理由を説明なさい。さもないと、直接シュゼットから聞きますよ」

ダニエルはどうしたものかとまぶたを閉じたが、ノックの音に目を開けた。

「どうぞ」母が声をかけると、ウッドロー家の執事が入ってきた。

「奥さま、ラドノー卿とラングリー卿がダニエルさまにお会いしたいそうでございます。これ以上はお待ちになれないとのことで」表情を引きしめた。「おふたりはすでに二時間お待ちでございます。これ以上、階下《した》でお引きとめするのは無理かと存じます」

「どうしてふたりが来ていることを教えてくれなかったんですか?」ダニエルは母にくってかかった。するとと執事がひとつ咳払いをした。

一瞬、わずかに口もとをほころばせたと見えなくもない表情を浮かべたが、またいつもの謹厳実直を絵に描いたような無表情に戻った。「お目覚めになりましたようで。順調なご快復、なによりでございます。ローレンスさんが旦那さまを運んできたときは、本当に心配いたしました」

「ありがとう、ワトキンス」ダニエルはひとつ咳払いをした。「来ているのはリチャードとロバートだけか？」

「そうでございます」

「ありがたい」ダニエルは身体を起こした。今度は母も制止しなかった。「ふたりをここに寄こしてくれないか」

「お願いだからどういうことか説明してちょうだい。どうして結婚したいお嬢さんがダニエルは貧乏だと誤解しているの？　この十年、あなたのおかげで我が家は経済的に落ち着きました。いまの話はなにひとつ納得できません」

ダニエルはため息をついた。「これはそう簡単に説明できる話じゃないんですよ、母上」

「構わないわ。わたくしにはたっぷり時間がありますから」

「それはそうでしょうが」さいわい、リチャードとロバートが現われたおかげで、母も口をつぐんだ。ふたりとも階段を駆けあがってきたらしく、ノックもせずに怖い顔で部屋に飛びこんできた。

「いったい、どうしたんだ？」リチャードは驚いた様子で、ロバートと一緒にベッドに近づいた。

「撃たれたんだ」

リチャードは眉をひそめたが、ロバートはぴしゃりといいはなった。「天罰だな」

「どうしてだ？」ダニエルは驚いた。

「シュゼットの心を引き裂いたからさ。かわいそうに、おまえからの手紙を読んで、打ちひしがれていたよ」

「手紙だって？」ダニエルはふたりの顔を交互に見た。

「心変わりしたって手紙だよ」ロバートは様子がおかしいと気づいたらしく、怪訝そうに尋ねた。「シュゼット宛に手紙を残しただろう。もう結婚しないと宣言したものを」

ダニエルは激しく首を振った。「知らない。そんなことはしていない」

ふたりはあっけにとられている。キャサリンが口を挟んだ。「ダニエルはそんな手紙は残していないと思いますよ。わたくしを結婚式に出席させるために迎えに来たと説明したばかりですから。目を覚ますなり起きあがって、一刻も早く宿に戻りたいの一点張りで。そのお嬢さんと結婚したくて仕方ないようです」

「うーん」リチャードがうめいた。ロバートと目を合わせて途方に暮れている。

「どなたかきちんと説明してくださらないかしら」とキャサリン。「そのお嬢さんに婚約破棄の偽の手紙が届いて、おなじころにダニエルが撃たれたなんて、とても偶然とは思えません。まちがいなく、なんらかの関係があるはずです」

12

シュゼットは目を覚ました。最初はなにも思いだせなかった。すぐに喉や目が痛いのに気づき、泣きながら眠ったこととその理由を思いだした。記憶が一気によみがえり、思わず情けないため息を洩らす。堕《お》ちるところまで堕ちてしまった。まさに結婚するはずの朝に捨てられたのだ。こんな汚れた身では、まともな結婚相手が見つかるとは思えなかった。

「起きたのね」

ぎょっとして、暖炉のそばに座っている女性に顔を向けた。リサだった。こちらに歩いてくる。

「気分はどう?」

肩をすくめて起きあがると、視線を避けて訊いた。「リサだってあきれたでしょ?」

「まさか。そんなこと思ってもいないし、クリスティアナだってそうよ」リサは即答し、隣に座った。「クリスティアナの話も聞かずに部屋から追いだしたそうだけど、怒っていないどころか、ちゃんとわかっているわよ。ダニエルのことを愛しているから、一線を越えたんでしょう。自然なことだと思ってるわ」

「愛してなんかない」

だが、リサにはそんなうそは通用しなかった。「出逢ってからは、子犬のようにダニエルのあとを追いかけていたじゃないの。それでも、愛していないといいはるなら、よっぽど失恋のお芝居がうまいのね」

シュゼットはうなだれた。ダニエルのことを愛していたはずはない。そんなことありえない。でもあの手紙を読んだときのショックは、二度と会えないとわかったときの胸の痛みは、泣くほどの苦悩は……。

「ダニエルのことを愛しているのよ。自分でもわかっているはず。条件がぴったりだから好都合なだけだと、自分にいいきかせていたんでしょうけど」リサはかぶりを振った。「でも、ダニエルが部屋に入ってくるたびにお姉さまの目は輝いていたし、彼のひと言ひと言を聞きもらさないようにしていた。それに、それほどの情熱を感じたなんて……それが愛じゃないなら、なんだと思うの？　まちがいなく心から愛しているわ」

「それがどうかした？」シュゼットはうんざりと吐きすてた。

「そんな」リサはぎゅっと姉を抱きしめた。「ダニエルだって、絶対におなじ気持ちのはずよ。たぶん、ちょっと怖くなっただけじゃないかしら」

「自由奔放な態度に嫌気がさしたみたい。だれとでもそういうことをすると思われてるのね」

「そんなことないわよ」リサはショックを受けたような顔だった。「ダニエルには初めてだったってわかるはずだもの。だって、ひどく血が流れて、気を失うほどの痛みなんでしょう？」

「血なんて流れなかったし、痛みだってたいしたことなかった。そもそも、痛かったどうかもよく覚えてないんだから。ちょっとつねられたくらいね。なんとなく居心地悪い感じが広がるような気がしただけで。出血だって……」シュゼットはかぶりを振った。出血があったかどうかもはっきりしない。厩舎のなかは暗くてよく見えなかったけれど、出血すればさすがにわかるだろう。

「まあ」リサは唇を噛んだ。「本当に初めてだったの？」

さっと顔を上げて妹を睨みつけた。

「ごめんなさい。あたりまえよね」リサは慌てて謝った。「ファニーがまちがっていたんだわ。人によってちがうのかもしれないし」

まともに答える気にもなれなかった。「昔からずっと知っていて、男性とつきあったことなんてないと知ってるリサでも疑うんだから、ダニエルがそう感じるのも当然よね。たぶん海軍の半分とつきあってたと思いこんでるんじゃない？」

「どうしてそんなことをいうの？　わたしたちは海の近くに住んだこともないのに」

シュゼットはうんざりして、のろのろとベッドから降りた。

「どこへ行くの？」リサも立ちあがった。

「散歩」

「元気が出るように、本を読んであげようかと思ったのに」

「そんな気分じゃないの」シュゼットは靴を履いた。

「それならわたしが考えたお話を聞かせてあげる」

「けっこうよ」

「じゃあ、歌を歌ってあげるわ」

「ひとりになりたいの」きっぱりと断わり、ドアに向かった。とにかく外に出たかった。リサの哀れみの視線や励ましなどいらなかった。ひとりになって、これからどうするかをじっくり考えたかったのだ。なにか手があればの話だが。もちろん、しなくてはならないことはある。家族を醜聞から守るために、とにかくだれかと結婚しなくてはならない。グレトナグリーンまであと一日というところまで来たのに、肝心の結婚相手に逃げられてしまった。ダニエルがわたしと結婚したくないというなら、せめてロンドンで断わってくれたらよかったのに。それならまだ相手を見つける機会もあったかもしれないが、独身男性がいないこんな田舎ではどうしようもない。まったく踏んだり蹴ったりだった。

ダニエルはとんだ食わせ者で、自分は馬鹿だっただけだ。そのうちリチャードとロバートが戻ってきたら、みんなにすべてを知られてしまうのだろう。それを考えると、憂鬱な気分で階段を降りた。

それどころか、すでに知られているのかもしれない。クリスティアナとリサは知っている。いまごろはリチャードとロバートもダニエルに会って、心変わりの理由を聞かされているはずだ。お父さまはまだだろうけど、それも時間の問題だった。こんな馬鹿な真似をしただけでも耐えがたいのに、みんなに知られてしまうなんて死んでしまいたい。でも、もうそんなことはどうでもいい。みんなから白い目で見られようが、ダニエルを失うことに比べたらたいした問題じゃない。だってあんなに優しかったのに……。はい、うじうじするのはもうおしまい。自分に人を見る目がなかっただけだ。たしかに傷ついたけれど、自業自得なのだ。

シュゼットは宿の外へ出た。

リサに対してとっさに否定したが、ダニエルへの気持ちが簡単には諦められないこともよくわかっている。まさに酸素のように必要な存在だった。いまでもその気持ちに変わりはない。いつもどこかに触れていたいし、出逢う前のすべてを知りたいし、未来の一瞬一瞬をふたりで分かちあいたい。毎朝ダニエルに会うために目を覚まし、一緒に一日を始め、共有する時間を一秒たりとも逃したくない。彼だっておなじ気持ちでいてくれると信じた。だからこそ、結婚するつもりなどなく、単にわたしのことをよく知りたいだけだったと聞かされ、こんなに打ちのめされたのだ。

すべては誘惑するための筋書きだったのかもしれない。だが、その可能性は考えるだけで不愉快だった。そこまで自分に人を見る目がないとは思いたくなかった。

自分の愚かさを象徴する厩舎には目もくれずに、宿のまわりをぐるりとまわると、森のなかへと続く小径を見つけた。ダニエルも世間知らずの若い娘をたぶらかす最低の男だったのだろうか。

シュゼットはかぶりを振った。そんなことはとても信じられない。そんな男性を愛するはずはない。だから、もう考えるのはよそう。起こってしまったことは変えられない。ダニエルとベッドをともにしたせいで、結婚を断わられてしまった。だから、ひとりでその事実に直面するしかないのだ。花嫁は処女であることが求められるが、相手の男性にうそはつけない。だが、結婚は必要だ。しかも、厩舎での出来事の影響も考えると、なるべく早いほうがいい。

その可能性に思い至ったとたん、はっとしてお腹に手をやった。もし、ダニエルの赤ちゃんを身ごもっていたら？　残りの人生、ダニエルの面影を宿す子どもを育て、想い出を大切にして生きていきたいと願う気持ちもあるが、毎日彼にそっくりの子どもの顔を目にすることに耐えられるのだろうかという恐怖もあった。

ため息をつき、木に寄りかかって目を閉じた。ほんのすこしでも状況がちがっていたらと思わずにはいられない。ダニエルが愛してくれたなら。あるいは、いっそ彼に出逢わなければばと。こんな苦しみも知らずに、のんびりと過ごしていたかもしれない。たとえ、喜びが全身を貫いたあの瞬間を忘れることになるとしても。

「大丈夫？」

あたりを見まわすと、男性がすこし離れたところにおずおずと立っていた。このまま進んでいいのかと迷っているような顔だ。ついさっき、リチャードとロバートを追いかけたとき、「シュゼットじゃないか」と声をかけてきた男性だった。あのときもどことなく見覚えがあると思ったが、その印象は変わらない。だが、いまはどこで会ったかを思いだしている余裕はなかった。

「泣いているね」心配そうな顔で近づいてくる。

顔に手をやると、驚いたことに濡れていた。知らないうちに泣いていたようだ。これから先も、失ったものを嘆いてずっと泣きつづけるのだろう。すぐ目の前に男性が立っているのに気づき、離れようとしたが腕をつかまれた。

「どうしたの？　なにか助けになれないかな？」男性は優しく引きとめた。

「なんでもないんです」シュゼットは顔をそむけた。「どうぞお構いなく。大丈夫ですから」

「森のなかで淑女をひとり泣かせておくなんて、とてもぼくにはできない」男性はハンカチでシュゼットの涙を拭いた。「ほら、そのほうがいい」

「ありがとう」

男性はうなずき、まわりを見まわした。「ひとりでこんなところに来てはいけないよ。ここは英国とスコットランドの国境に近いせいもあり、犯罪が多いんだ。若い令嬢が連れもなくうろうろするような場所じゃない」

シュゼットはあたりに目を凝らした。平穏そのものに見えたが、木陰に山賊や追いはぎが隠れていて、いつ襲われるかわからないような気もした。

「おいで。ぼくがついていてあげよう」男性はシュゼットの腕をとると、ゆっくりと小径《こみち》を歩きだした。「このちょっと先に、小さいすてきな滝があるんだ。そこなら腰を下ろすこともできる。いやなことがあったときは、水の流れを見ていると癒されるよ。どうしてだかわからないけどね。子どものころからずっとそうだった。水辺は好き？」

シュゼットはもごもごと返事にならないようなことをつぶやいた。いま、なにが好きでなにが嫌いかなど、興味もなかった。一刻も早く宿へ戻ってベッドに潜りこみ、心ゆくまで泣きながら眠りたい。そもそも、こんなふうに飛びだしたりしないで、リサを部屋から追いだせばよかったのだ。

「ロンドンは華やかで楽しい行事も多いが、こうした母なる自然のつくりだす芸術とは比べものにならないと思わないか？　新鮮な空気、鳥のさえずり、木立を吹きぬけるそよ風のささやき。田舎に来ると、いつも生き返るんだ。さあ、ここだよ。気に入ってくれるといいけど」シュゼットの反応など気にせず、のんきな口調で話しつづけている。

気づくと、滝が流れこむ小さな池のほとりに来ていた。たしかにすてきな場所だった。ダニエルも気に入りそうな気がする。

「こんなふうに美しい淑女とご一緒できるとわかっていたら、宿のおかみさんにピクニックの用意をしてもらったのに」シュゼットを滝のそばの石に座らせた。「でも、ちょっとしたおやつは持っているんだ。桃と洋梨のどちらがいい？」

男性がポケットからとりだしたものを見た。お腹はすいていなかったが、せっかくなので桃を選ぶ。男性は礼儀をわきまえた適度な間隔をおいて隣に腰かけた。

ふたりは黙って、とうとうと流れる滝を見つめた。自然とダニエルのことを思いだしてしまう。いつもの笑顔、優しい瞳、印象的な笑い声、そして忘れられないキス……。

「種を捨ててあげようか？」

驚いて手もとを見ると、お腹はすいていなかったはずなのに、桃を全部食べていた。どんな味なのかも覚えていない。男性が種を池に投げいれるのを黙って見つめた。

「さて」男性は座ったまま身体の力を抜いた。「よけいなお節介だと承知しているが、ずいぶんと元気がないね。ランドン公の舞踏会で出逢った才気煥発《かんぱつ》のお嬢さんと、おなじ人物とはとても思えない」

その言葉に身体をこわばらせ、ようやくじっくりと相手を観察した。たしかに見覚えはあるのだが、はっきりとは思いだせない。

「ごめんなさい」シュゼットは重い口を開いた。「あの舞踏会では大勢の殿方と踊ったし、もうずいぶん昔のことみたいな気がするの。失礼で申し訳ないんですけど、どなただったか……」

「いや、踊ってもらえなかったんだ」男性は苦笑して自己紹介した。「ダンヴァーズ卿、ジェレミー・ダンヴァーズだ。あの夜、きみとダンスを約束していたんだけど、ようやくぼくの番になったと思ったら、なんだかすごく慌てた様子で姿を消してしまったんだよ」

「ああ」シュゼットの記憶がよみがえった。ちょうどジェレミーと踊りだそうとしたとき、死んだはずのディッキーことジョージの姿を見つけたのだ。いまとなれば、あれはリチャードだったとわかっているが。あのときはまさに仰天して、リサの手をつかんでクリスティアナのもとへ駆けつけたのだ。

「どうやら、思いだしてくれたようだね」ジェレミーはおもしろがっているような顔だった。

「ごめんなさい。いつもはあんな失礼なことはしないんだけど、ちょっと家族の一大事だったので」シュゼットは小声で謝った。たしか、若くて感じがよくて条件にも合う男性なのに、どうしてダンスをしないのかとリサにたしなめられたのだ。あのとき、リチャードが現われるのがもうすこし遅かったら、すべてはちがっていたかもしれない。ジェレミーと楽しく踊って、ダニエルになど見向きもしなかったかも。

「謝る必要はないよ」ジェレミーは苦笑した。「でも、そのせいで深く傷ついたから、ちょっと恨みたい気分だけどね」

シュゼットは目を丸くした。「ごめんなさい。わたし……」

シュゼットの手を優しく叩き、ジェレミーはかぶりを振った。「いいんだ。つい口が滑っただけで」ため息をつき、流れる滝を見つめた。「きみがそそくさと姿を消してしまったから、ひとり残されたわけだけど、かわいらしい金髪のお嬢さんに声をかけて、楽しくおしゃべりしながら踊ったんだ。すぐに彼女に夢中になってしまった。一緒にパンチで喉を潤し、二度目のダンスを申しこんだ」ジェレミーは歪んだ笑みを浮かべた。「ひと晩におなじ女性と二回も踊るなんて、掟《おきて》破りだとわかってはいたんだけど」

「そうね」シュゼットも滝に目を向けた。

「翌日のハモンド家の舞踏会で再会して、またおなじように二度踊った。パンチを飲んでいると暑いというので、バルコニーに出てキスをした」

ランドン公の舞踏会でのキスを思いだしてはっとした。

「夢のようだったよ」とジェレミー。「その後も短いあいだに何度も顔を合わせ、我を忘れて彼女にのめりこんだ。あちらも憎からず感じてくれている様子で、ついに勇気を出して結婚を申しこんだんだ」ため息をつく。「お父上にきちんとお許しを得たかったが、彼女は無理だというんだ。グレトナグリーンで結婚するしか手はないから、すぐに向かおうと」

ジェレミーは爪先でつついていた小石を拾い、池に投げた。「もちろん、ご両親が賛成してくれるわけがないんだけどね。彼女はすべてを相続する立場で、ぼくは英国北部の小さな城を維持するので精一杯のしがない男爵だ」切なそうに顔をしかめ、肩をすくめた。「ぼくは折れるしかなく、ふたりで出発した」

シュゼットは眉を上げた。「彼女は宿にいるの?」

ジェレミーは黙ってかぶりを振った。「彼女はぼくほど覚悟が決まっていなかったようでね。昼夜を問わず馬を走らせてグレトナグリーンに向かったが、最後の最後で気が変わってしまったんだ。いきなり泣きだしたと思ったら、そのままロンドンにとんぼ返りしてしまったよ。屋敷まで送ることすら許してくれず、馬車を借りてひとりで帰るといいはって」小石を拾ってしばらく握りしめ、また池に放った。「だからひとりで戻ってきたのさ。新婚ほやほやの花婿のはずが、独身のままでね」

「お気の毒に」自分もおなじような状況なので、他人《ひと》ごととは思えなかった。

「ひどい話だが、ぼくはすぐにでも結婚しないといけない立場でさ」ジェレミーはうんざりと続けた。「金のためだけに、だれでもいいから結婚するなんて抵抗があったから、なんとか条件が合ういい相手を見つけたかったんだ。こうなってしまったら、家名のためにだれでもいいから、資産家を見つけて結婚するしかないな」

シュゼットはあっけにとられてジェレミーを見つめていたが、我慢できずに涙がこぼれ落ちた。

「すまない。泣かせるつもりはなかったんだ。大丈夫だよ。たしかに傷ついたけど、いつかは立ちなおるさ。お願いだから泣かないで」

「ごめんなさい」シュゼットは慌てて涙をぬぐい、差しだされたハンカチで顔を拭いた。「あまりにもそっくりおなじような状況だから、驚いてしまって」

ジェレミーは眉を上げた。「きみも金のために結婚を?」

「いいえ。ああ、そうともいえるんだけど。つまり」ため息をつき、手短に説明した。借金を返して自分らしく生きるために、お金に困っている男性と結婚する必要があることを。

「結婚すれば多額の持参金が自由に使えるから、きみは金に困っている夫が必要で、爵位と地所を持っているぼくは裕福な花嫁が必要。そのうえ、ふたりとも相手に逃げられたばかりで、お先真っ暗というわけか」ジェレミーは笑い声をあげて、かぶりを振った。「運命とは、なんとも意地悪なユーモアのセンスがあるんだね」

シュゼットは大きくうなずき、ハンカチを返した。

ふたりはしばらく黙っていた。ジェレミーがこちらに顔を向けた。「ねえ、突然すぎると気を悪くしないでほしいんだけど、ぼくたちが結婚するのはどうだろう?」

シュゼットは返事をできずに顔をそむけた。もちろんおなじことを考えたが、あの秘密をジェレミーに明かさなくてはいけない。

「失礼だったらごめん。ただ……きみと一緒にいるとなんだか落ち着くんだ。念のためにいっておくけど、出逢った美人みんなに自分の窮状をうちあけているわけじゃないよ。でも、どういうわけかきみには話したいと思ったんだ。おかげですこし気が楽になったよ」ジェレミーは苦笑した。

シュゼットはなんとか笑みを浮かべようとしたが、下唇がこわばってしまった。今朝、自分がしたことを話す勇気があるだろうか。たしかにジェレミーは一緒にいて不愉快ではない。優しいし、好青年だし、申し分のない相手だろう。ダニエルほど魅力的ではないけれど。

「それほど乗り気になれなくても、好感がもてる相手だったら悪くはないよね。ぼくたちはいい友だちになれると思うんだ」

シュゼットは深くうなだれた。ダニエルと結婚できないなら、ジェレミーとの可能性を考えてみるのも悪くないかもしれない。もちろん出逢ったばかりだが、目につく欠点はなさそうだ。おなじ経験をしているのだから、少なくとも傷ついた気持ちは理解してくれるだろう。それに、一から結婚相手を探さなくていいというのは、正直かなりそそられる。今朝の出来事を黙っていられるなら嬉しいが、いくらなんでもそれは許されない。だから勇気をふりしぼり、前置きもなく切りだした。「わたしの谷間で、婚約者の銃が火を噴いちゃったの」

ジェレミーはぽかんとした顔でこちらを見つめている。「え？」

「彼の釘が上を向いちゃったの」本で見かけたべつの比喩を使って説明した。

「……」ジェレミーは立ちあがったが、まだ理解できていないようだ。

シュゼットはもどかしそうにため息をついた。「彼が自分の警棒をわたしの割れ目《クローヴェン》に突きたてたのよ」

「クローバー畑じゃなくて？」ジェレミーは頭を掻いた。「割れ目《クローヴェン》なんて聞いたことがないよ。クローバーじゃないのか？」

シュゼットは赤くなってもじもじした。ほかのたとえが思いだせない。こうなったら、はっきりいうしかないようだ。「わたしの純潔を彼に捧《ささ》げたの！」

「ああ」ジェレミーは長いうめき声をあげた。「そうか……それは……」

うなだれて、嫌悪と拒絶の言葉を浴びせられるのを覚悟した。しばらくするとジェレミーはひとつ咳払いをした。「たしかにほかの男の落とし胤《だね》はいやだが、きみが身ごもっているかどうかわかるまで、クローバー畑に釘を突きたてるのを控えればいいことだよね」

シュゼットは目を丸くした。「気にならないの？　つまり……」

「彼を愛していたんだろう。涙がそれを物語っていたよ。ぼくも人を愛することはどんなことかわかるからね。でも正直にいわせてもらえれば、純潔を奪っておいてこんなふうに捨てるなんて、きみの愛にふさわしい相手とも思えないけどな。ぼくだったら、一線を越えた相手はなにがあろうと放しはしない」

惨めな思いで顔をそむけると、ジェレミーが優しく手を叩いた。

「悪いのは、きみではなくて相手の男だ。いま、ぼくの心はだれのものでもないせいもあるけれど、きみが身ごもっていないとわかるまで待つ以外、なにも問題はないはずだ」

「もし、子どもができていたら？」おそるおそる小声で尋ねた。

ジェレミーはちょっとためらった。「ふたりで解決すればいい。おそらく身ごもってはいないだろうが、たとえそうだとしてもまだなにもわからないんだ。地所や爵位を相続できない女の子かもしれないし、無事に産まれてこないかもしれない。一度にひとつの問題だけ考えよう。ふたりとも結婚しなくてはならない状況で、条件はぴったりなんだ。将来のことはそのときに考えれば充分だよ」

シュゼットはほっとため息をついた。正直、すこし気が楽になった。まだ胸は痛いし、これからもずっと泣きつづけるだろう。結婚式当日だって、隣にいるのがダニエルでないと涙ぐんでしまいそうな予感がする。それでも、ほかの問題はこれで解決できた。家族は醜聞に巻きこまれずに済むし、借金も無事返済できる。あんな愚かな真似をうちあけても、ジェレミーが冷静に受けとめてくれたのに救われた。

「シュゼット？」

振りかえると、木の陰から父が現われた。

シュゼットがひとりではないのに気づき、マディソン卿は眉をひそめた。「ずっと捜しておったのだ。諦めて宿に戻ろうかと思っていたところに、声が聞こえたのでな」

「マディソン卿」ジェレミーが立ちあがった。「お嬢さんをこんなところまでお連れして申し訳ありません。たまたまばったりお会いしたので、きれいな滝にご案内したいと思いまして」

「どこかでお会いしましたかな？」父はじろじろとジェレミーを観察した。

「いいえ。でもぼくは存じあげています。マディソン卿もいらしているとは思いませんでした。わかっていれば、もっと早くにお捜ししたのですが」

「どういったご用件でしょう？」

「大事な話があったのです」ジェレミーは早口でつけ加えた。「もう忘れたほうがよさそうですが」

「どんなお話でしょうかな？」

「そんなに警戒なさらないでください」ジェレミーはちらりとこちらに目を走らせ、かぶりを振って笑った。「申し訳ない。お父上とふたりだけで相談するつもりだったんだが、たしかきみも事情は承知しているんだよね」

「なんのこと？」シュゼットは不安になってきた。

「お父上の賭博の件だよ」ジェレミーはすまなそうに答え、マディソン卿に顔を戻した。

「先日の夜、ぼくはたまたまついていたんです。そしてぼくに負けたケルベロスは現金の持ちあわせがなかったようで、かわりにマディソン卿の証文を差しだし、あなたから現金を回収するよういわれたんです。もちろん、いまはシュゼットと結婚が決まったので、すぐに返済を迫るつもりはありませんが」

「結婚だと！」父は息を吞み、射るようなまなざしでジェレミーを見た。

シュゼットはどうしたらいいのかもわからず、交互にふたりを見ていた。足もとの地面がぐらりと揺れたようで、ちゃんと考えることもできない。まずはジェレミーだ。「あなた、賭博をやるの？」

「たまに友人につきあう程度だけどね。どういうわけか、いつもつきがあるみたいなんだ」ジェレミーは肩をすくめ、すまなそうな顔をした。「きみの説明を聞くまで、お父上が借金問題でお困りだとは想像もしていなかった。そうと知っていれば、ケルベロスの証文を受けとったりはしなかったんだが」

「借金で困ってなどおらん」父は表情を引きしめた。「マディソン家が裕福なのは有名だからね」

シュゼットは驚いて父を見た。「だからシュゼットが結婚する必要などないのだ。金なら宿にある」

「お金があるの？　どうやって……」

「ロンドンの屋敷を売ったのだ」父は渋い表情で認めた。

「まあ、お父さま」シュゼットは呆然とした。

父は肩をすくめた。「どのみちほとんど使っていない屋敷だ。娘が不本意な結婚をするのを見るくらいならば、屋敷を処分したほうがよっぽどいい」

「それでは」ジェレミーが口を挟んだ。「すべては丸くおさまったというわけですね」

「そうだとも」父がいかめしい表情で答えた。「宿に一緒に来てくだされば、その場でお返しいたします。結婚の約束は忘れていただきたい」

ジェレミーが大きくうなずいた。父に腕をとられてシュゼットは小径へと戻った。

「なんの心配もないとうかがって、ぼくも言葉にならないくらいほっとしていますよ」ジェレミーはふたりのあとをついてきた。「正直、借金と利息の支払いを反故《ほご》にされるのではないかと危惧していたのです」

父はぴたりと足を止めた。シュゼットの腕にかけた指が肌に食いこみそうだ。

シュゼットは不安になって父を見上げた。「お父さま？」

父はゆっくりと振り向き、ジェレミーを睨みつけた。「利息ですと？」

「そうですよ」ジェレミーはその反応に驚いた様子だった。

「なんの利息かね？」

「もちろん借金の利息です。おとといの夜にぼくが証文を受けとった時点で、マディソン卿が署名した金額の二倍になっていました。いまはもっと増えていると思いますよ。でも、ぼくが受けとってからの利息はさすがに請求しませんのでご安心ください。たった一週間でそんな法外な利息なんてひどすぎます。おとといの金額ならば、債権者も納得するでしょうし、ぼくが花嫁を見つける時間も稼げます」

「二倍だと？」父は消えいりそうな声で聞きかえした。

ジェレミーは怪訝そうに眉を上げた。「まさかと思いますが、署名する前に証文を読まなかったんですか?」

父の手がだらりと落ちた。シュゼットは慌てて父の顔をのぞきこんだ。どうやら証文を読まなかったようだ。しかし薬を盛られて騙されただけなのだから、それも無理はないだろう。だが父は金額の大きさにショックを受け、げっそりやつれている。屋敷を売ったくらいでは、とうてい返済できない額なのだ。

「大丈夫よ、お父さま」シュゼットはそっと声をかけた。「ジェレミーは結婚すれば、いますぐ借金を返す必要はないって」

「ぼくとしても、鬼のような真似はしたくありませんからね」とジェレミー。

「駄目だ」父は小さくつぶやいた。シュゼットの腕をつかみ、きっぱりといいわたす。「絶対にそれは許さんとも。おいで、まずはリチャードに相談しよう」そう言って歩きだしたものの、すぐに足を止めた。「ああ、彼らは出かけておるんだったな。ダニエルに会いに。おっつけ戻ってくるだろう」

「二時間前に戻ってくるはずだったのに?」かろうじてそこで言葉を切ったが、心のなかではその続きを叫んでいた。リチャードたちはダニエルを説得するために行ったんでしょう? いやがるダニエルに約束を守れと迫るために。最初は、結婚を断わった理由を尋ねに行ったと思いこんでいたが、冷静に考えれば、結婚を無理強いするため以外は考えられない。なんという皮肉だろう。ひょんなことで出逢い、一緒に暮らしたいと思った相手が……いや、正直に認めよう、心から愛している相手が、まわりに強制されてわたしと結婚するなんて。そのせいで一生恨まれ、数えきれないほど悲しい思いをさせられるのだろう。そんな人生を選ぶのだろうか。心を決めて顔を上げた。「ダニエルがもう結婚したくないというなら、そんな相手はわたしだってお断わり。ジェレミーと結婚することにします。そうすれば借金も持参金で返済できるから安心でしょ」

「シュゼット」父はおろおろしているが、その手を振りはらってまっすぐにジェレミーを見つめた。

「利息も含め、借金の返済はしばらく待ってもらえるかしら」小声で確認する。

「もちろんだよ」ジェレミーは即答した。

シュゼットはうなずくと、ひとりで歩きだした。

「待ちなさい、シュゼット」父が追いかけてきた。「早まった真似はよしなさい。とにかく、リチャードたちの説明を聞いて考えようじゃないかね」

「そして、ダニエルはわたしと結婚したくないと、また聞かされるわけ?」シュゼットは吐きすてた。

「おまえはいま冷静に判断できる状態ではない」父は腕をつかんで、引きとめようとした。

「せめて、もうすこし時間をかけて考えなさい」

「お父さま、ダニエルに出逢ってから、こんなに冷静だったことはないくらいよ。なぜかダニエルと一緒にいると頭に血がのぼっちゃって、結局、結婚前に許されないことをしてしまったの」その意味を理解した父の目に悲しみが浮かぶのを見て、恥ずかしさのあまりその場にいたたまれなかった。涙がこみあげてきたが、なんとか声を絞りだす。「最初からこういう運命だったのかもね。とにかく、これですべて解決するの。借金に関わるなにもかもが」

「おお、シュゼット」父は悲しそうにうめいた。

哀れむような声を聞くのにもうんざりしていたが、平気な顔をして続けた。「間抜けだったけれど、彼に愛されてると勘違いするほど馬鹿じゃなかった。持参金が必要だと思いこんでただけよ」

「それはあの男の望みだろう」ふたりで話ができるようにと、すこし距離を置いてついてくるジェレミーを振りかえった。

シュゼットは肩をすくめた。「そんなこと、どうでもいいの。それより大事な問題があるから。もし身ごもっていても、庶子にならなくて済むでしょ」

「うちあけたのかね？」父はまたうしろを示して尋ねた。

「そう。だからただの取引なのよ、お父さま。わたしたちは揃って相手にふられたし、お互いの条件がぴったりだから結婚するだけ。きっと大丈夫。優しそうだし、いつかこれでよかったと思うような気がする。だからジェレミーと結婚するわね」

反論もできずに父は肩を落とした。「それなら、わたくしも一緒に行こう」

「べつに、そんな――」

「わたくしは父親だ。それに未婚の娘にはつきそいが必要だとも。おまえが結婚するときは、わたくしが立ち会う」父はきっぱりと宣言した。

シュゼットは黙ってうなずいた。身体が麻痺したようで、ただひたすらに虚ろな気持ちだった。決断を下し、未来は始まろうとしている。だがシュゼットにはなんの感慨もなかった。

13

「まさかそんな愚か者だったなんて、嘆かわしいかぎりだわ」

ダニエルは母親の言葉に驚いた。「愚か者？」

「ええ、馬鹿息子もいいところです」キャサリンはきつい口調で断言し、かぶりを振った。

「お金のために結婚するとお相手に勘違いさせるなんて、いったいなにを考えていたの？」

「それがシュゼットの希望だったんですよ」すかさず抗議した。

母は冷ややかな視線でこちらを眺めている。「愛する男性が自分のお金目当てで結婚すると知って、嬉しい女性がいるはずありません」

ダニエルは目を丸くしたが、思わず口もとがほころんだ。「彼女はおれを愛していると思いますか？」

「だから馬鹿だというんです」母は天を仰ぎ、息子を睨みつけた。「お話にもならないわ」

「母上！」

「もちろん、あなたのことを愛していますよ。持参金目当ての殿方すべてとベッドをともにしているとは思うの？」

「いいや、もちろん、そんなことはありませんが」

「いいですか、わたくしたち女性は幼いころから、貞操というのはなによりも大事なもので、純潔は結婚する相手に捧げるべきだと叩きこまれているのですよ。あなたがた男性は上っ面だけ華やかな尻軽女を追いかけまわすんでしょうが、女性はちがいます」母は容赦なかった。

ダニエルは自分の耳を疑った。上っ面だけ華やかな尻軽女だって？　これは本当に我が母、レディ・ウッドローなのか？　これまでこんな言葉を口にするのは聞いたこともなかった。

「しかし、まだ知りあって数日なんです。おれを愛しているわけがありません」

「まったく救いようがありませんね。あなただって、たちまち恋に落ちたんでしょう。まさか、彼女を愛していないとでもいうつもり？　ダニエルのことならよくわかっていますから、うそはすぐにわかりますよ。シュゼットの話題となると、目はきらきら輝いているし、顔も緩みっぱなしじゃありませんか。彼女とベッドをともにしたいだけだと考えているなら、自分を偽っているんです。この十年、ダニエルは女性の話題を避けてきましたよね。わたくしが結婚や孫といった言葉を口にすると、慌ててごまかしてばかりでした。そんなあなたが、ベッドをともにしたいというだけの理由で、知りあったばかりの女性とグレトナグリーンへ向かうですって？　そもそもいまの説明では、その目的はとっくに果たしたではありませんか！」

ダニエルはいつにない母親の姿にとにかく圧倒されていた。

母はそんなダニエルには目もくれず、リチャードに顔を向けた。「さあ、リチャード」

「はい」リチャードはすっくと立ちあがった。

「お友だちとふたりで息子の着替えを手伝ってくださいますか。そのあいだにわたくしは荷造りをして、馬車の手配をいたします。準備が調い次第、すぐに出発しましょう」

「わかりました」リチャードがきびきび答えると、母はにっこり微笑み、リチャードの頰を軽く叩いた。

「昔から好青年なのは変わりませんね」愛情をこめてつぶやき、姿を消した。

「シュゼットはお母上と気が合いそうだな」ロバートはひとりごちた。

ダニエルは顔をしかめた。「それは嫌味《いやみ》か？　それとも本当にそう思っているのか？」

「もちろん、本気さ」ロバートはリチャードの横に立ち、ダニエルの服を選ぶのを手伝った。

「きっとふたりして同盟を組んで、ことごとくおまえと対立するぞ。シュゼットに男の子を何人か産んでもらわないと、ダニエルに勝ち目はないな」

ダニエルはそのアドバイスに思わず微笑んだ。しかし、偽の手紙のことを思いだしてまた顔をしかめる。よりによって厩舎での出来事のすぐあとでなんて、かわいそうなことをした。

「シュゼットはどれほど傷ついたことか」

リチャードは渋面になり、ロバートが答えた。「シュゼットと言葉を交わしてはいないが、廊下まで泣いている声が聞こえてきた。あんなに痛ましい声は聞いたことがないよ。お母上のいうとおりだと思う。あの娘《こ》はおまえを愛してる。本当に打ちひしがれていたようだ」

それを聞いてダニエルの顔色が変わった。「それなら、銃撃と手紙はなんらかの関係があると思うか？」

「その可能性が高いな」とリチャード。「ただの偶然とは考えられない。とにかく早く宿に戻り、おまえの口から手紙は偽物だとシュゼットに教えてやるんだな」

「ああ。だが、撃った奴はおれを殺したと思っているだろうに、どうしてわざわざ手紙を届けたんだ？」

「致命傷を与えられたかどうか、わからなかったからじゃないか」とロバート。

「そうかもな。しかし、それでも手紙の目的がわからない。シュゼットに結婚できないと思わせる以外に、どんな意味があるというんだろう？」

ふたりとも見当がつかないようだった。たしかに何度考えても理屈が通らない。いやな予感がした。

「服をとってくれ。一刻も早く宿に戻って、誤解を正したほうがよさそうだ。具体的にどういう計画かはわからないが、なにかが進行中なのはまちがいない」

「どうしてそんなに急ぐのだね。宿に戻ってゆっくり休み、明朝出発したらどうだろう？」

マディソン卿は憂鬱そうな声で尋ねた。

「失礼ですが、本当ならば一時間以上前に出発できたはずなんです。マディソン卿がもうすこし協力してくだされば、ですが」ジェレミーが答えた。シュゼットはジェレミーの驚異の忍耐強さに感心した。とても真似できそうにない。シュゼットはこれほど父を煩わしく感じたことはなかった。

父はグレトナグリーンに同行すると聞かなかったが、その後はわざと出発を遅らせているとしか思えなかった。宿には一泊しただけで、ダニエルが母親を連れて戻ってきたらすぐに出発する予定だったから、荷造りの必要などないはずなのだ。せいぜいが着替えを出した程度だろうが、荷造りと称して二階の部屋にこもったきりなかなか出てこなかった。しびれを切らしたジェレミーが手伝うために部屋を訪ねると、ようやく階下に降りてきたのだ。

広間でふたりを待っていたシュゼットは、まさに我慢の限界だった。そのあいだずっとクリスティアナとリサ両方から、リチャードたちが戻ってくるまで待てと説得されていたのだ。だが、それだけは避けたかった。今日はもう充分すぎるほど屈辱を味わった。宿のドアが開くたびに、ダニエルたちが戻ってきたかと椅子の上で飛びあがっていたのだ。ようやく父が二階から降りてきたときには、心底からほっとした。

しかしその後も父は、シュゼットが疲れているようだから食事させたいと、さらに出発を遅らせた。ジェレミーが馬車のなかで食べられるものを用意させると提案しても、三姉妹揃って食卓をかこむべきだと頑として譲らなかったのだ。結局、仕方なくそのとおりにした。

ようやく出発したが、一時間もしないうちに今度は馬車をとめろといいだした。

「見てごらん。空が暗くなってきた。馬がつまずいたり、脚をひねったりしたら大変だ。今夜は泊まり、明日出直したほうがいいのではないかね？　そんなに慌てる必要があるとは思えん」またしても父らしくもなく強硬に主張した。

「うちの御者なら、時刻に関係なく安全に馬車を走らせてくれますよ」ジェレミーも譲らなかった。「グレトナグリーンに着いたら、部屋をとりましょう」

父の頑固な態度に、申し訳ないという思いをこめてジェレミーに微笑んだ。しかし、ジェレミーはこちらを見ていなかった。膝の上で拳を握りしめ、窓の外を眺めながら落ち着きなく親指を動かしている。なにか大事なことを考えているようだ。


「気分はどう？」キャサリンが訊いた。

ダニエルはなんとか笑みを浮かべた。ウッドロー家の馬車のなか、正面に母、その隣にロバートが座っている。ダニエルの隣にはリチャードがいた。「おれは大丈夫ですよ、母上。馬車の揺れくらいで、傷口が開いたりしません。もうほとんど痛みもないのですから」

母はゆっくりとうなずいた。「そんなはずはないでしょう」

ダニエルはため息をついたが、それほど深刻に考えてはいなかった。たしかに背中は痛いし、脇腹は焼けつくようだが、時間がたてば傷は勝手に癒えるだろう。美味《おい》しい食事とビールがあればなんとか乗りきれそうだ。とにかく運がよかった。もっと重傷を負う可能性だってあったのだ。たしかに出血量は多かったが、命にかかわる事態にはなるまい。さいわい発熱せずに済んでいるのは、感染症を防ぐために、母が傷口を入念に洗浄してくれたおかげだろう。

「もうすぐですよ。宿が見えてきました」声をかけると、母は窓の外を眺めた。

「わたくしが先に宿に入り、食事を用意してもらいます。あなたがたにダニエルをお願いできるかしら」馬車がとまると母が提案し、ダニエルは素直にうなずいた。いくらかふらふらするものの、本当はふたりの手を借りるほどではなかった。しかし、ここで手助けを拒否しようものなら、もっと大変な事態になるのは目に見えている。宿から大勢が呼ばれ、不用意に傷口に触れられて飛びあがるほど痛い目に遭うのだ。

ダニエルはおそるおそる母のあとに続いた。さいわい、リチャードとロバートはすぐに支えられるよう横にいるものの、必要以上に手を出そうとはしないので助かった。

母は入り口で足を止め、宿のなかを見まわしていた。そこに追いつき、すぐにシュゼットの姿を捜したが見つからない。宿の主以外はクリスティアナとリサしかいなかった。がらんとした広間でふたりはテーブルに座り、額をつきあわせてひそひそと話をしている。ドアが閉まる音に、ふたりともこちらを振り向いた。

心配そうだったふたりの表情がまさに一変し、怒りの化身さながら、すさまじい剣幕で飛んできた。ダニエルは思わず後ずさった。

「本当に最低の男ね！」リサが叫んだ。

「よくものこのこと戻ってこられたこと」とクリスティアナ。

「無垢《むく》な女性をたぶらかす極悪人だわ」とリサ。「そんな男をシュゼットは愛していたのね」

「あなたはシュゼットの心をずたずたに引き裂いたのよ！　あんなふうにおもちゃにするなんて、殺されて当然だわ！」クリスティアナが指を突きつけて迫ってきたが、指が触れる前にリチャードが止めた。ロバートも、いまにもつかみかかろうとするリサの腕をつかんだ。

「落ち着きなさい！」母の声が響いた。驚いたことに、クリスティアナとリサは口をつぐみ、ダニエルの横に立ったキャサリンに顔を向けた。母は微笑んでいた。「おふたりがシュゼットのために戦う姿はすばらしいわ。胸が熱くなるような美しい姉妹愛ですこと。残念ながら、わたくしのときはだれも味方をしてくれなかったけれど」

クリスティアナとリサはぽかんとしている。クリスティアナがリチャードに尋ねた。「こちらの方は？」

「うちの母だ」ダニエルはかわりに答えた。「母を迎えに行くといったはずだ。グレトナグリーンでの結婚式に参列してもらうために」

「だって、婚約を破棄したんでしょう」リサは詰問したが、様子がおかしいことに気づいたようだ。「そうじゃないの？」

「でも、あの手紙は？」クリスティアナが口を挟んだ。「読んだけれど、誤解しようがない内容だったわ。シュゼットとは結婚しないとはっきり書いてあるし、身持ちが悪くて信頼できないとまで」

ダニエルは内心悪態をついた。しかし母は腕をつかんでテーブルへ引っぱっていく。

「まずは食事にします」母は有無をいわさぬ口調で宣言した。「宿に着いたら、ちゃんと食べると約束したでしょう。だからこそ、なにも食べずにウッドローの屋敷を出るのを許したのですから」

「その前にシュゼットと話をしなくては」ダニエルは二階を見上げた。シュゼットは部屋にいるのだろう。涙が涸《か》れるほど泣いているにちがいない。かわいそうに。

「話なら、食事をしながらできるでしょう。とにかくなにか口にしないと、いつ倒れても不思議はありませんよ」

「どうして倒れるの？」リサがダニエルの様子を見ようとそばにやってきた。「顔が真っ青よ。なにかあったの？」

「ウッドローに向かう途中で撃たれたんだ」リチャードが答えた。「それに、手紙を書いたのはダニエルじゃない」

「なんですって？」クリスティアナが悲鳴に近い声をあげた。

ダニエルはシュゼットはどこにいるのか尋ねようとしたが、上体をねじっただけで激痛が走り、そのまま動けずにいた。

「お座りなさい」母の言葉に素直に腰を下ろした。「リチャード、スープと滋養のある食べ物をお願いしてくださる？」

ダニエルは身体をねじらないように注意して立ちあがると、テーブルの反対側にまわった。リチャードは宿の主のところへ急ぎ、母は姉妹に顔を向けた。

「クリスティアナとリサでしょう」とそれぞれに手を伸ばした。

「はい。どうしておわかりになるんですか？」とクリスティアナ。

ふたりがシュゼットのためにダニエルを責める姿を見れば、姉妹であることは一目瞭然だったが、母はそこには触れなかった。「おふたりがシュゼットのはずはありませんからね」

「どうして？」ダニエルはすかさず尋ねた。母に話したのは性格だけで、容姿については触れていない。

キャサリンは息子が立ちあがったのに気づいて眉をひそめたが、かぶりを振っただけで穏やかに答えた。「シュゼットはいま、グレトナグリーンに向かっているはずです。失恋の痛手に悲しんでいるときに、たまたまタイミングよく現われた、経済的に困っている独身男性と」

「なんだって？」ダニエルは信じられずに声をあげた。どこからそんな馬鹿げたことを思いついたのか。シュゼットは二階にいるはずだ。捨てられたと誤解して、泣きつづけているにちがいない。ところが、リサが驚いた顔でうなずいたので、ダニエルは我が目を疑った。

「そうなんです。ダンヴァーズ卿という人が現われて、父の借金の証文と引き換えに結婚することに決まって。どうしてそれをご存じなんですか？」リサは目を丸くしていた。

ダニエルは驚愕のあまり、母の言葉を理解するのに時間が必要だった。

「シュゼットにダニエルとは結婚できないと誤解させて、すぐにほかのだれかとグレトナグリーンに向かわせる以外、偽の手紙の目的は考えられないでしょう？」

「そうか、さすがお母上だ」ロバートが腰を下ろした。「そんなこと、思いつきもしなかった」

「おれもだ」ダニエルはふたたび立ちあがった。二階で悲しみにくれているシュゼットを慰めるつもりでいたなんて、おめでたいもいいところだった。

「お座りなさい、ダニエル」母は微動だにせずに命令した。

昔から母の頭の後ろには目がついているのではないかと不思議だった。ダニエルはしぶしぶ腰を下ろした。そもそも、どうして立ちあがったのかすらわからなかった。シュゼットはやはりおれのことなど愛していなかったのだ。結婚してくれる男ならだれでもよかったのだろう。せめて一日くらいは待っていてくれてもいいだろうに。自分は最初に出逢った条件に適う相手にすぎず、厩舎でつまみ食いしたあとでは興味もなくなったということか。しかし、だれが相手でもあんな喜びを味わえると考えているなら、すぐに失望することになるだろう。

いい気味だ。

「どのくらい前に出発したんだ？」リチャードが戻ってくると、ロバートが訊いた。

ダニエルはむっつりと黙りこんでいたが、内心ではやはりそれを知りたかった。

「一時間くらいだと思うわ」とクリスティアナ。「父がどうしても同行すると譲らなくて、まずは時間をかけて食事をしたの。その前も、ここでは荷解《にほど》きなんてしていないはずなのに、父の荷造りに手間どったから。きっとダニエルたちが戻ってくるのを待っていたのね」

「そうでしょうね」母はリチャードに顔を向けた。「食事の用意にどのくらいかかるのかしら？」

「すぐに用意できるそうです。ことこと煮込んだシチューがあるそうなので、そのスープと昨夜の残りのローストビーフにしました。そろそろ持ってきてくれるでしょう」

「それはよかったわ」母はクリスティアナとリサをテーブルに促した。「みんなでいただきましょう」

リチャードは黙りこんでいるダニエルを気にしている様子だが、母はあっさりと手を振った。「ダニエルはすねているだけだから、放っておきなさい。シュゼットがほかの男性と結婚を決めたので、おもしろくないのでしょうね。ちょうどよかったわ。あれこれうるさくいわなくても、きちんと食事をしてくれそうだから」

「べつにすねてなんかいませんよ」ダニエルは歯のあいだから言葉を絞りだした。リチャードは全員が食事すると宿の主に伝えるために立ちあがった。「子ども扱いは勘弁してください。こうしてちゃんと座っているでしょう」

「おもしろくないと思ってることは否定しないのね」母親はのんきな声で指摘し、ダニエルの隣に腰を下ろした。クリスティアナとリサにも座るよう勧める。

「それは誤解です」ダニエルは顎を上げた。「ちょうどよかったですよ。たまたま現われた男と結婚する程度の気持ちだったなら、将来が思いやられますからね」

「そんな……」リサが口を開いたが、キャサリンに止められた。

「食事を終えてからにしましょう」母は優しい声で一同に説明した。「ダニエルは一度へそを曲げると時間がかかりますからね。まず食事をとってから、シュゼットの救出に急ぎましょう」

「救出？」ダニエルは顔をしかめた。「自分の意志で向かったんでしょう？」

「どうしてシュゼットの名前をちゃんといわないのかしら？」母が悲しそうにつぶやいたとき、リチャードと宿の主夫婦が料理の皿を運んできた。「あら、美味しそうなお料理だこと」

ダニエルはあえて返事をしなかった。名前を口にしなかったのは、したくもなかったからだ。もちろん、救出に行くつもりなどなかった。むっつりと目の前に置かれたスープにとりかかる。シュゼットは結婚するために出発したのであって、なにも殺されるわけではない。だれでもいいというならば——なんとか苦労してスープを飲みくだした。なにかがこみあげてきたが、すべて無理やり飲みくだす。まったくそんな偽の手紙を鵜呑《うの》みにして、ほかの男のプロポーズを受けるなんて、シュゼットらしくもないじゃないか。シュゼットだったら先頭に立ってやってきて、どういうことかと詰問するだろうと思っていたが。なにしろ厩舎では、あれほど熱い時間を一緒に過ごしたのだ。

すこしでもおれを思う気持ちがあったらそうしたはずだ。ダニエルは空いた皿を脇にどけ、ローストビーフの皿を引きよせた。じゃがいも、玉ねぎ、キャベツなどを炒《いた》めた、スコットランドとの国境では人気のある料理もつけあわせとして載っている。いつもなら美味しく食べるところだが、いまはほとんど味もわからない。頭のなかはシュゼットの裏切りでいっぱいだった。純潔を奪っておいて婚約を解消するような、血も涙もない人間だと本気で信じたのだろうか？

「屋敷でちらりとうかがった話を、詳しく説明していただけるかしら？　いままでも何回か事故が起こったのですって？」母が沈黙を破った。

リチャードがうなずいた。「ロンドンに戻る途中で、馬車の車輪の輻《や》が三本ほど切られていたようなんです。それに、ダニエルとふたりのときに、町で馬車に轢かれそうになりました」

「単なる事故ではなく、リチャードを狙ったものだと思っていたわけね？」母が確認した。

「ええ。でもそうではないと判明したので、結局ただの事故だったのかと思っていたんです」リチャードは肝心のところはぼかして答えた。

母もそれを察したのか、それ以上は追及しなかった。「でも、二回とも、ダニエルが犠牲になる可能性があったのですね？」

「たしかに、そうですが」リチャードは続きを聞くのが怖いような顔で答えた。

「今日、撃たれたことを考えると、これまでも本当の狙いはダニエルだったのかもしれませんね」

リチャードは驚いて目を見開き、無言でこちらを見た。

「すべてダニエルがシュゼットとの結婚を承諾した、あるいは承諾したように見えたあとで起こっているのでしょう？」母が指摘した。

「シュゼットとの結婚を狙っていたジョージの友人が、この事件の裏にいるのかもしれないと疑ってはいた」ダニエルは認めた。

「そんなこと、初めて聞くぞ」リチャードは目をむいた。

ダニエルは肩をすくめた。「そうかもしれないと思っただけさ。そいつはぐうたら《トゥイドリー》と呼ばれているという以外の情報もないし、すぐにグレトナグリーンへ向かうことになったしな。どうせ結婚したら諦めるだろうから、わざわざみんなに知らせるまでもないと思ったんだ。念のため、毎朝出発前に馬車を入念に調べておいたし。実際、一度も異常はなかった」

「おまえが撃たれるまではだろ」ロバートが淡々と指摘した。

「あれは予想外だった」ダニエルはしぶしぶ認めた。「あれほどあからさまに襲われるとはな。撃たれたとなれば、まちがっても事故の可能性はない」

「偽の手紙はシュゼットが持っているのかしら？」ダニエルが料理を口に入れると、母が急に話題を変えた。

「いいえ」リサの向こうに座っているクリスティアナが身を乗りだした。「わたしが持っています」

「見せてくださる？」

「もちろん」クリスティアナはポケットからくしゃくしゃの紙をとりだした。

ダニエルはゆっくりと口のなかのものを咀嚼《そしゃく》しながら、母がきれいに紙を広げるのを見ていた。隣からのぞきこんで一緒に読む。あまりに冷酷な言葉に息を呑んだ。

「どうして厩舎での出来事を知っているんだ？」自分の目を疑った。

母がつぶやいた。「どうやらダニエルたちのことを見ていたみたいね。シュゼットがふたりだけだったと思っていたなら、息子からの手紙だと信じたのも無理はないわ」

「そうですね」ダニエルとしても認めざるをえなかった。

「こんな手紙を読んだら、傷つくのはもちろんのこと、冷静に物事を考えられるわけがないわね。かわいそうに、恥ずかしくていても立ってもいられないでしょう」

「そうなんです」とクリスティアナ。「みんなに軽蔑されると思いこんでいました。リサやわたしにまで」

「手紙にはなんて書いてあるんだ?」ロバートがテーブルをまわってのぞきこんだ。

ダニエルは慌てて手紙をつかみ、自分のポケットにねじこんだ。こんなものはだれにも見せられない。あまりに残酷すぎる。ふたりが分かちあった美しい時間が、下劣で薄汚れたものに変えられてしまった。エデンの園の蛇が飛びだしてきた気分だった。

ロバートはどうしたものかという表情を浮かべたが、諦めたように席に戻った。

「たしかに、こんなひどい侮辱の言葉を並べられたら、結婚は絶望的と思うでしょうね」また母が口を開いた。「そんなときにプロポーズされたら、相手はまさに白馬に乗った王子様に見えたでしょう。借金は帳消しになるし、醜聞は避けられるわけですからね」

「しかもジェレミー・ダンヴァーズ卿とは初体面じゃないんです」リサは詳しい事情を説明した。「ランドン公の舞踏会で、シュゼットとダンスをするお約束をしていました。そこにリチャードが現われたので、結局、踊れないままでしたけど。わたしたちは驚いて、クリスティアナのもとに駆けつけたので」

「ダンヴァーズ卿だって?」とロバート。「たしかにシュゼットの希望どおりの相手だ。男爵の爵位と地所はあるが、それを維持する金がない」

「それだけじゃないんです」クリスティアナは悲しそうな顔で説明した。「シュゼットが心配しているのは、恥ずかしさやだれとも結婚できない恐怖だけじゃありません。父から聞いたんですが、その、厩舎での出来事がどういう結果になるかを心配していたそうです。その場合も大丈夫かと確認していたそうですから」

「結果?」リチャードが尋ねた。ダニエルも理解できないでいた。

顔を赤らめてかぶりを振ったリサを目にしても、ダニエルはまだぴんとこなかった。考えているうちにようやく理解でき、撃たれたときのように息がとまりそうになった。シュゼットが身ごもっている可能性があるのだ。

すっくと立ちあがり玄関に向かった。食事のおかげなのか、あるいはショックで全身に血液が駆けめぐったせいなのかはわからない。しかし、さっきまではなんだかぼんやりしていたのがうそのように、鋭利なナイフよろしく頭が冴《さ》えわたる気がした。一刻も早くシュゼットを捜しだす必要がある。まわりのことを考える余裕もなく、ダニエルはそのまま宿を飛びだした。

「ダンヴァーズ卿か」後ろからロバートの声が追ってきた。「金がないのは知っていたが、ここまでやる悪党とは思えないな」

「とにかく、結婚だけは阻止しないと」リチャードのきっぱりした声も聞こえた。

「そうですとも」キャサリンの声に、三人は足を止めて振りかえった。リサとクリスティアナも連れている。「ふたりに聞いたら、ダンヴァーズ卿の馬車は二頭立てですって。四頭立ての馬車二台を急がせれば、すぐに追いつけるはずですよ。メイドたちの馬車はあとからゆっくり来ればいいのですから」

ダニエルは顔をしかめた。「三人で馬を走らせたほうが速いですよ」

「怪我人なのですから、乗馬はお控えなさい。どのみち、わたくしたちの到着を待つか、ここまで迎えに戻ってこないといけないのですよ」母が冷静に指摘した。「シュゼットはあの手紙を書いたのはあなただと信じているのだから、ダニエルの話になど耳を傾けてくれないでしょう」

「リチャードとロバートがいれば……」

「こういう問題は、女性に任せておきなさい」母は姉妹を連れて三人に追いついた。「あなたは怪我人だし、三人ではダンヴァーズ卿と御者の相手で手一杯でしょう。持参金のために人を殺そうとしたのです。そうやすやすとシュゼットを渡すはずがありません」かぶりを振った。「全員揃っていれば、どんな状況になったところで対処できるでしょう」

ダニエルが迷っていると、母が頬を撫でた。「大丈夫。絶対に追いつきますよ。ダニエルはもちろん、未来の孫の幸せもかかっているんですからね。あなただってそれが一番だとわかっているのでしょう?」

こうした相談すらもどかしくて地団駄を踏みたい気分だったが、たしかにそれが最善の策だろう。四頭立ての馬車二台なら、シュゼットたちがグレトナグリーンに着く前に追いつくはずだ。たしかに強情なところがあるシュゼットを説得するのに、女性陣の力が必要になるかもしれない。姉妹の言葉ならばさすがに耳を傾けるだろう。なにより母は傷の手当てに慣れている。だれかが怪我したり、自分の傷口がまた開いたりしても、母がいればどうにかしてくれるだろう。怪我を理由に、リチャードとロバートだけに任せるつもりはなかった。この手でダンヴァーズ卿をとっつかまえてやる。

「わかりました」ダニエルはうなずき、リチャードとロバートに顔を向けた。「馬車の準備を頼む。おれはここの勘定を済ませ、荷物を運ばせる。急ごう。結婚する前につかまえないと、シュゼットは新婚早々に未亡人だ」

14

「驚きましたな、ダンヴァーズ卿。ロバートと出かけようとしていたリチャードに、話しかけもなさらないとは」

父の声が聞こえたが、シュゼットはほとんど内容など耳に入らなかった。ぼんやりと窓の外を見つめ、ダニエルのことを思いだしては自分を責めていた。本当なら、この馬車にいるのはジェレミーではなく、ダニエルだったはずなのに。半面、うじうじと諦めの悪い自分にもいいかげん嫌気がさしてきた。

旅のあいだ、ずっとこのくり返しだった。父があからさまに時間稼ぎをしてくれたのに、リチャードたちは戻ってこなかった。つまり、ダニエルを説得するのに手こずっているのだろう。正直、お情けで結婚をしてくれるくらいなら、そんな相手はこちらからお断わりだった。あれほど冷酷無情な言葉を女性に投げつけるような男性だとは思わなかった。

少なくとも、ジェレミーの馬車で宿を出発したときは、そう自分にいいきかせていた。その後は、こうして堂々めぐりをしているわけだった。やっぱりダニエルを愛している。どんな手を使ってもやりなおしたい。でも、あんなふうに自分を捨てた相手と、もう一度顔を合わせる勇気などあるわけがない。どうしてもっと節度のある態度がとれなかったのか。どうして激情に任せてあそこまでダニエルを煽《あお》ってしまったのか。それでも、もしかしたら、まだやりなおす道は残されているのかもしれない。これをくり返すうち、疲れてなにもかもが空しくなってきた。現実にはダニエルに捨てられて、ジェレミーと結婚すると決めたのだ。

そう考えると涙がこみあげてきて、シュゼットは慌てて瞬《まばた》きをした。明日の結婚式では目をつぶって、相手はジェレミーではなくダニエルだと思いこめば、なんとかやり過ごせるだろう。そこではたと疑問に思った。本当に結婚式は明日なのだろうか。グレトナグリーンに着くのは夜遅くになるから、また宿に部屋をとって、朝まで待つのだろうか。

「どうしてぼくがリチャードと話をしなければならないのです？」いまごろジェレミーが返事をした。関心がないようなふりを装っているが、その声になにか引っかかるものを感じ、ちらりとそちらに目をやった。馬車に乗ったときからせわしなく指を動かしていたのはやめたようだが、今度は両手をきつく絡ませて父を睨みつけている。

「おふたりは友人なのではないのかな？」父が続けた。シュゼットはまた窓の外に目を向けた。「先日、わたくしが多額の借金を負った晩、あなたが賭博場にいたのを思いだしましたぞ」

「あの晩のことを覚えておいでで？」ジェレミーの声は明らかに警戒している。なぜだろうとぼんやり思いながらも、それほど気にかけなかった。

「断片的ですがな。あなたがたはとても懇意に見えた」マディソン卿はいかめしい顔で杖の持ち手を撫でた。なにか落ち着かないときの癖だった。とはいえ、父はジェレミーと結婚すると決めてからずっといらいらしていた。

「ただの知りあいですよ」ジェレミーは窓の外に顔を向け、またしきりに親指をぐるぐるとまわしはじめた。

ジェレミーは歯切れが悪い。

「どうしてわたくしの証文の内容をご存じなのです？」

「ご説明したとおり、ケルベロスが自分の支払いのかわりに証文を寄こしたのですよ」ジェレミーはそっけなく答えた。なんだか魅力的な仮面がはがれ落ちてしまったようだ。

「ああ、そうでしたな」父はいかめしい顔をくずさない。「それにしても、自分で金を回収するという面倒を引きうけなさったのはどういうわけで？　そもそも立派な賭博場の主がそんな提案をしたとは、まことに信じがたい」

「ケルベロスは立派なんかじゃないですよ」ジェレミーの指の動きがさらに速くなった。

「そうらしいですな。噂は聞きましたとも。騙されやすいカモに薬を盛って、身ぐるみはぐそうで。まさに、わたくしのときとそっくりですな。だからこそ、そんな相手にあなたが勝ったということが信じられんのですよ。ましてやあんな大金を」

ジェレミーは落ち着きなくそわそわと身体を動かした。「とにかく、ぼくが勝ったんですよ。返済を迫るかわりにシュゼットと結婚することにしたんですから、喜んでいただいても罰はあたらないと思いますが。そろそろ話題を変えませんか？」

父は目を細めた。「姉のクリスティアナのときとおなじように、ディッキーがまたわたくしに莫大な借金を負わせ、シュゼットを自分の友人と結婚させる計画だったのはわかっておるのですよ。娘が絶望の淵に沈んでいるとき、たまたま救世主のように現われるとは、ずいぶんと好都合ですな」

シュゼットは驚いて父を見つめた。どうしてそんなことを知っているのだろう。そうだ、リサを連れて客間に避難したときにちがいない。ほかにもなにか知らないことがあるのだろうか。そういえば、だれがジョージを毒殺したのかも教えてもらっていないし、こちらからも尋ねなかった。冷たいようだが、ジョージが死んだとわかっても、悲しいなんてこれっぽっちも思わなかった。自分まで変な相手と結婚させる計画を立てていたと知らされてはなおさらだった。ひとつ心残りがあるとしたら、もっと苦しんで死んでほしかったくらいだ。

「ディッキーがなにを計画していたかなど、もちろんわかりません」とジェレミー。「ぼくが現われたのはまったくの偶然です。本当に幸運だったのですが、たまたまシュゼットとばったり会い、いまの苦境を聞いたんです」

ジェレミーはにっこりと微笑んだが、シュゼットは笑顔を返さなかった。ふたりの会話を聞いているうちに疑問が生じ、ようやく自己憐憫《れんびん》から抜けだせたのだ。あの手紙を受けとってから、冷静になにかを考えるのは初めてだった。

「そのディッキーの友人についてわかっておるのは、ぐうたら《トゥイドリー》というあだ名だけでして」父は意味ありげにジェレミーの手を見た。せわしなく動いていた指がぴたりと止まった。「そういえば、指をくるくると動かす《トゥイドル》せいで、ぐうたら《トゥイドリー》と呼ばれるようになったのかもしれませんな。シュゼットと結婚する予定の友人とは、ダンヴァーズ卿だったのではないのですか。かねてからの計画どおりに現われたのでしょうが、あまりにタイミングがいいので、そもそも手紙自体ダニエルのあずかり知らぬことではないかと睨んでおるのですよ」

その言葉にシュゼットは身体をこわばらせた。そんな可能性は考えてもみなかった。

父は杖を脇に置き、シュゼットの手をとった。「ダニエルは心からおまえと結婚したがっておった。ロンドンの屋敷を売ったことも黙っていてくれと頼まれたのだ。それを知ったら、おまえが結婚自体をやめてしまうかもしれないと」

「だから教えてくれなかったの？」

父は肩をすくめた。「シュゼットはいささかつむじ曲がりのところがあるのでな。かならずしも悪い面ばかりではないがね。おまえならたしかに怖くなって、ダニエルとの結婚をやめるといいだしかねんと心配はしておった。ふたりが愛しあっているのは傍目《はため》には明らかだが」

「ダニエルがわたしを愛してる？」また期待するのが怖くてシュゼットは小声で尋ねた。

「まちがいないとも」父は断言した。「ダニエルがおまえを愛していないなどと、信じる者はだれもおらんよ」

まわりくどい表現を不思議に思ったのが顔に出たようだ。

「ダニエルがおまえを愛しているかどうかはべつにしても、ウッドローは由緒正しい立派な家だ。おまえとそういう仲になっておいて、逃げだすようなことはすまい。それに冷酷な手紙ひとつ届けて終わりにする臆病者とも思えん。なにか行きちがいがあったのだろう。宿に戻って、ダニエルの話をきちんと聞いてみようではないか」

シュゼットは迷っていた。あの手紙で傷ついたのはたしかだ。また戻ったりしたら、さらに深く痛手を負うことになるかもしれない。ついさっきまでは、それだけは絶対いやだと思っていたが、父の言葉を聞いているうちに新たな希望が芽生えた。あの手紙を書いたのがダニエルではないとしたら？　その可能性はあるのだろうか？　たしかにダニエルの筆跡は目にしたことがなかった。もしかしたら、だれかに厩舎でのことを見られていたのかもしれない。

その可能性は考えたくないが、小さくうなずいた。

「それでこそシュゼットだ」父はシュゼットの手を軽く叩いて、ジェレミーに顔を向けた。

「馬車をとめて……」

シュゼットは自分の手もとを見つめていた。すると父の言葉が途切れ、こちらに倒れてきた。

「お父さま？」驚いて父を支えようとしたが、床にくずれおちてしまった。慌ててジェレミーを見ると、父の杖を逆さに握っている。鉄の持ち手で父を殴りつけたようだ。ジェレミーは冷ややかな笑みを浮かべて肩をすくめ、杖をゆっくりと持ちかえて脇に置くと、今度はピストルをとりだした。

「戻るなんてまっぴらごめんだ。おれたちは結婚するんだからな」

「冗談でしょ」シュゼットはぴしゃりといいかえし、父が壁にぶつからないようにそっと座席に寝かせた。

「おまえなら、死んでもいやだといいそうだな」ジェレミーはうんざりという声で答えた。「その場合は、おまえの父親の死体が転がることになるぜ」

シュゼットはあっけにとられてジェレミーを見つめた。優しい好青年はどこに消えてしまったのだろう。まるで別人のようだ。そんなに簡単に騙されたことが悔しかった。なにかいいかえしてやろうと思ったが、ジェレミーのほうが早かった。「そんなことはできないはずとか、面倒くさいやりとりはなしでいこうぜ。すでに殴っちまったんだ。さあ、こいつのタイで縛りあげろ。逃げられないようきつくだぞ。娘の結婚式直前に撃ち殺されるのも気の毒だからな」


宿の中庭をリチャードが早足で馬車に戻ってきた。全員でぞろぞろと移動するのは時間の無駄なので、宿を見かけたらひとりが降りて確認することに決めたのだ。ダニエルの傷が悪化しないよう、リチャードとロバートが交替でその役目を果たしてくれている。

「シュゼットたちは立ち寄っていないのか?」ダニエルは首尾を尋ねた。

リチャードは渋い顔でうなずいた。後ろの馬車をちらりと見ると、母の顔が引っこみ、扉が閉まった。リチャードの様子が見えたのだろう。リサとクリスティアナにも伝わっているはずだ。

これまでは一軒一軒宿にとまり、ダンヴァーズ卿の馬車が来たかどうかを確認していた。どこかで食事か休憩をとる可能性が高いと考えたのだ。まっすぐグレトナグリーンに向かうにしても、馬だけはどこかで替える必要があるはずだ。しかし、どの宿にも立ち寄った形跡はなかった。

「もしかしたら、どこにも寄らずにまっすぐ向かっているのかもしれない。とすると、こうして一軒一軒訊いてまわるのは時間の無駄だな」リチャードが馬車に乗るのを待って、ダニエルは疑念を口にした。

「ああ」ロバートも冴えない顔だった。「おまえを撃ったのも、あの手紙を書いたのも奴だとすると、とにかくグレトナグリーンに直行して、邪魔が入る前に結婚してしまいたいはずだ」

ダニエルは深く座りなおし、目の前のリチャードとロバートを見つめた。「一軒一軒寄るのはやめよう。見過ごす可能性もあるし。そんな時間があったら、グレトナグリーンに先まわりして、待ち伏せするほうがいい」

ふたりがうなずくのを見て、ダニエルは御者に指示を出した。


父のまぶたが動いたのを見て、シュゼットはほっと胸を撫でおろした。かなり長時間気を失っていたので、ジェレミーに強く殴られすぎて、二度と目覚めないのではないかと心配になりはじめていたのだ。しかし、父はそれほど深刻な状態ではなさそうなので、待っているあいだに思いついた計画を実行に移すことにした。

シュゼットが父を縛りあげると、ジェレミーはピストルをしまった。どうやらシュゼットのことはそれほど警戒していないようだ。ジェレミーは夜の帳《とばり》に包まれた外の景色を眺めながら、またいらいらと指を動かしていた。

「つぎの宿でとまって」シュゼットは冷たい声で要求した。「お手洗いに行きたいの」

ジェレミーはどうでもいいという顔でちらりとこちらを見て、また窓の外に視線を戻した。

「駄目だ」

「我慢できないのよ」シュゼットは諦めなかった。

ジェレミーは肩をすくめた。「それならドレスを濡らせばいい。なにがあろうと馬車はとめない」

シュゼットは目を細めた。この答えも予想していたので、ちゃんと対策は考えてある。あとは勇気を振りしぼって実行するだけだ。シュゼットは勢いよく立ちあがった。

「なんだ？」衣擦れの音に驚いて、ジェレミーが大声をあげた。ジェレミーにピストルをとりだす暇を与えずに、背を向けて彼の膝の上に座った。大事な金づるなのだ。少なくとも結婚するまでは殺さないだろう。

「なにしてんだよ？」ジェレミーは慌てて押しのけようとした。「自分の席に戻れ」

シュゼットは馬車の壁に手をついて、押されても動かなかった。「お手洗いに行かせてくれないんだから、ここでするしかないじゃない。ドレスが濡れていやだけど、それはお互いさまよね」穏やかに続けた。「大丈夫。すぐ済むから」

ジェレミーは恐怖に息を吞んだ。「ま、まさか、本気で……」

「本気よ」静かに答える。「もちろん、馬車をとめてくれるのなら話はべつだけど。ふたりとも濡れなくて済むわね」

父が目を開けようとしているのに気づいて、ウィンクして父に合図を送り、まぶたを閉じてみせた。父はすぐにそれと察し、気を失っているふりを続けた。「お願いだから、早く決めて。もう我慢できない」

「うわあ、やめろ！」押しのけようとするのを諦めて、ジェレミーは馬車の壁を叩いて叫んだ。「馬車をとめろ、トンプソン。いますぐにだ」

馬車の速度が落ちると、ジェレミーがいらいらと声をあげた。「ほら、とまってやったんだから、早くどけ」

「あら、失礼」シュゼットはしゃなりしゃなりと席に戻った。ちらりとジェレミーに目をやると、頭のおかしい女か不潔な動物かなにかのように、まじまじとこちらを見ている。彼女はにっこりと微笑んでやった。「結婚するのが待ちどおしいわ」

ジェレミーがぎょっと目を瞠ったのがおかしくて、ついくすくす笑ってしまった。たちまちジェレミーが仏頂面になる。

「早く降りろ」馬車がとまると、ジェレミーはピストルで扉を示した。

地面に降りて振りかえると、ジェレミーは父を観察していた。気を失っているからこのまま問題ないと判断したようで、不満そうにぶつぶついいながら馬車を降りた。動かずにいたシュゼットを睨みつける。「なにをぐずぐずしているんだ？　さっさと行けよ」

「ずいぶん、辺鄙《へんぴ》なところね」驚いたふりをした。

「ああ、とにかく早く用を足してこい。ぐずぐずしてると出発するぞ。ただし、濡れるのはおまえだけだ。念のためにいっておくが、馬車のなかから見張ってるからな。逃げようとしたら親父《おやじ》を撃つ」

「わかった」シュゼットは森に向かって歩きだした。

「どこへ行くんだ？」

「どこへ？」鼻で笑った。「あなたや御者の見てる前でできると思う？」

　さいわい、ジェレミーは不満そうにうなっただけだった。ここで反対されても計画が失敗するとはかぎらないが、すんなりいくに越したことはない。しばらくすると、手頃な茂みを見つけた。まわりをじっくりと観察し、その場にしゃがみこんだ。ジェレミーから姿が見えないのを確認する。「なにか歌って」

「なんだと？」

「歌うか、詩でも朗読してよ」シュゼットは頼んだ。「音を聞かれてると思うと、落ち着かないの」

「おい、いいかげんに――」

「すぐ終わるから」

ジェレミーは悪態をついた。「自分で歌うか、なにかすればいいだろう」

「そんなことしていたら、集中できないわ。それに途中で大きいほうが出るかもしれないから、ばつが悪いし――」

「わかった」ジェレミーはこれ以上この話題を続けたくないようで、慌てて遮った。すぐに主の祈りが聞こえてきた。いまのジェレミーが教会に足を踏みいれたら、それだけでまちがいなく地獄の業火に包まれるだろうと思うと不思議な気もしたが、いまは黙っておいた。しゃがんだまま茂みに隠れるようにして移動し、森まで来ると中腰になった。さらにすばやく動けるようになったので、木々や茂みに紛れて街道を目指した。ようやく森の終わりまで来た。ここまで来れば馬車はすぐそこだ。足を止めて振りかえり、ジェレミーがしびれを切らすのを待った。案の定、祈りを三度くり返したあと、ジェレミーのうんざりしたような大声が聞こえてきた。

「まだ終わらないのか？」

シュゼットは黙っていた。

「シュゼット？」ジェレミーが不審そうな声をあげた。答えないでいると、ぴんときたようだ。いままで祈りを唱えていたとは思えないひどい悪態をつくと、急ぎ足で森に向かった。

「この野郎！　どこにいるんだ？」

最初に身を隠した場所のまわりを捜していたが、思ったとおり、そのうち馬車に戻ってきた。「トンプソン！　降りてきてあの女を捜すのを手伝え」

シュゼットはにやりとした。ダニエルからだと思いこんでいた手紙を受けとって以来、なにかをおもしろいと感じるのは初めてだった。ジェレミーの行動はすべて予想どおりだ。トンプソンが御者台から降り、背丈の高い草むらをかきわけて森へ向かった。シュゼットはスカートをまくりあげ、木々に紛れて馬車に近づいた。御者とジェレミーが合流したのを確認し、あちらから見えないように反対側から御者台によじ登ると、立ったまま手綱を握った。鞭《むち》をとり、馬の頭の上でぴしゃりと鳴らす。

馬が勢いよく走りだし、後ろに吹き飛ばされそうになった。なんとか御者台にしがみつき、鞭を振るって馬の速度を上げる。振りかえると、ジェレミーと御者が慌てて街道に戻ってくるのが見えた。大丈夫。追いつけるはずはない。そのときジェレミーが足を止め、ピストルをこちらに向けた。シュゼットは首をすくめ、あたりませんようにと祈りながら、できるだけ身を縮こまらせた。

銃声が聞こえたが、どこも痛くなかったので、てっきりジェレミーははずしたのだと早合点した。だが、ジェレミーに近い右側の馬がよろめいて、左側の馬にぶつかり、そのまま二頭の馬はほぼ同時に倒れた。シュゼットはゆっくり考える余裕もなく、転がりはじめた馬車から飛びおりるので精一杯だった。骨が折れたかと思うほど地面にひどく叩きつけられたが、横転する馬車にぶつかるのが怖くて、ごろごろと地面を転がった。

あたりを見まわすと、ジェレミーや御者の姿はなかったが、馬車はすこし離れたところで横倒しになっていた。身体のあちこちが痛かったが、慌てて駆けよる。とにかく父親が心配だった。縛られているのだから、身を守ることもできないはずだ。不安に苛《さいな》まれながら、予備の車輪や御者台とそこに登る階段に足をかけて、なんとか馬車の上によじ登った。ジェレミーと御者がこちらに走ってくるのが見えたが、いまはそれどころではない。急いで扉を開けた。

すでに日は落ちていたので、馬車のなかはさらに暗くてなにも見えなかった。それでも目を凝らしていると、下のほうにうずくまっている姿が見える。まさか死んでしまったのかと、シュゼットは息を呑んだ。

「お父さま？」逃げようとして父を殺してしまったとは思いたくなかった。その黒い影がごそごそと動いた。どうやらこちらを見上げようとしているようだ。シュゼットは心から神に感謝した。「ああ、よかった」

そのとき、後ろから腕をつかまれ、無理やり立たされた。ジェレミーの息が頬にあたるほどに近い。「父親を引っぱりだせ、トンプソン」

御者も馬車によじ登り、扉の横にひざまずいてなかをのぞきこんだ。信じられないことに、ジェレミーはごみ袋のように馬車の上からシュゼットを突きとばした。地面までは二メートルほどでそれほど高さはなかったが、それでも涙が出るほど痛かった。さっき馬車から飛びおりたときにも怪我をしただろうから、痛いのはあたりまえだった。歯を食いしばり、今度はゆっくりと身体を起こした。いきなりの大活劇に身体も驚いていることだろう。なんだか逃げだす前よりも、状況は悪化したように思える。しかし父のことが心配で、それをゆっくり考えている余裕はなかった。

「立て」馬車から降りてきたジェレミーが冷酷な声で命じ、シュゼットの腕をつかんで乱暴に引っぱりあげた。そのまま腕を揺すり、大声でどなった。「いますぐ殺してやる」

「旦那さま」

シュゼットを睨みつけていたジェレミーは、なにごとだという顔で御者を見た。「なんだ？」

「マディソン卿は縛られております」御者は開いた扉を示して不安そうに報告した。

ジェレミーは顎をこわばらせた。「それがどうした？」

御者はしばらく考えていたが、首を傾げて狡猾《こうかつ》な目で交渉した。そういう事情ならば、

「特別手当をいただきませんと。もちろん昇給でも結構ですが」

ジェレミーが不愉快そうに目を細めた。「わかったよ。早く父親を引っぱりだせ」

御者はうなずき、馬車のなかに姿を消した。

「座れ」とジェレミー。

シュゼットは一瞬迷ったが、おとなしく脇の草地に腰を下ろした。とりあえず素直にしておいたほうがいいだろう。ジェレミーはいますぐ絞め殺したいという顔で睨みつけているし、父を置いて逃げだすわけにはいかない。それに、白状すると脚の震えが止まらなかった。すこし休んだほうがよさそうだ。

ジェレミーは馬車に近づき、御者台でなにかを探している。そして新たな武器を手に戻ってきた。らっぱ銃のようだ。御者がこれを持っているのはべつにめずらしいことではない。街道には山賊や追いはぎが多いので、自衛するのは常識だった。

ジェレミーはらっぱ銃を脇に挟み、ピストルに弾をこめた。シュゼットは、さっき撃たれ

た馬のことを思いだした。見ると、よくわからないが撃たれた馬は死んでいるようで、ぴくりとも動かなかった。もう一頭はその下敷きになっているものの、まだ生きていた。手綱が絡まってもがいていたが、抜けだすこともできないでいる。

シュゼットはジェレミーのほうを向いた。「ねえ、一頭はまだ生きてるわよ。でもあのまじゃ、立ちあがれないみたい」

ジェレミーは弾をこめおわると、馬に目を向けた。そのとき、御者がひょいと現われた。馬車の上に腰かけて前屈みになると、縛られたままの父を引っぱりあげ、そのまま一緒に地面に降りた。

父もシュゼット同様にあちこちが痛いようだが、思ったよりも元気そうだ。

「よし」御者がジェレミーの前に父を引っぱってきた。「娘の隣に座らせろ」

御者は父の肩を小突いて隣に座らせると、つぎの指示を待った。

「もう一頭の馬の様子を見てこい」ジェレミーはもがいている馬をピストルで示した。

御者は馬を見るなり眉をひそめた。この短いあいだに、馬はさらに弱ってしまったようだ。かわいそうに、上の馬の重みと手綱のせいで窒息しそうになっている。御者の意見もおなじだった。「どのみちもう長くはないでしょう。それに馬車も車輪がふたつ壊れていますので、修理しようがありません」

「いいから、馬を見てこい」ジェレミーがどなった。

御者は不愉快な表情を浮かべたが、いわれたとおりに馬に近づいた。だが、数歩も行かないうちに、ジェレミーがらっぱ銃でその背中を撃った。御者が地面にくずれおちる。ジェレミーはらっぱ銃を放りだし、弾をこめたばかりのピストルをシュゼットと父に向けた。「立て」

シュゼットは息を吞み、倒れた御者をちらりと見て、ジェレミーに顔を戻した。「ひどい。必要もないのに、後ろから撃つなんて」

「あとでゆすられるのはごめんだ。早く立て」ジェレミーは冷ややかに命令した。

こんな冷酷な人間がこの世に存在すること自体、どうしても信じられなかった。「でも……」

「おまえの親父も撃ってやろうか？　そうすりゃ、もうすこし素直になるかもな」

「笑わせないで」驚きは怒りに変わった。「父を殺したって、あなたのいうことなんて絶対に聞かないから」

「だれが殺すなんていった？　撃つだけさ」ジェレミーは静かな声で脅した。「まずは腕に一発お見舞いしようか？」

シュゼットは立ちあがり、後ろ手に縛られたままの父も立ちあがらせた。

ジェレミーはシュゼットの腕をつかみ、乱暴に後ろを向かせた。「手を後ろに揃えろ」

死んでもいいなりにはなりたくなかったが、ほかに選択肢はなかった。父親を撃つと脅されたら、唯々諾々《いいだくだく》と従うしかない。なにか布のようなもので父と一緒に縛られてしまった。おそらくジェレミーのタイだろう。

「歩け」ジェレミーはピストルを突きつけた。

シュゼットは馬に目をやった。「馬はどうするの？　あのまま放っておいたら死んじゃうわよ」

「おれの知ったことじゃない」ジェレミーは興味もないという口調だった。「おまえが逃げだそうとしたせいで、あの馬はこんな目に遭ったわけだ。すべておまえのせいだな」

シュゼットは黙ったまま歩きだした。心のなかで、ろくでなしと叫びながら。

15

「どうしてこんなに進まないんだ？」ダニエルはいらいらと馬車の窓から身を乗りだした。もう真っ暗だが、月のおかげでものの形くらいはぼんやりと見える。とはいえ、なにが行く手を阻んでいるのかはわからなかった。

「事故があったようだな」反対側の窓から外をうかがっていたリチャードがつぶやいた。

ダニエルはそちらに移動して窓からのぞいてみた。たしかに前方にひっくり返った馬車が見える。

「まさか、ダンヴァーズ卿の馬車じゃないだろうな？」リチャードと並んで座っていたロバートも、立ちあがって外を見ている。

ダニエルは顔をしかめ、馬車の壁を叩いて御者にとまるよう指示した。さすがにリチャードやロバートに任せる気になれず、自分で扉を開けて馬車から降りた。なんとかうめき声をあげるのは我慢したが、驚くほど傷口に響く。

「大丈夫か？」続いて降りてきたリチャードが心配そうに訊いた。

ダニエルは歯を食いしばってうなずき、ひっくり返った馬車へ向かった。

「どうしたのです？」

女性たちの馬車に乗っている母の声が聞こえる。リチャードがかわりに答えた。「事故のようです。調べてきます」

馬車は横倒しになっていて、ふたつの車輪が壊れていた。後部の紋章に目を凝らしたが、月明かりだけではよくわからない。前にまわってみると、前輪の近くに死体を見つけ、急いで駆けよった。リチャードとロバートもそれに続いた。

「御者か？」三人で遺体をかこむように立ったところで、リチャードがつぶやいた。

男のお仕着せから判断してうなずいた。

ロバートは死体のそばにひざまずいて調べている。「死んでいるな」

「事故で投げだされたのだろう」とリチャード。

ロバートはかぶりを振った。親指と人差し指をこすりあわせている。「血だ」お仕着せの上着をまくりあげると、薄暗いなかでも背中に無数の小さな穴が空いているのがはっきりと見えた。

「らっぱ銃で撃たれたらしい」リチャードは顔をしかめた。

ロバートは上着をもとに戻し、立ちあがった。「強盗かな？」

「ダンヴァーズ卿の馬車だわ」

リサの声に、ダニエルははっとして振りかえった。女性陣は紋章を調べている。クリスティアナもうなずいた。「この紋章は覚えてる」

ダニエルは舌打ちし、馬車に駆けよった。それと察したリチャードが先まわりして、横転している馬車にすばやく飛びのると、ひざまずいて内部を調べた。

「だれもいない」

「シュゼットとお父上はどうなさったのかしら」母が眉をひそめた。

「まさか、歩いていったとか」とリサ。

ダニエルは、真っ黒な影のように見える御者の死体を見下ろした。ダンヴァーズ卿が自分の御者を撃ったとは思えないので、山賊か追いはぎに襲われたのかもしれない。心配がこみあげるが、なんとか呑みくだす。「手分けして、あたりを捜そう。見つからなければ、もっと先に行った可能性が高い」

すぐに全員で近くを捜索した。最後には街道の両側に広がる森の手前まで範囲を広げたが、らっぱ銃と二頭の死んだ馬以外はなにも見つからなかったので、ダニエルはひとまず胸を撫でおろした。

「これからどうするの？」また全員が集まったところで、母が訊いた。

「このままゆっくりと進もう」みんながこちらを見ている。「それぞれ窓の外を注意して見ていてほしい。街道沿いではなく、茂みのなかを歩いているかもしれない。つぎの宿に着くまでに見つけられなければ、またどうするかを考えよう」

「街道から離れろ！　早く！　もたもたするな！」ジェレミーに突きとばされ、シュゼットは危うく木にぶつかるところだった。

なんとか踏みとどまって、森のなかの草地を歩く父に続いた。父は藪《やぶ》が深く茂って身を隠せそうな場所まで歩きつづけ、ジェレミーにどなられる前に身を低くした。馬車が近づいてくるたび、二度おなじことをさせられたからだろう。この調子だとグレトナグリーンに着くのは何時になるかわからないが、いまとなってはどうでもよかった。こんな男とどこにも行く気にはなれなかった。

普通なら通りがかりの馬車に声をかけてつぎの宿まで乗せてもらい、そこで馬を借りて旅を続けるのだろうが、ふたりに銃を突きつけているジェレミーはそんな危険を冒せるはずもなかった。こうしてグレトナグリーンにたどりついたところで、いったいどうやって結婚するつもりなのだろう。

「伏せろ」父に倣わずに立ったままでいたら、ジェレミーに肩を押されて無理やりしゃがませられた。

「こんな状態で、どうやってグレトナグリーンまで行くつもりなのかね？」父の声が聞こえた。シュゼットは驚いたが、同時にほっとした。意識を回復してから口を開かなかったので、思った以上に傷がひどいのかと心配していたのだ。そのうえ、実にいい質問だった。ジェレミーはどう答えるつもりだろう。気づかれないように父に微笑みかけ、ジェレミーがいるあたりの暗闇に目を凝らした。

月明かりに照らされたジェレミーの顔は青ざめていて、歯を食いしばっているようだ。

「とにかく歩けばいいんだ。つぎの宿に着いたら、おまえたちを木に縛りつけておいて、馬車を借りてやるさ」

「その御者も殺すつもり？」シュゼットは冷ややかに尋ねた。

「自分で手綱を握る。いいから黙ってろ」

そこへ馬車がやってくるのが見えたので、シュゼットは街道に顔を向けた。かなりの速さで飛ばしていた前の二台とちがって、今度の馬車はずいぶんゆっくりと走っている。まるで散歩でもしているようだ。あとに続く馬車も同様だった。はっと目を凝らした。うなじの毛が逆立つのがわかる。

「来てくれた」

一台目の馬車の窓にダニエルとリチャードが見えた。そばにいる父もそれに気づいたようだ。ダニエルとリチャードは窓から身を乗りだして、道端の茂みや並木の向こうをのぞきこんでいた。なにかを探しているのだ。

「ほら、ダニエルだ。おまえと結婚したがっておるといっただろう」父の言葉に思わず笑顔になった。

「黙れ」二台目の馬車が近づいてくると、ジェレミーが小声で命令した。前の馬車とおなじように、ふたりの女性が窓から身を乗りだしている。やはりなにかを探しているようだ。ひとりはリサだが、もうひとりの年配の女性には見覚えがなかった。

「おそらくダニエルのお母上だろう」父がささやいた。

「これ以上なにか音をたてたら、親父を撃つからな」ジェレミーが脅した。

目の前にピストルが現われ、父を狙っている。その手に嚙みついてやれば、ピストルを落とすかもしれないという考えが頭をよぎった。だがうかうかしていると、その前に撃たれてしまうかもしれない。そんな危険は冒せなかった。馬車がそのまま通りすぎ、つぎのカーブで見えなくなるのを黙って見送った。

立ちあがろうとしたら、ジェレミーに腕をつかまれて強引に引きずりおろされた。「動くな」

「どうして？　馬車はもう行っちゃったわよ」

「また戻ってくるかもしれない。いいから黙って座ってろ」

なにかいいかえしてやりたかったが、素直に口をつぐんだ。しかし、ずっとおなじ姿勢でいるのはつらくて、何回かこれ見よがしにため息をついた。

「うるさい。音が聞こえないだろ」

「いいかげんにしてよ」シュゼットは我慢できずにいいかえした。「もう影も形も見えないのに、どうして動いちゃいけないの？　お腹がすいたし、寒いし、今度は本当にお手洗いに行きたくなっちゃった」

ジェレミーは憎々しげにこちらを睨みつけている。「たっぷり持参金を持ってなけりゃ、いますぐ殺してやりたいぜ」

「娘と結婚したら、どのみち我々ふたりとも殺すつもりなのだろう」父は冷ややかに指摘した。

ジェレミーの表情が消えた。「馬鹿なことを。殺したりはしないさ。シュゼットと結婚したいだけだからな。結婚さえ済んでしまえば、自由にしてやるよ。シュゼットが名ばかりの結婚を続けたいというなら、一緒に暮らしたっていい。とにかく婚姻を無効にできないよう、結婚を成立させるのが先だ」

そんな言葉には騙されなかった。ふたりとも殺すつもりにちがいない。結婚したところで、強制されただけだと届け出れば無効にできるはずだ。ジェレミーのことだ。そのあたりまできちんと考えているだろう。

「まさか、そんなことを信じろっていうの？　もし本気でいってるのなら、思ってたより頭が足りないのね」

「どうせ、最初からそう思ってたんだろ」ジェレミーは腹を立てるというより、おもしろがっているような声だった。「そんな馬鹿と結婚を決めたのはおまえだぞ」

「いっておくけど、やけになっていただけよ。そうでもなければ、あなたなんかと結婚するわけがないじゃない」

ジェレミーは歯ぎしりした。「ディッキーの奴がまだ生きてたら、この手で殺してやりたいね。どうしておまえなんかを押しつけようとしたんだか」

やはりディッキーが死んだことも知っているのだ。「あなたもディッキーに死んでもらいたかったわけね。どうやら、そう思う人は大勢いたみたいだけど」つい笑ってしまう。「あなただって、おなじように思われてるんでしょうね。こんなことをしていたら、いつかはだれかが成功するだろうけど」

ジェレミーは不愉快そうに目を細めた。「持参金があるからと、いつまでも好きなことをいわせていると思ったら大まちがいだぜ」

「そもそもの計画でも、それほど長いあいだ娘に我慢するつもりはなかったはずだ」父がすかさず指摘した。

「なんの話だ?」ジェレミーは視線をそらし、街道を眺めた。

「すべて知っておるのだ」父の口調に苦々しさが交じる。「わたくしが賭博のせいで負った借金を理由に、三人の娘全員を結婚させるはずだったのであろう。そして、首尾よく結婚した暁には、三人とも殺す計画だった。残されたわたくしがひとり悲しんでいるのを尻目に、おまえとディッキーともうひとりの男は持参金で贅沢三昧《ぜいたく》という計画だったのだろう」

「わたしたち全員を殺すつもりだったの？」シュゼットは眉をひそめた。リサと客間にいたあいだに、ほかにどんな大事な話を聞きのがしてしまったのか、かえすがえすも悔やまれる。

もちろん結婚が成立すれば、ジェレミーが父と自分を殺すつもりなのはまちがいないと思っていた。だがディッキーがもくろんでいたのは、三姉妹とも無理やり結婚させて、そのあと始末してしまうという冷酷無情な計画だったのだ。おそらくはわたしたちと知りあう前から温めていたものだろう。三人それぞれと結婚にこぎつけるだけでも、気が遠くなるほどの時間がかかる。クリスティアナが結婚してから一年たっていた。もう一度お父さまに薬を盛り、賭博場に引きずりこむのにどれくらい時間をかけるつもりだったのだろう？　クリスティアナのときと同様にするのであれば、これから一年近くかけるつもりだったのかもしれない。お父さまはこの一年ほとんど外出しなかった。娘を借金のかたにしてしまったことへの自己嫌悪で、人と顔を合わせる気になれなかったのだろう。今度もわたしが意に染まない結婚をする羽目に陥っていたら、おなじことになるのはまちがいなかった。また一年待って、再度お父さまを賭博場に誘いこむつもりだったのだろうか。そして今度はリサの番だ。こんな計画を立てる酷薄さもさることながら、実行する忍耐力がなによりもおそろしかった。

「三人いっぺんに、折悪《おりあ》しく起こった馬車の事故で死ぬ予定だったのだ」父が答えた。

「どうしてそれを知ってるんだ？」ジェレミーは気色ばんだ。

「ディッキーと従僕のフレディの会話を耳にしていた執事が、すべて説明してくれたのだ」

父の声は冷ややかそのものだった。

「あいつら油断しやがって」ジェレミーは悔しそうに続けた。「フレディの野郎も証文を見つける約束になっていたくせに。それでおれが金を手にしたら、奴にもいくらかやる予定だった。あいつはどうしたんだ？」

「あなたとおなじで、肝心なところでへまをしてたわよ」父が答える前に、シュゼットはぴしゃりといった。

「本当に口の減らない女だな」ジェレミーは憎々しげにつぶやいた。「ディッキーの奴、自分はおとなしいクリスティアナと結婚して、こっちにはうるさいほうを押しつけやがった」

「あら、お気の毒。でも、お金を手に入れたかったら、このくらい我慢してもらわないと……」いまのジェレミーの言葉にはっとした。証文を見つける約束になっていたくせに？フレディがクリスティアナを抱えて書斎に向かったのは、証文を探しに行ったのだ。見つける前に死んでしまったが。ようやく事情を理解できた。慌ててジェレミーに顔を向ける。

「証文なんて持ってないんでしょ」

「そうさ」ジェレミーは歪んだ笑みを浮かべた。「ふたりとも証文を確認することすら思いつかないんだから、お笑いだよな。宿で話しかけたとき、それが一番心配だったんだよ。おれと結婚する気にさせるのは自信があったんだ。金がなくても、おれの魅力があればそこは心配ない。だが証文を見せろといわれたら困ると思っていたんだが、父娘《おやこ》揃ってぼんやりしてるから助かったぜ」ジェレミーは眉を上げた。「やれやれ、頭が足りないのはどっちだよ？」

そこまで考えが至らなかったうかつさを呪い、シュゼットは思わずまぶたを閉じた。

「すまなかった、シュゼット。わたくしが確認するべきだった」父が悔しそうにつぶやいた。

慌てて目を開ける。がっくりと力なく垂れている父の顔を見つめて、何度もかぶりを振った。「わたしもそんなこと考えなかったもの。お父さまのせいじゃないわ」

「おもしろいことを教えてやろうか？」ジェレミーが得意そうに鼻をうごめかせた。「結婚して持参金を手に入れたら、おまえたちには死んでもらう。で、おれはロンドンに戻ってディッキーの執務室から証文を見つけだし、借金を清算するんだ。つまり、持参金と借金の返済と、両方が転がりこむってわけだ」

得意満面で説明するジェレミーを、シュゼットは黙って眺めた。「わたしたちはどうやって死ぬの？」

「そうだな」ジェレミーが顔をしかめた。「また馬車の事故というのはさすがに疑われそうだし、トンプソンを撃ったのは山賊の仕業にするから、それも使えない」しばらく考えていたが、肩をすくめた。「火事がいいかもな。ディッキーは自分の両親と兄が火事で死んだから怪しまれるといやがったが、おれには関係ないし。それにゆっくりと時間をかけてじわじわと苦しむってのがいいじゃないか」

「本当に最低の男ね」

ジェレミーは笑った。「そうかい？　さいわい、それでも結婚はできるんでね」

「殺されることもはっきりしているのに、どうして結婚しなければいけないのよ」

「おとなしくいうことを聞いていれば、命だけは助けてもらえるかもしれない」ジェレミーは肩をすくめた。

シュゼットはそれほどおめでたくはないと反論してやりたかった。「お父さまを撃つと脅したから、おとなしく従っているだけよ。でもグレトナグリーンではどうするつもり？　いくらなんでも、お父さまに銃を向けているわけにはいかないわよね」

「どうしようかと悩んではいたんだ」ジェレミーは言葉とは裏腹に、のんきな口調だった。すぐにその理由もわかった。「式のあいだ、縛りあげてどこかに隠しておくさ。父親にもう一度会いたかったら、素直に結婚するしかないよな」

卑劣な作戦をと腹が立って仕方がないが、たしかに有効な手ではある。シュゼットとしては、そのあとでなんとかふたりとも助かる道はないかと、そこに希望を託すしかないからだ。ジェレミーの隙をついて、なんとか逃げだすか、あるいはダニエルたちがグレトナグリーンに先まわりをして、助けてくれることを期待するか。

「これだけ用心すれば充分だろう」ジェレミーが命じた。「歩け」

シュゼットはすぐに立ちあがった。ジェレミーはこれまで同様、父を立たせるのに時間がかかった。ようやく立ちあがると、父は街道に向かってきびきびと歩きはじめた。

「ちがう。ずっと森のなかを行くんだ」

迷っている様子の父だったが、茂みのなかに戻って先に進んだ。シュゼットもそのあとに続く。すぐ後ろにジェレミーがついてくるのはわかっていた。


「見逃したんだ。横転した馬車とこの宿のあいだの、どこかにいるはずなんだから」ダニエルはロバートとリチャードを従えて厩舎をあとにした。

ダンヴァーズ卿の御者は山賊に撃たれたようだが、残る三人はなんとか無事に逃げだした可能性が高かった。怪我の有無はわからないが、少なくとも歩くことはできるようだ。山賊が三人とも拉致したとはまず考えられない。金や宝石なら強奪するだろうが、人間を連れていっても意味がないからだ。つまりシュゼットたちは徒歩で、馬車が横転した場所から一番近いこの宿に向かっているはずだった。街道で見かけなかったので、とっくに宿に着いているかと思ったが、宿の主によるとそのような一行はまだ到着していないらしい。そこで厩番の少年にも訊いてみたが、やはり答えはおなじだった。

「引き返して、もう一度捜そう」ロバートが提案した。

ダニエルはかぶりを振った。「見つけるのは難しいだろう。徒歩なのはまちがいないんだから、山賊を避けて森に紛れて進んでいるにちがいない。戻っているあいだに先に進まれたら、捜す手立てがない」

「馬車の事故がいつごろ起きたのかわかればな」リチャードは街道に目をやった。「そうすれば、いまどのあたりにいるのか、だいたい見当がつくのに」

シュゼットたちがいまにも現われるのではないかと、ダニエルは街道や宿のまわりの茂みに目を走らせた。ダンヴァーズ卿に先に気づかれたら、どういう展開になるか予想がつかなかった。シュゼットとマディソン卿は、ダンヴァーズ卿があの手紙を届けた張本人で、ダニエルを撃った犯人でもあるとは想像もしていないだろう。もちろんダニエルも確信はないが、まずまちがいないと睨んでいた。なにも知らないシュゼットたちにいますぐ危険はないだろうが、こうして待ち構えているダニエルたちに感づいたら、ダンヴァーズ卿はなにか理由をつけて宿に寄るのを避けるかもしれない。その場合、おそらくマディソン卿が黙っているはずもなく、なんらかの主張をするだろう。結果として、シュゼットやマディソン卿の身に危険がおよぶ可能性が高いのだ。

「ここで待とう」ダニエルは決断した。「だが馬車を隠して、おれたちもすぐにはわからないように身を隠したほうがいい」

「もっと速く歩け」ジェレミーが銃でシュゼットの背中をつついた。

またかとシュゼットは歯ぎしりした。何度も急げと後ろから銃を押しつけられ、いいかげんうんざりしていた。それに、父はそんなに速く歩けないのだ。杖をついているのはおしゃれではなく、ちゃんと理由があった。マディソン卿は数年前に乗馬の事故で脚に怪我をしたことがあり、そこがいまでもときどき痛むのだ。こんなに歩かされるのが古傷にいいわけもなく、さっきから脚を引きずっている。しかし、そんなことをジェレミーに訴えたところで、この冷酷な男が配慮してくれるとも思えなかった。だから、無言でぴたりと足を止めた。

「もう、歩けない」

「ほら、動けよ」ジェレミーはまたつついた。

シュゼットは振りかえってにっこり微笑み、ランドン公の舞踏会で見かけた女性たちを真似して、まつげをぱちぱちと動かしてしてみせた。あとは扇さえあれば完璧なはずだ。「ねえ、すごく疲れちゃったの。脚が動かないわ。すこし休憩しない？」

「都合のいいときだけ、淑女のふりかよ」ジェレミーが吐きすてた。

「あなただって、都合のいいときには紳士のふりをするわけでしょ」

「おまえは本当に腹の立つ女だな」

「あなたもさっきから文句をいってばかりじゃない。そんな人とは結婚したくないわね。どのみち結婚ならダニエルとしたいし」

「ああ、そうだろう」ジェレミーが鼻で笑った。「厩舎では盛りのついたメス犬と変わらなかったもんな」

「わたしは恋をしているだけ」シュゼットはかっとして、ぴしゃりといいかえした。ジェレミーは認めていないが、この男が書いたにちがいない手紙を読んだとき、恥ずかしくてこの世から消えてしまいたいと願った。二度とあんな思いはしたくない。あえて小馬鹿にしたような笑みを浮かべた。「まあ、理解できなくても仕方ないけど。あなたに恋をする女性がいるとは思えないものね。いい？　あれは結婚を約束した大切な男性に、愛を捧げただけなのよ」

「愛だって？」ジェレミーはまたしても鼻で笑った。「それにしちゃ、やけに簡単におれとの結婚を決めたじゃないか」

「それは、ダニエルに嫌われたとあなたが誤解させたからでしょ」シュゼットはむきになった。

「だけどあまりにも簡単すぎて、哀れなくらいだったよ。あれっぽっちで壊れる信頼だってことだろ。おまえの愛なんてその程度のものだったんだよ」

シュゼットは顔が青ざめるのがわかった。簡単に壊れる信頼？　あんな手紙など、読むなり偽物だと気づくものなのだろうか。ダニエルとはお互いの気持ちを言葉にしたこともなく、好意を抱いてくれているとは感じていたが、それが本物の愛かどうかは自信がなかった。でもいまなら確信を持って断言できる。ダニエルなら女性に対してあんな冷酷なふるまいはしない。婚約を解消するとしても、ちゃんと面と向かって誠実に説明してくれるだろう。それだけではなく、わたしのためにできるだけいい道を考えてくれるのではないかと思う。借金の返済のためにお金を貸してくれるなり、かわりに結婚してくれる性格のいい相手を探してくれるなり、そのくらいのことはしてくれるはずだ。

「あいつに愛想をつかされたと知ったときはショックだったろうな」ジェレミーは首を傾げた。「それとも、商売女のように干し草の上を転げまわったことのほうが恥ずかしかったのか？」

「商売女じゃないわ」シュゼットは堂々と胸を張って答えたが、ジェレミーは汚いものでも見るような目で上から下まで眺めただけだった。

「どうせおれともああいうふしだらなことをしたかっただけだろ」ジェレミーは想像するのもいやという顔で身震いした。「ご期待に応えられずに申し訳ない」

「応えられないんだものね」シュゼットはようやくやり返し、ジェレミーが怒りで顔を真っ赤にしたのを見て、ほくそ笑んだ。

「どういう意味だ」

「え？」素知らぬ顔でまつげをぱちぱちさせた。「ディッキーとおなじで、女性を前にしても男性として役に立たないんでしょ？　ふたりはおなじことで悩んでいたから、意気投合したのね。もしかして、それ以上の気持ちに発展したとか？」

「なんだと！」ジェレミーは平手で力一杯シュゼットの顔を打った。顔が吹き飛びそうだった。

「やめたまえ！」マディソン卿が叫んだ。

父が駆けよってくるのが見えたが、シュゼットは平然とジェレミーに顔を向けた。「そんなに激怒するなんて、図星だったみたいね。へえ、ディッキーが好きだったの」

ジェレミーは逆上してつかみかかってきた。

手を縛られたままなので、後ろに逃げるしかなかった。ジェレミーの指が首にかかった。

16

「おかしい」ダニエルは厩舎の戸口から外の木立をのぞいた。

「たしかに時間がかかりすぎるな」リチャードも不審そうな声だった。

「徒歩なんだし、だれかが怪我をしている可能性もあるんだから、ある程度時間がかかるのは仕方ないだろう」とロバート。

「怪我人がいるのなら、通りすがりの馬車を呼びとめないか？」ダニエルは胸騒ぎがした。

宿の主の話では、一行よりも前に立ち寄った二台の馬車が、横転した馬車と死んだ御者のことを話していたそうだ。しかも、最初の馬車が到着したのはダニエルたちより三十分近く前らしい。街道沿いに歩いていたら、一時間以上かかるわけがなかった。森のなかだとしたら、道が平坦《へいたん》ではないので、もうすこし時間がかかるかもしれない。しかし、もう一時間近く待っているのだ。シュゼットたちはどこへ消えてしまったのだろう。

「この宿には立ち寄らず、つぎの宿に向かったとか？」ロバートも不安になったようだ。

ダニエルは眉をひそめた。シュゼットとマディソン卿があえてそうするとは考えられないが、ダンヴァーズ卿が無理強いしたのかもしれない。だが、つぎの宿まではかなりの距離がある。ダニエルは一番近い馬房に近づいた。

「なにをするつもりだ?」リチャードがついてきた。

「引き返して、森のなかを捜してみる。それでも見つからなければ、つぎの宿に進もう」

「その傷では乗馬は無理だ」リチャードは反対した。

「ただのかすり傷さ。もう痛くもない」うそをついて鞍を手にとった。

「ぼくが行く」リチャードが鞍をとりあげて馬に載せた。

「おれがいないあいだ、シュゼットたちが到着したときのために、だれかがここにいないと」とはいえ、かわりに鞍をつけてくれてダニエルは内心感謝していた。鞍を持ちあげただけで、背中に痛みが走ったのだ。

「きみとロバートはここを頼む」リチャードはしっかりと鞍を結びつけた。

リチャードの腕をつかみ、その目をまっすぐに見つめた。「これがシュゼットじゃなくて、クリスティアナならどうする?」

リチャードは黙って鞍を結んでいたが、やがてため息をついた。「ダニエルを行かせたりしたら、お母上に殺される」

「母に知らせる必要はない」ダニエルは苦笑した。「というよりも、黙っていてくれるとありがたい。一緒に行くとうるさいだろうから」

「よくおわかりだこと」母の声が聞こえた。

ため息をついて、そちらに顔を向ける。「おれは行きますよ、母上。なにをいわれても」

「わかっていますよ」母は渋面だった。「でも、ひとりでは許可できません」

「ロバートとリチャードにはここに残ってもらわないと。もし……」

「それなら、わたくしが一緒に行きます」母はリチャードに向かって続けた。「リチャード、鞍をつけてくださるかしら？　片鞍でなくても構わないわ。またがっても乗れますから」

「わかりました、レディ・ウッドロー」リチャードは手近な鞍を隣の馬に載せた。

「母上、それは……」母に遮られた。

「そんなことでいいあらそうのと、シュゼットを捜すのと、いったいどちらが大事なんです。まだ続けたいならそれでもいいですが、時間の無駄ですよ。なにがあろうと一緒に行きますからね」


シュゼットは痛みで目を覚ました。頭、喉、脇腹、手首、足首、とにかく全身が痛い。どこもかしこもずきずきと燃えるようだった。どうしたのだろう。

「シュゼット？」

父の声に、目を開けてあたりを見まわした。まわりをとりかこむ細長い黒いものは木々のようだ。なぜか自分は冷たい地面に胎児のようにうずくまっている。父の姿は見えなかった。

「気がついたか？」背後から父の声が聞こえてきた。そして温かい手が自分の手に重ねられるのを感じた。シュゼットはうめき声をこらえて振り向いた。首が悲鳴をあげている。

「お父さま？」後ろに黒い姿が見えた。

「そうだとも」握っている手に力がこもる。「頭の具合はどうだ？」

「痛いわ」つい弱音を吐いた。

「倒れたときに頭を打ったのだ。出血もひどかった。まだ血はとまらないのか？」

「わからない」正直に答える。痛いのだけはたしかだが。「いつ倒れたの？」

「ダンヴァーズがおまえに襲いかかったとき、わたくしが体当たりしたのだ。すまないことをしたね。あのままでは絞め殺しかねない勢いだった」

「すごく怒ってたものね」

「おまえの得意技だな」父は苦笑した。

自分でも笑ってしまった。「お父さまが体当たりしたから、首を絞めるのをやめたの？」

「ふたりとも倒れたので、ダンヴァーズもなんとか正気に返ったようだ。本当のところは、死体とは結婚できないと指摘してやったせいだろうな」

「さすが、お父さまだわ」

「それはよかったのだが、おまえは倒れた拍子に石に頭をぶつけてね。かわいそうなことをしてしまった」

「命を救ってくださったんだから」シュゼットは身体を起こそうとしたが、どういうわけか身体が動かない。

「ふたり一緒に縛られたのだ。縄がなかったので、おまえのドレスを引き裂いておった」

驚いて見下ろすと、スカートの丈がかなり短くなっている。だからこんなに寒かったのだ。

「あいつはどこ?」

「馬車を借りるために、つぎの宿へ行った。そのために縛りあげたのだ。自分が戻る前におまえが目覚めた場合の用心だろう。これでは逃げるのは難しい」

「それはどのくらい前?」

「かなり前だ。逃げるならば急がないと」

うなずいた拍子に頭にずきんと激痛が走った。リスに右耳の上をかじられているみたいだ。痛みがいくらかおさまるのを待って、シュゼットは提案した。「一、二の三で一気に立ちあがりましょう」

父が数えはじめた。


「横転した馬車までは、あと半分くらいかしら」

もどかしげな母の言葉に、ダニエルは返事をしなかった。

「もしかしたら、もっと先に行ったのかもしれないわね」母は道の両脇の森のなかに目を凝らしている。

それを考えると不安になるが、あくまでも黙ったままでいた。とにかくあの馬車に戻るのが先決だ。母のつぎの言葉は予想がついた。

「たぶん……」母は急に手綱を引いてとまった。「あれはなに?」

ダニエルも馬をとめ、母に顔を向けた。キャサリンは身を乗りだすようにして右手方向に目を凝らしていたが、驚いたような声をあげた。

「あんな生き物いたかしら」声が不安そうにうわずっている。

母の視線の先を追うと、暗い森のなかになにか動くものを見つけた。正体を突きとめようと身を乗りだしたが、遠すぎてわからない。高さは人の背丈くらいだが、それにしては身体が大きかった。月明かりではよくわからないが、白とグレイと黒のつぎはぎ模様らしい。どうやらぴょんぴょんと飛び跳ねているようだが、ウサギにしては大きすぎるし、その動きはなんだかぎごちない。酔っぱらってでもいるように、あっちへふらふら、こっちへふらふらしていた。

「なんでしょう」ダニエルはしばらく眺めていたが「ここで待っていてください」と声をかけ、馬をゆっくりと進めた。正体がわかるまでは、慎重に近づいたほうがいいだろう。その不思議な生物がたてる騒々しい物音が聞こえてきたが、こちらの近づく音には気づいていない様子だった。藪にぶつかって枝を折っているので、それがうるさくてこちらの音などかき消されてしまうのだろう。よくよく聞くと、なにかしゃべっているようだ。耳を澄ますと、驚いたことに英語だった。ひとりは女、もうひとりは男の声だ。

「まっすぐに進んで、お父さま。右にそれているの」

「やっておるよ、シュゼット。横にずれているのはおまえだろう」

「前じゃなくて、道に平行に進みたいの。だから左にジャンプして」

「どうして最初からそういわないのかね」

不思議な生物の正体がわかった。胸を撫でおろすと同時に笑いだしそうになったが、なんとか我慢して頭を下げた。爆笑しながら飛びだしたりしたら、シュゼットはかんかんになって怒るだろう。

「彼女なの？」

驚いて振り向くと、母がついてきていた。母も、背中合わせに縛られたふたりの人間が、森のなかをぴょんぴょん飛び跳ねているだけだと気づいたようだ。ダニエルは黙ってうなずいた。口を開いたりしたら、絶対に笑いだしてしまう。

「まあ」母は首を傾げ、もうすぐ義理の娘になる女性を眺めた。「寒いでしょうね。あの格好では」

シュゼットのドレス、正確を期するならばかつてはドレスだったものに視線を戻し、ダニエルは目を丸くした。それ以外のことに意識がいっていて、いままで気づかなかった自分が信じられない。シュゼットのスカートは驚くほど短くて、少なくとも下半身を見るかぎりでは下着と変わらなかった。上半身に目をやって、ようやくドレスだったことがわかるというありさまだ。どうやらスカートの大部分をなくしてしまったらしい。なにしろ、尻までほぼむきだしだった。

慌てて馬の腹を蹴り、ダニエルはふたりに近づいた。

「せーの！」シュゼットは喘ぎながらも、父と息を合わせて跳んだ。シュゼットが右、背中合わせの父が左へ跳び、つぎの宿へ向かっているのだ。

「シュゼット」また声をかけようとしたら、その前に父が口を開いた。父も息を切らしている。

「なに？」

「反対へ行くべきではないかね。ダンヴァーズもこの方向から戻ってくるのだから」

「大丈夫。だからこっちに行くの」

「どうしてだね？」

「ジェレミーだって反対方向へ行ったと思うからよ。その裏をかいて、すぐ先で森のなかに入るの。そうすれば、あいつが戻ってくるときも気づかれる心配はないでしょう？　そして、わたしたちがいないと知れば、絶対に反対方向を捜しはじめるはずよ。鉢合わせする危険を冒してまで、おなじ方向に向かったとは思わないでしょ?」

父がくすくす笑う振動が背中から伝わってきた。「昔から賢い娘だったな」

「そんなことないわ」シュゼットは悲しくなってつぶやいた。「ダニエルのことをちゃんと信じていたら、いまごろは――」

「いまは自分を責めている場合ではない。だれもいないと思っていた厩舎での姿を見られたのだろう。手紙の主がダニエルだと思って当然だ」

「でも、お父さまは偽物かもしれないと思ってらしたんでしょう」

「最初はわからなかったがね。手紙を受けとってすぐにダンヴァーズとの結婚を決めたあたりから、おかしいと思いはじめたのだ。そのあと、ディッキーに連れていかれた賭博場にあの男がいたのも思いだした。だから、今回のことで自分を責めてはいかん。おまえはなにも悪くないのだ。すべてはダンヴァーズとディッキーが仕組んだことで、ダンヴァーズが計画を継続したにすぎん」

「ありがとう、お父さま」ため息をついて、あたりを見まわした。「そろそろ森のなかに入ったほうがよさそうね。ジェレミーがいつ戻ってくるかわからないし……」前から黒い影が近づいてくるのに気づいて、言葉が途切れた。馬にまたがった男性だ。ジェレミーが戻ってきた、もう逃げられないのだと絶望した。だがジェレミーにしては肩幅が広い。まさか、ダニエル? じっと男性を見つめた。まちがいない。ダニエルだ。シュゼットはようやく人心地がついた。

「ダニエルよ」

「本当かね？」父は心配そうに身を震わせている。

「まちがいないわ」だが父はダニエルが声をかけてくるまで、身体の力を抜かなかった。

「シュゼット！　マディソン卿！」ダニエルは馬を降りた。地面に降りたった瞬間、なぜか鞍をつかんで動かなかった。どうしたのだろう。こちらに近づいてきた顔は、月明かりでも青ざめているのがわかる。

「大丈夫か？」ダニエルが前に立った。

シュゼットは大きくうなずいた。頭がずきんとしたことも、なぜかまったく気にならなかった。父と一緒に跳ぶたびに走った痛みに比べればたいしたことはない。

ダニエルはシュゼットの頬を包みこんだが、額に乾いた血がついているのに気づいたようだ。「怪我をしたのか？」

「頭をぶつけただけ」答えながらも、食いいるようにダニエルの顔を見つめてしまう。もう二度と会えないと思ったときもあったが、いま目の前にいるのだ。

ダニエルは険しい表情のままだった。「ダンヴァーズにやられたのか？」

「ええ」

「奴はどこにいる？」ダニエルはあたりを見まわした。

「お父さまに聞いたけど、馬車を借りるためにつぎの宿に行ったたって」

ダニエルはいくらか肩の力を抜いた。そしてシュゼットの目をのぞきこんだ。「あの手紙を書いたのはおれじゃない」

なにか答える前に、女性の声が聞こえた。ダニエルはひとりではなかった。

「ダニエル、あなたも気がきかないわね」女性が馬から降りた。「早くふたりの縛《いまし》めを解いてさしあげなさい。かわいそうに、そんな格好では寒いでしょう。おふたりとも食事もなさっていないでしょうし、お疲れのはずですよ。まずは宿に戻って温かい食事を用意してもらい、詳しい話はそれからにしましょう」

「ああ、そうだな」ダニエルは急いでふたりの背中のあいだを調べた。どうやって縛ったのか、自分のドレスを引き裂いてロープがわりにされたことしか知らなかった。おかげで女性のいうとおり、凍えそうに寒いのだ。シュゼットは近づいてくる女性を見つめた。暗い森のなかでも、優雅な気品を漂わせているのがわかる。正真正銘の華やかな淑女だった。こんなにでこぼこの道では、シュゼットならまちがいなくなにかにつまずいたり、足首をひねったりしてしまうだろう。ところがこの女性はぴしりと背筋を伸ばし、典雅に歩いている。女性は袖から小さなナイフをとりだし、ダニエルに渡した。

「ほら、これをお使いなさい」

「どうしてこんなものを？」ダニエルは驚いた顔で尋ねた。

「家から持ってきたのですよ。小型のピストルも一緒に」女性は静かに告げ、眉を上げた。「これだけいろいろなことが起こったというのに、まさか、着替えしか持ってこなかったと思っているのではないでしょうね」

ダニエルはかぶりを振って、手を縛っているロープを切った。女性がシュゼットの前に立った。

「はじめまして、ミス・マディソン。ようやくお会いできて嬉しく存じます。わたくしはダニエルの母、キャサリン・ウッドローと申します」まるでお茶会であいさつしているようなのどかな声だった。

「は、はじめまして。お会いできて光栄に存じます」まさか、こんな状況下で初対面のあいさつをする羽目になるとは夢にも思わず、シュゼットはいささかまごついていた。普通なら、キャサリンの手をとってあいさつするべきなのだが、父と背中をくっつけて縛られていてはそれもままならず、苦笑するしかなかった。

「ダニエルからたくさんうかがっておりますのよ」キャサリンは笑顔で自分のケープをはずした。「ようやく理想の結婚相手にめぐりあえたようで、心から祝福しておりますわ。息子は一生結婚しないのではないかと、諦めかけていたところですので」

「あ……あの」なにか気のきいたことをいいたかったが、言葉が出てこない。そのとき急に身体が自由に動かせるようになった。そこで初めて、これまでいかに父をあてにしていたかを理解した。ひとりでは立っていられなくて、前に倒れそうになってしまったのだ。

「さあ、これをおかけなさいな」キャサリンは明るい声で、ケープを肩にかけて抱きおこしてくれた。そのままシュゼットの腕と腰に手を置き、身体を支えてくれる。見ると、ダニエルは父の縛めを切りおわっていた。

「馬のところまでご自分でお歩きになれますか？」ダニエルは父に手を貸した。

「大丈夫だとも」父は小さくため息をつき、シュゼットとキャサリンに顔を向けた。にっこりと微笑んで、キャサリンに会釈する。「シュゼットは石に頭をぶつけ、出血しております。しばらく意識を失っておったほどでして。このままでいいのか心配しておるのですが、どう思われますか？」

「宿に着いてから、ゆっくりと拝見いたしましょう」キャサリンがシュゼットの肩を支え、ダニエルがケープを脇によけて、手を縛っていた紐を切った。

ダニエルはナイフをキャサリンに返して、シュゼットを抱きかかえた。そのとたん、痛そうなうめき声をあげる。どうしたのかと尋ねようとしたとき、キャサリンの声が聞こえた。

「申し訳ないのですが、馬の数が足りないのです、マディソン卿」キャサリンはナイフを袖にしまった。そして父に腕を絡め、庭を散歩するかのような足取りで自分の馬へ向かった。

「わたくしの後ろに乗っていただかなくてはなりませんけど、それでよろしいでしょうか？」

「光栄でございます、レディ・ウッドロー」

シュゼットは父がさっきよりも脚を引きずっていることに気づいた。おそらく跳んだりしたのがよくなかったのだろう。ゆっくり休んで、古傷を温めたほうがよさそうだ。

「神にかけて誓うよ、シュゼット」ダニエルはシュゼットを抱きあげて自分の馬に向かった。

「あんな手紙は絶対に書いていない」

「わかってる」シュゼットはため息をついた。「それどころか、あんなものを信じてしまってごめんなさい。でも、厩舎でのことを知っていたものだから」

「なにも説明する必要はないよ」ダニエルは馬の前で足を止めた。「そりゃ最初は、あんな冷酷な絶縁状を叩きつけるような男だと思われたのかと、怒りを感じたのもたしかだ。だが、厩舎での出来事が書いてあったので」かぶりを振った。「シュゼットがそう信じこんだのも無理はないよ。おれたちふたりきりだと思っていたからな」

シュゼットはうなずいただけだった。ジェレミーに見られていたことは話題にしたくなかった。考えるのもいやなのだ。目撃された事実とあの残酷な言葉のせいで、美しい時間が汚されたような気がする。

ダニエルはシュゼットの額の傷を避けてキスをした。「おれが馬に乗るあいだ、ひとりで立っていられるか？」

「大丈夫よ」

「馬につかまっているといい」ダニエルはシュゼットを地面に下ろした。

馬に寄りかかって、ダニエルが馬にまたがるのを見ていた。ダニエルが手を伸ばし、シュゼットを引っぱりあげる。

「ゆっくり休んでいろ」ダニエルは自分の前に座らせた。「もうなにも心配する必要はないんだ。すぐ宿に着くよ」

ダニエルの胸に身をあずけ、頭の痛みを忘れようとした。ダニエルが馬の腹を蹴った。

宿まではそれほど時間がかからなかったが、シュゼットには気が遠くなるほど長く感じられた。馬の背で揺られたせいか、どんどん頭痛がひどくなってきたのだ。空腹でなかったら、宿に着くまでにもどしていたかもしれない。ジェレミーと出発してから、なにも口にしていないのがさいわいした。

森を抜けて宿の中庭に入ると、リチャードとロバートが厩舎から飛びだしてきた。

「つかまえたか？」ダニエルは馬を止めて尋ねた。

「ダンヴァーズのことか？」リチャードが驚いたように聞きかえし、マディソン卿を乗せたキャサリンの馬のくつわをとった。「いや、シュゼットとマディソン卿と一緒じゃなかったのか？」

ダニエルはかぶりを振った。「ふたりを縛って森のなかに置き去りにし、グレトナグリーンに向かうための馬車を借りにここへ向かったらしいんだ」

「現われていないぞ」ロバートはダニエルの馬のくつわをとりに来た。

ダニエルは顔をしかめた。「シュゼットを頼む」

ダニエルはシュゼットを子どものように抱きあげ、そっとロバートにあずけた。ロバートはすぐに額の傷に気づいた。「額をどうしたんだ、シュゼット？　ダンヴァーズにやられたのか？」

「ううん、石にぶつけたの」

「わたくしのせいなのだ」馬から降りたマディソン卿が、キャサリンが降りるのに手を貸しながら渋面で説明した。「シュゼットからダンヴァーズを引き離そうと体当たりしたら、ふたりとも倒れてしまい、運悪くそこに石があったのだよ。それも大きな石でな。体当たりする前に気をつけるべきだった」

「ダンヴァーズはなにをしようとしたんです？」ダニエルが訊いた。

シュゼットは驚いてダニエルを見た。こんな声は初めて聞いた。冷ややかで、怒りと恐怖が入り交じっている。

「シュゼットの首を絞めたのだ」マディソン卿の穏やかな声に、男性陣がほっと肩の力を抜いたように見えた。どうやらべつの悪い事態を覚悟していた様子だ。シュゼットはそこでようやく気がついた。ジェレミーがわたしを凌辱しようとしたと思ったのだろう。

リチャードが尋ねた。「どうして絞め殺そうとしたんだ？　死体とは結婚できないだろうに」

「わたしがいったことが癪《しやく》に障《さわ》ったみたい」シュゼットはすまし顔で答えた。

「それまでもいろいろあったからな」とマディソン卿。

具体的にどんな言葉がそれほど怒らせたのか、ダニエルが触れないでくれたのでほっとした。そのまま一緒に宿に向かい、入り口でダニエルは振りかえった。「シュゼットを部屋に案内して戻ってくる。そろそろダンヴァーズが現われるだろうしな。来ない場合は、森を捜そう」

泊まるかどうかわからなかったので、まだ部屋は借りていなかったようだ。すぐに二階に部屋を用意させ、手当てをすることになった。ダニエルはシュゼットをベッドに寝かせた。

「戻ったらゆっくり話をしよう」ダニエルはささやき、シュゼットの鼻の頭にキスをして立ちあがった。「いまはダンヴァーズ捜索が先だ」

「その前に上着とシャツを脱いで、背中をお見せなさい」すかさずキャサリンが命じた。続いてクリスティアナ、リサ、マディソン卿も部屋に入ってきた。クリスティアナとリサは水と布と包帯を持っているが、マディソン卿は見るからに手持ちぶさたの様子だった。

「背中は大丈夫です」ダニエルがしかめ面で答えた。

「背中をどうしたの？」シュゼットは眉をひそめた。

「撃たれたのですよ。だから、予定どおりに宿に戻れなかったのです」キャサリンが説明した。

「撃たれた？」シュゼットは息を呑み、慌ててダニエルを見つめた。傷口は服に隠れているが、たしかにすこし顔色が悪いようだ。だが、まさかそんな事態になっているとは想像もしていなかった。それなら、予定どおりに宿に戻れなかったのも当然だ。ジェレミーが撃ったのだろうか。すでに御者を背中から撃つのはこの目で目撃した。どうやら殺す相手の顔を見たくないようだ。唯一の例外はシュゼットだった。面と向かって首を絞められたのだから、よほど頭に来たのだろう。

「背中を見せるまでは、この部屋を出ることは許しませんよ、ダニエル」キャサリンはいかめしく宣言した。「あれだけ馬を乗りまわし、シュゼットを抱きあげたりもしたのですから、また傷が開いているはずです。さあ、お脱ぎなさい」

ダニエルは素直に従うかどうか迷っているような表情だった。それに気づいたキャサリンがそのまま逃がすはずがない。「どうしてもいやだというなら、リチャードとロバートに押さえてもらいますよ」

「わかりました」ダニエルはしぶしぶ答え、急いで上着を脱いだ。

キャサリンはほっとした表情で、今度はマディソン卿に顔を向けた。「お怪我をなさっておりますよね」

マディソン卿は背筋を伸ばした。「わたくしですか？」

「手当ての必要がございますよね」

「いや、わたくしは大丈夫です」マディソン卿は即答し、ドアに向かった。

「馬をお降りになったときに拝見したのですが、御髪《おぐし》に渇いた血がついておりました」キャサリンは鋭く指摘した。「それに脚をひきずっていらしたし」

「ああ、それは……脚は古傷なのです。頭はですな、実は先ほど殴られまして」マディソン卿は浮かぬ顔で認めた。「しかし、かなり時間がたっておりますから、もう心配いりません。ただの……」

「お座りになってくださいますか。ダニエルとシュゼットのあとで、傷を拝見いたします」キャサリンはてきぱきと指示した。

マディソン卿はため息をつき、肩を落として暖炉そばの椅子に座った。

三姉妹はぽかんと口を開けてその様子を眺めていた。キャサリンが上半身裸のダニエルに近づくと、三人で顔を見合わせてにっこりする。男手ひとつで育てられたため、これまでは想像するしかなかった母が、いままさに目の前に現われたのだ。

17

目を開けると、暖炉のおかげで部屋は暖かかった。ここはどこだろうと思いながら、シュゼットは寝ぼけまなこであたりを見まわした。

「あら、目が覚めたのですね」

そちらに視線を向けると、暖炉そばの椅子から女性が立ちあがった。ダニエルの母のキャサリンだ。シュゼットは眠る前のことを思いだしていた。先ほどキャサリンがダニエルの背中を確認すると、案の定、傷口が開いていた。キャサリンはしかるべき手当てをして、用心するようによくいいきかせてから、リチャードやロバートとともにジェレミーの捜索に送りだした。それからシュゼットの額の傷を洗浄してくれたのだ。縫う必要はないとすさまじい味の飲み物を与えられ、そのあとは眠るようにと声をかけられた。いわれるままに横になって目を閉じると、キャサリンはマディソン卿の手当てを始めた。こんなに頭が痛くては眠れないだろうと思ったが、いつのまにか寝ていたようだ。どのくらい時間がたったのかもわからない。

「気分はいかが？」キャサリンはベッドの横に立ち、額に手の甲を当てた。「熱はないようですね。頭は痛むかしら？」

ゆっくりと首を振った。「いいえ、大丈夫です」

「それはよかったわ」キャサリンはにっこりとうなずいた。

「ジェレミーは見つかりましたか？」シュゼットはドアに目を向けた。

「それほど長時間眠っていたわけではないのですよ。まだ捜索中です」キャサリンの顔が険しくなった。「もう、見つからないのではないかという気がします。宿でわたしたちの姿を見かけたのではないかしら。あの偽の手紙を読むかぎりでは、なかなかずる賢いようだから、狩りで追われた狐《きつね》のように一目散に逃げだしたのでしょう。とはいえ、二度と会わないで済むというわけにもいかないでしょうけど」

「あの手紙をお読みになったのですか？」キャサリンがうなずいたので、シュゼットは胃がきゅっと痛くなった。

その様子を見たキャサリンは、ベッド脇に座って手を握った。「あの手紙を恥ずかしいと感じるのは理解できますが、そんな必要はないのですよ」

「え？」シュゼットは思わず聞きかえした。あの手紙の内容は、まさに淑女にあるまじきふるまいだった。

「それならば、わたくしだって恥じいらないといけませんね。わたくしたちものんびり待っ

ているこ とができなくて、グレトナグリーンに走ったのですから」

「え、そうなんですか?」シュゼットは驚いた。目の前にいる、いかにも生まれながらの淑女という印象の女性が、かつては燃えるような恋に身を焦がしたなんて想像もつかなかった。

「わたくしにも若かった時代があったのですよ」キャサリンは苦笑した。「ダニエルの父はそれはすてきな殿方でした。魅力的で、ハンサムで、頭がよくて、ユーモアがあって。わたくしたちは心から愛しあっておりました」キャサリンは悲しそうにため息をつくと、シュゼットを見つめた。「ダニエルは父親にそっくりです。わたくしたちの半分でも幸せを感じられたら、世にも幸福な夫婦といえるでしょうね。でも、あなたがたふたりなら、それ以上にうまくやっていけそうな気がします」

「ダニエルが幸せになれるよう、精一杯努めます」シュゼットは静かに、でもきっぱりと宣言した。

「ええ、お願いしますね。もちろん、ダニエルもおなじ気持ちでしょう。あの子もあなたを心から愛しています。結婚すると話してくれたときに、すぐわかりましたよ。あんなに楽しそうに女性のことを説明するのは初めてのことです」

シュゼットは喉に熱いものがこみあげてきた。こんなに嬉しい知らせは聞いたことがない。

「あなたもダニエルを愛しているようですね」

「ええ」

「それなら、あの子が経済的に困っていなくても結婚してくださる？」キャサリンはおもしろがっているような口調だった。

シュゼットは思わず苦笑した。「ええ、もちろん」

「これでひと安心ですね」キャサリンはシュゼットの手を軽く叩いて立ちあがった。「軽い食事を用意させましょう。頭が痛くなければ、お腹がすいているでしょうから」

「ありがとうございます」シュゼットは微笑みながら、出ていくキャサリンを見送った。

ドアが閉まると、小さなため息をついてベッドに横になり、本当にダニエルに愛されているのだろうかと考えた。キャサリンが断言してくれたのはとても心強いが、できれば本人の口から直接聞きたかった。

自分の人生が大きな転換期を迎えていることを感じ、くすりと笑みを洩らした。最初は、こんな短期間で愛する相手など見つかるわけがないと思いこんでいた。だから、クリスティアナのような悲惨な結婚にならないよう、持参金と引き換えに、きちんととりきめをした結婚で我慢するつもりだったのだ。ところが、持参金目当てどころか、どうやら本当に愛してくれる、そして心から愛せる相手を見つけることができた。そのうえ、たちまち大好きになった義母までいる。キャサリンはダニエルの説明どおりのすばらしい女性だった。人生の先輩として尊敬できるし、みずからのお手本としたいと思っている。それにしても、さっきの男性陣のさばき方からしてお見事のひと言だった。なにをしても堂々と風格があり、これからたくさんのことを教えてもらえると思うと楽しみで仕方なかった。

自分の幸せが怖いくらいだ。

「さあ、できあがりですよ」キャサリンが後ろに立って、満足そうにシュゼットを眺めている。

シュゼットはにこやかに微笑んで、きれいに変身した鏡のなかの自分を見た。白と見紛《みまが》いそうな淡い桃色の、華やかな帝政様式スタイルの短い袖のドレスだった。そのうえに金色の飾りのついた袖のない赤いマントを重ねている。湯浴《ゆあ》みと着替えはメイドのジョージナの手を借りたが、髪はキャサリンが結ってくれた。傷に触らないように気をつけながら、まだ濡れている髪を耳の上でまとめ、そのまわりに長い巻き毛を散らせてある。自分でいうのもなんだが、とてもよく似合っていた。

「きれいですよ」とキャサリン。「あなたとダニエルなら、かわいらしい子どもに恵まれるでしょうね」

シュゼットは顔を赤らめて笑い声をあげ、キャサリンを抱きしめた。「ありがとうございます、レディ・ウッドロー」

「どういたしまして。でもレディ・ウッドローはいささか堅苦しいですね。よければキャサリンと呼んでくださる？」キャサリンはぎゅっと抱きしめてくれたが、思案顔で唇を噛んだ。

「できればお義母《かあ》さまと呼んでもらいたいけれど、強制するようなことではありませんからね」

「ありがとうございます。お義母さまと呼べるなんて光栄です」シュゼットは胸が熱くなった。これは本心からの言葉だった。昨夜はみずから食事を運んできてくれたキャサリンと、あれからずっとおしゃべりしたのだ。途中で男性陣が戻ってきて、ジェレミーは発見できなかったという、予想どおりの知らせを聞かされる一幕もあった。その後はふたりとも寝《やす》んだが、今朝は着替えるあいだも、一同揃っての朝食の席でも、グレトナグリーンへ向かう馬車のなかでも、ずっとキャサリンと話をした。三時間の旅だったが、読んだ本や趣味の話が尽きなかったシュゼットにとっては、驚くほどあっという間に感じられた。父とダニエルはその様子を笑顔で見つめていた。ダニエルの笑みには、ほっとしたような様子も交じっていたような気がする。もちろん、ふたりが意気投合するかどうかは、ダニエルにとって大事な問題だろう。さいわい、ふたりは気が合うようだった。少なくともシュゼットは心から慕っていたし、尊敬もしていた。

「では」うっすらと涙を浮かべたキャサリンは、笑顔でドアを示した。「花嫁の準備ができたから、お迎えのお父上をお呼びしましょうね」

シュゼットは部屋から出ていくキャサリンを見送り、そのあとで自分の姿を見下ろした。何度眺めても嬉しくてたまらない。今日のドレスは、鍛冶屋《かじや》がとりしきる中庭での結婚式より、舞踏会にふさわしいものだった。でもそんなことは気にもならなかった。大切な結婚式なのだから、美しく装いたかった。これまでの人生で一番輝いていたいし、ダニエルにもそう思ってもらいたい。

ダニエルのことを思いだすだけで、自然と笑みが浮かんだ。だが、小さな不満も残っていた。無事に助けてもらったあと、キャサリンとはたくさんおしゃべりしたが、ダニエルとは満足に口もきいていないのだ。捜索から戻ってきたときは、疲れきっていて話どころではなかった。転倒した馬車まではもちろん、それとは反対方向まで、街道と周囲の森のなかを徹底的に捜したらしい。

徒労に終わったせいで三人ともますます疲労の色が濃い様子だったが、なかでも怪我をしたばかりのダニエルは顔が真っ青だった。だから、いますぐベッドに入り、話は明朝にしなさいとキャサリンが命じたのはもっともなのだ。だが、今朝も話をするチャンスはなかった。寝る前にキャサリンが飲ませてくれた薬のせいか、シュゼットにしては珍しく寝坊してしまったのだ。慌てて着替えてみんなと朝食をとるのが精一杯で、そのあとはそれぞれ旅の支度をして、とにかく早く結婚式を挙げようと馬車に乗りこんだ。だからふたりでゆっくり話をする時間はまったくなかった。そしてグレトナグリーンに着いてからは、シュゼットと女性たちは準備に追われ、ダニエルは鍛冶屋との交渉に行ってしまったのだ。

もう結婚式の時間だというのに、肝心なことを話していない。ダニエルも話をしたいと思っているのかすらわからなかった。たしかに、あの手紙はダニエルが書いたのではないとはっきり否定してくれた。でも、それはもうわかっていたことだ。自分は貧乏ではなく、持参金目当てで結婚するわけではないとうちあけるつもりかもしれないが、それもすでに知っている。

できればダニエルの気持ちをきちんと口にしてほしかった。父とキャサリンは、ダニエルはわたしのことを愛していると断言していた。だがそれを、本人の口から直接聞きたいのだ。それをいうなら、シュゼット自身もまだきちんと伝えていなかった。そのとき、小さなノックの音が聞こえた。

ドアを開けると、父が立っていた。膝丈のズボン《ブリーチズ》にフロックコートと、やはり舞踏会に出るような格好だったので思わず微笑んだ。愛用の杖を持っている。ジェレミー捜索のときに、転倒した馬車で見つけてきてくれたのだろう。

「すてきだわ、お父さま」

「こんなに美しいシュゼットは初めて見るな」マディソン卿はまじめな顔で続けた。「天国の母さんも嬉し泣きしていることだろう」

「やめて」急に目頭が熱くなって、慌てて手を振った。「そんなことをいわれたら、結婚式のあいだ涙が止まらなくなっちゃう」

「それはすまなかった」父は頰に優しくキスすると、部屋のなかに入ってきた。

「どうしたの？」シュゼットは驚いた。

「式の前に、話しておきたいことがあってな」父は厳粛な表情でドアを閉め、シュゼットをベッドに座らせた。その隣に腰を下ろし、シュゼットの手をとって顔をのぞきこむ。「おまえがこの結婚を本心から望んでいるのかを、はっきりさせておきたいのだ」

「ジェレミーとの結婚を中止して、宿でダニエルを待つべきだとおっしゃったのは、お父さまじゃない」

「ああ」

「それなのに、いまになってダニエルとの結婚をやめさせようとなさるの？」

「そうではない」父は手をぎゅっと握った。「そんなことは考えてもいないとも。ふたりが愛しあっているのは見ていればわかる。ダニエルは理想的な相手だろう」

「それなら、どうして……」手を軽く叩かれたので、あとの言葉を呑みこんだ。

父は苦笑しながらかぶりを振った。「なにも結婚に反対しておるわけではない。ただ、このような形で結婚を決めたことが引っかかっておるのだ。いってみれば、正式に結婚を申しこまれたのではないからな。だからこそ、きちんと確認しておきたいのだ。なにかほかの理由でこんな大事なことを決心してほしくない。もっと時間をかけて考えてもいいのだよ。結婚を急ぐ必要はまったくないのだから」

シュゼットはほっとして、父を抱きしめた。「ありがとう、お父さま。もちろん、とても大事なことだとわかっているわ」身体を離して、目をのぞきこむ。「でも、考える時間なんて必要ないの。心からダニエルと結婚したいと思っています」

「それならよかった」父は笑顔を見せて、小さくため息をついた。「リサのときもこうなのだろうな。あの子もそのうちお嫁に行ってしまうのか」かぶりを振った。「こんなに小さくて、三人揃って元気に走りまわっていたのが、つい昨日のことのように思えるがね」

「わたしたちはいくつになってもお父さまの娘よ」父の手をぎゅっと握った。「いつでもウッドローに遊びにいらしてね。ロンドンのお屋敷を売ってしまったのだから、これから町にご用事があるときは、クリスティアナたちを訪ねるんでしょう？　おなじくらい、わたしたちにも会いにいらしてね。大切なお父さまのお顔を見られないと淋《さび》しいから、約束よ」

「もちろん、そうするとも」最初は無理やりつくったような笑顔だったが、そのうち満面の笑みを浮かべた。「かわいい孫ができたら、思いきり甘やかすとしよう。おまえの血を引けば、一筋縄ではいかんぞ。わたくしたち夫婦も頭を痛めたものだった」

シュゼットは思わず笑い声をあげた。「レディ・ウッドローも子どものことをいってらしたわ。まだ結婚もしていないのに」

父は立ちあがって、腕を差しだした。シュゼットも立ちあがり、その腕をとる。父はドアに向かった。「レディ・ウッドローはすばらしい女性だな」

「本当に」シュゼットは笑顔で答え、ふたりは廊下へ出た。「大好きになったの」

「あちらもそうだと、ご本人がいってくださった」父はドアを閉めて、階段へ向かった。「最初は緊張――」

父は途中で言葉を切り、立ちどまった。どうしたのかと父の視線の先を追うと、廊下の先の部屋から粗末な服装の男が出てきた。かなりの距離があったが、馬丁が好みそうな丈の短いシングルボタンの上着姿なのが見てとれる。厩舎で働いている人間が、客室なんかでなにをしているのだろう？　男がこちらを向いたとき、はっきり顔が見えた。ジェレミー・ダンヴァーズだった。こちらに気づいたようで、上着から銃をとりだした。


「シュゼットの準備は終わったんですよね？」ダニエルはいらいらと宿の建物に目をやった。数分前に母が降りてきて、マディソン卿が迎えに行った。それを聞いて一同は中庭に出て、主役の登場を待っていた。

「ええ」キャサリンも宿を見たが、肩をすくめてため息をついた。「結婚を控えた娘との話が長引いているんでしょう」

「そうですね」ダニエルは仕方なく脚を叩いて時間を数えた。いまにも現われるのではないかと玄関を見つめているが、いっこうに出てくる様子もない。だんだん、胸騒ぎがしてきた。

「まさかとは思うが、ダニエルが貧乏じゃないから結婚を考えなおしたとか」リチャードも不審そうにつぶやいた。

「そのことはまだうちあけていないんだ」と即答する。

「いや」リチャードはいいよどんだ。「実は、話してしまったんだよ」

「なんだって？」驚いて振り向くと、リチャードは申し訳なさそうな顔で説明した。

「あの手紙を受けとったあとのことだよ。ぼくは……」

リチャードの言葉を最後まで聞かず、慌てて宿に向かった。どうしようかと頭を働かせる。相手が金持ちだという理由で結婚を断わる女性など、英国じゅう探したところでひとりしかいないだろう。だがよりによって、そのひとりに恋をしたのだから仕方ない。ダニエルはどすどすと足音を響かせてなかに入った。

どういうわけか、昔から簡単に手に入るものには興味が持てなかった。だから、シュゼットとの結婚にこれだけ手こずるのも必然なのだろう。しかし、結婚をやめようと思っているのなら、勘違いもはなはだしい。足取り荒く二階へ向かった。すでにこの結婚は成立している。子どもだってできているかもしれない。なにより、どうしようもなくシュゼットを愛しているのだ！　それはなによりも大切なことではないのか？　ようやく二階に着いた。もし、シュゼットがまだ持参金目当てだと思いこんでいるなら……。

通りすぎた部屋からシュゼットの声が聞こえ、ダニエルは立ちどまった。ここは彼女の部屋ではない。昨夜、マディソン卿とロバートと一緒に眠った部屋だ。どういうことかと、木のドアに耳をあてた。結婚を控えた娘と父の話が長引いているだけなら、黙って中庭に戻るつもりだった。そうではなく、結婚をどうしようかと相談しているならば……。

男の声が聞こえてきて、ダニエルははっとした。聞き覚えのない声だが、マディソン卿ではないことはわかる。リチャードやロバートは階下にいるのだから、考えられるとしたらジェレミー・ダンヴァーズしかいないだろう。あれで終わりではないことくらい、予想しておくべきだった。

愚かな自分に歯ぎしりしながら、だれにも気づかれないように慎重にドアを開け、なかの様子をうかがった。まず目に入ったのはマディソン卿とシュゼットだった。マディソン卿は不安そうな顔をしていたが、シュゼットはまさに怒りに燃えて、銃を突きつけている男を睨みつけている。「いくら持参金が欲しいにしても、まだ、わたしと結婚する気でいるなんて、相当のお馬鹿さんね。無理やり結婚したところで、あなたの計画はすべてわかってるんだから、うまくいくわけないじゃない」

「おまえのような口うるさい女と結婚なんてごめんだぜ」ダンヴァーズとおぼしき男がどなった。

「それなら目的はなによ？」シュゼットも負けていない。「どうして、こんなところに閉じこめるの？」

「金に決まってるだろ。おまえのせいで、逃亡するしかなくなった。だから――」

「わたしのせいになんてしないでちょうだい」シュゼットが遮った。「わたしたちが乗っている馬車を転倒させただけじゃ足らずに、お父さまを殴ったそうじゃない。そのうえ、背中を向けた御者も撃ったし、わたしたちを縛りあげた。そうそう、ダニエルを撃ったのだってあなたの仕業でしょう」

ダンヴァーズの返事は聞こえなかった。どうやら仕草なり表情で図星だと伝えたようだ。シュゼットは鼻で笑った。「おあいにくさま、ダニエルはぴんぴんしているわよ。まあ、それに免じていい提案をしてあげるわ。いますぐ消えるなら、今日のことは忘れてあげる。さあ、早く。あとも追わせないから」

「手ぶらで出ていくつもりはない」ダンヴァーズはぴしゃりといいかえした。「大陸に渡り、あっちで生きていくための金がいるんだ。おまえの親父は屋敷を売ったんだろ」ダンヴァーズはマディソン卿に顔を向けた。「滝で会ったときに口を滑らせたよな。金は宿にあるからすぐに返済すると。そのままグレトナグリーンに向かったんで、てっきり荷物に金が入っていると思ったんだが」

「胡散《うさん》くさいと疑っていたおまえについていくのに、金を持っていくはずはないだろう」マディソン卿はやけに嬉しそうに答えた。

「先刻承知だぜ」ダンヴァーズは吐きすてた。「つぎの宿まで歩いていったとき、ウッドローと女が馬で出かけるのを見かけたんだ。どうせ全員揃ってるんだろうと、慌てて引き返したってわけだ。もちろん、おまえらを救いだすのを最優先するのはわかっていた。だからおまえらが宿に向かったのを確認して、金だけ手に入れて大陸へ逃げようと馬車まで戻ったんだが、荷物にはなかった」

「ロバートの助言で衣装箱に隠しておいたのだ」マディソン卿は穏やかに答えた。

「いますぐ寄こせ。生きてこの部屋から出たいならな」

ダニエルは丸腰なので、成り行きで作戦を考えようと見守っていた。シュゼットを人質として連れていくつもりなら、隣の部屋に隠れていて、通りかかったところを飛びかかればいい。ところがどうも雲行きが怪しかった。ダンヴァーズは金を要求してはいるが、それとは無関係に、ふたりを生きたまま解放するつもりなどまったくなさそうなのだ。言葉の端々に深い怒りが滲《にじ》んでいる。自分の計画が失敗してこんな状況に陥ったのは、すべてシュゼットとマディソン卿のせいだと思っているようだ。そのうえ、すでにひとり殺していて、それをふたりに目撃されている。ダニエルも撃たれたし、シュゼットも首を絞められて危うく殺されるところだった。もはや人を殺すことに躊躇《ちゅうちょ》はないだろう。マディソン卿は金を渡したとたんに撃たれ、ダンヴァーズが昨夜なにを企んでいたにしろ、それをやり遂げたあとでシュゼットも絞め殺すにちがいない。

マディソン卿とシュゼットの表情からすると、ふたりもそれがわかっているようだ。だがマディソン卿はうなずき、くるりと背中を向けた。

「なにをする？」ダンヴァーズがマディソン卿のほうへ一歩踏みだした。

ダニエルはその隙に部屋のなかに滑りこみ、そっとドアを閉めた。見つからないうちにダンヴァーズの背後にまわろうと左へ進む。マディソン卿の穏やかな声が聞こえた。「金を用意するのだよ。そういってなかったかね？」

「よし。おかしな真似はするなよ」ダンヴァーズはシュゼットの腕をつかみ、自分の脇に引きよせた。

ダニエルはそろそろと左に進み、横手にある暖炉を目指した。暖炉の脇には火かき棒がたてかけてある。

「そんなことは、考えてもおらんよ」マディソン卿は壁際の大きな衣装箱を開け、なかをのぞきこんだ。

ようやく火かき棒に手が届いた。しっかりと握り、ダンヴァーズの背後に忍びよる。

「早くしろ」ダンヴァーズはいらだたしげにどなりつけた。

「ロバートがこのなかに隠したはずなのだが……ああ、あった」

ダニエルの存在に気づかれたはずはなかった。音はたてなかったし、ダンヴァーズの視界にも入っていない。ところが、いざ殴ろうという段になって、いきなりダンヴァーズが身体をこわばらせて振り向いたのだ。そこにいるダニエルを信じられないという顔で見つめ、こちらに銃を向けた。同時にダニエルは火かき棒を頭上に構えて突っこんだ。

部屋に銃声がとどろいた。シュゼットの叫び声が聞こえる。ダニエルは痛みなど感じなかったが、どこかを撃たれたにちがいないと自分を見下ろした。胸に血が広がるものと覚悟したが、そんなこともなかった。どういうことかとダンヴァーズとシュゼットに目をやると、ダンヴァーズがくずれおちた。その向こうに、衣装箱のそばにひざまずいているマディソン卿が見えた。その手には煙のたなびく銃が握られている。

「ダニエル!」シュゼットは勢いよく抱きついてきた。「撃たれたりしたらどうするの?」

「大丈夫だ」火かき棒を床に落とし、シュゼットを抱きしめた。「とにかく、シュゼットのことが心配で」

「あら、そんな必要なかったのに」シュゼットは身体をのけぞらせ、ダニエルの目をのぞきこんだ。「お父さまは衣装箱にお金を隠したりなさらないわ。だれに盗まれるかわからないじゃない。ロンドンを出たときから、ずっと肌身離さず持ち歩いてらしたのよ。衣装箱にあるといったのは、そこに銃があるからなの」

「ああ、ようやく理解できたよ」改めて尊敬のまなざしでマディソン卿を眺めた。マディソン卿は立ちあがり、ダンヴァーズを仰向けにした。

「お父さまは射撃の名手なのよ」シュゼットは自慢した。「三人ともお父さまに銃の使い方を教わったの」

シュゼットのそばに銃があることを考えると心配になったが、ダニエルはなんとか笑みを浮かべてマディソン卿に顔を向けた。

「死んでおる」マディソン卿は静かに告げた。「宿の主に片づけさせよう。さあ、わたくしたちは結婚式だ。まだその気があるのなら、だが」迷っているような口調で続けた。「こんなことがあったあととなれば、明日に延期してもみんなわかってくれるだろう」

「延期はしない！」シュゼットとダニエルは同時に答えた。

マディソン卿は微笑むとうなずいた。「それなら、宿の主に頼んでこよう。あとで中庭で合流するよ。わたくしが戻るまで始めないでくれよ」

「外へ行こうか」マディソン卿が姿を消すと、シュゼットから身体を離した。

シュゼットはしぶしぶといった顔でドアへ向かったが、急に立ち止まった。「どうしても伝えておきたいことがあるの」

その深刻な口調に、ダニエルは心臓が縮こまったような気がした。悪い予感がする。まさか、想像もつかないような重大な告白をされるのだろうか。ひとつ咳払いすると、シュゼットをまっすぐに見つめた。「なんだい？」

シュゼットは大きく息を吐くと、自分の足もとに視線を落とした。ますます心臓が縮みあがる。悪い兆しどころではなさそうだ。そのとき、シュゼットが頭を上げた。「ダニエルを愛してる」

最悪の知らせを聞かされるものと思いこんでいたダニエルは、黙ってその続きを待った。しばらくして、それこそが伝えたかったことだと気がついた。シュゼットに愛されていたのだ。母にそういわれて淡い期待は抱いていたが。こうして本人の口から聞くと、言葉にならないほど感激した。

「ありがとう」ようやく口が動くようになった。シュゼットの腰に腕をまわす。「おれも愛している」

「本当に？」シュゼットが心配そうに尋ねた。「とりすました淑女じゃなくても？」

初めて会った晩に、シュゼットをテラスに連れだそうとしたときのことを思いだした。正式に紹介されていないという理由で、あのときシュゼットはいやがったのだ。しかしダニエルは深く考えもせずに「おっしゃるとおりです。だが、きみはとりすました淑女ではなさそうだから、自己紹介でも許してくださるかと」と答えたのだった。

シュゼットの顔に傷ついたような表情が浮かんでいるのに気づき、自分のうかつさに舌打ちしたい気分でまぶたを閉じた。深い意味もなく口にしたひと言を、ずっと気にしていたにちがいない。あの冷酷な偽の手紙をダニエルが書いたと思いこんでしまったのも、きっとそのせいもあったのだろう。

ダニエルは目を開けると、シュゼットの頰を両手で包みこんだ。「きみはいつだって立派な淑女だ。そうではないときのほうが好きだけどね。シュゼットは理想の妻だよ。ありのままのきみが好きなんだ。頭がよくて、楽しくて、勇気があって、元気いっぱいで。心から愛している」そしてシュゼットをぎゅっと抱きしめた。「おれのほうが先に伝えたかったのに」

腕のなかでシュゼットは肩をすくめた。「そうね、これからはそうしてほしいわ」

ダニエルはまぶたを閉じて笑いだした。シュゼットそっくりの母親に出逢ったその日から夢中になり、結婚を後悔したことは一度もなかったというマディソン卿の言葉を思いだした。まちがいなく自分もおなじ道をたどるだろう。それが楽しみだった。

かぶりを振り、シュゼットの顎を上げるとしっかりとキスをした。「早く中庭に降りよう。きみを妻にするのが待ちきれないよ」

「ええ」シュゼットは素直に従ったが、ぽつりとつぶやいた。「でも、ちゃんとわかってるのよ。ダニエルが結婚を急ぐ理由は」

「なんだと思うんだ？」

シュゼットは肩をすくめると、いたずらっ子のように目を輝かせた。「帰り道まで、父やロバートと一緒の部屋はいやなんでしょう？」

ダニエルはまた大笑いして、花嫁をしっかりと抱き寄せた。シュゼットと一緒なら楽しい人生が待っていると確信した。一刻も早く結婚しよう。

訳者あとがき

お待たせいたしました。リンゼイ・サンズのマディソン姉妹シリーズ第二弾、『いたずらなキスのあとで』（原題 *The Heiress*）をお届けします。

さて、まずは前作『微笑みはいつもそばに』をお読みになっていない方のために、どんな物語だったのかを簡単にご紹介しますね（もちろん、前作を読んでいなくても楽しめますが、できれば先に読んでくださったほうがより味わいが増すかと思います）。マディソン三姉妹の長女クリスティアナは、優しくてハンサムなラドノー伯爵リチャードに熱烈に求愛されて結婚しました。ところが、式が終わったとたんに夫はまるで別人のように冷酷で意地悪になり、クリスティアナは憂鬱な毎日を送っています。そんなある日、姉妹の父親マディソン卿がまたもや賭博で莫大な借金をこしらえたと妹から知らされました。そもそも、一年前にクリスティアナが結婚を決めたのも、父親の賭博での借金を祖父が遺してくれた持参金で返済するためでもあったのです。祖父の遺言で、未婚のうちは持参金に手はつけられないと決まっているのでした。クリスティアナは自分の持参金で返済するしかないと考えますが、毎回クリスティアナが犠牲になるのは不公平だと、次女のシュゼットが今回は自分の持参金で返済すると申しでました。クリスティアナのように惨めな結婚生活を送らなくていいように、あらかじめ自由な生活を保証してくれるよう条件を定めた契約結婚にするという案に、心配症のクリスティアナも賛成します。そういうわけで、借金返済の期限である二週間以内にシュゼットの結婚相手を見つけないといけなくなりました。それなのに、こともあろうにその朝、ラドノー伯爵が姉妹へのいやがらせのように急死してしまったのです。しかし、喪に服していては花婿候補を探せるはずがありません。そこで姉妹は知恵を絞り、死体を数日隠しておいて、そのあいだにお相手を探すことにしました。ところがその晩、ロンドン社交シーズンの始まりを告げるランドン公の舞踏会に出かけたところ、なんと死んだはずのラドノー伯爵がぴんぴんして現われたのです。たしかに死んでいたはずなのに……。

前作はクリスティアナとリチャードの視点でしたが、本書は次女シュゼットとリチャードの唯一無二の親友ダニエル・ウッドロー伯爵の視点で描かれています。そして序盤は前作のストーリーがちがう視点で描かれており、そういうことだったのかと納得するシーンもたくさんありました。あの場面の裏ではこんなあれこれが繰りひろげられていたのかと、なんだか一粒で二度美味しいキャンディのようですよね。長女らしく心配症で控えめなクリスティアナとはちがい、ずけずけといいたいことをいう行動的なシュゼットの姿に、共感してくださる読者も多いのではないでしょうか。社交界では御法度だろうと気にせずに、シュゼットは思ったままを口にし、心のままに行動します。なにしろふた言目には、姉クリスティアナをひどい目にあわせたディッキーについて「この手で殺してやったのに」とつぶやくし、姉の危機には、麺棒で思いきり犯人の頭を殴ってやると息巻いています。一見すると淑女にはほど遠い印象ですが、なんとも頼もしく、その心意気こそがシュゼットの最大の魅力だと思いました。それだけに、ダニエルにきらわれたと思いこんで意気消沈するくだりは、かわいそうで見ていられません。しかし、自暴自棄になったままではシュゼットらしくないと思っていたら、まさに期待どおり！　お転婆娘の面目躍如の大活躍です。ダニエルと母親キャサリンが謎の生物を見つけるくだりでは、訳者も大笑いしてしまいました。

また、ダニエルはそれはそれはきれいな緑色の瞳の持ち主で、目の覚めるような美青年のようですが、どういうわけか訳者は三枚目のイメージがぬぐえきれないのです。いや、三枚目はかわいそうなので、二枚目半（そのほうがひどいような気もしますが）でしょうか。もちろん頼りになる場面もたくさんあるのですが、最後の最後でも大活躍と思いきや、ご老体のマディソン卿にかっこいい役をとられてしまい、お笑い担当になっています。そのうえ、肝心の愛の告白も完全にシュゼットに主導権をとられる始末。もう、こういうときにばしっと決めてくれないと！　でも、その姿がなんとも憎めなくて、こっそり白状しますと、自由闊達なシュゼットと人間くさい魅力に溢れたダニエルのほうが訳者はお気に入りなのです。みなさんのご感想はいかがですか？
それよりなにより、本書の最大の魅力はダニエルの母親キャサリンかもしれません。これはみなさんも賛同してくださるのではないでしょうか。もう、文句なしにすてきですよね。優雅であたりを圧倒するほどのオーラを放ちながら、冷静で頭は切れるし、それでいて思いやりも忘れない。そのうえ、怪我の手当にも精通している様子（訳者を始めとする現代の一般庶民は忘れがちですが、自分の手を汚してそんなことをする貴族はほとんどいないはず……）。非のうちどころもありません。この義母とダニエルと一緒ならば、シュゼットは幸せに暮らせるのはまちがいありませんね。次作でも、姉妹の母親がわりとしてぜひとも登場してほしいものです。

前作では大英帝国に敬意を表し、紅茶と焼きたてスコーンをお勧めしましたが、本書にはマシュマロを浮かべたココアが似合いそうな気がします。主人公ふたりに自由な印象があるからでしょうか。そのお供は果物をたっぷり載せたタルトなどいかがでしょう。秋の夜長にのんびりと楽しんでくださったら嬉しいです。でもどこかで大英帝国を感じていただきたいので、タータンチェックの膝掛けを用意してみましょうか。お酒をお好きな方は、ブランディをちょっぴり垂らしたロイヤルミルクティも、大人の味わいでよろしいかと。

さて、次作についてもちょっとご紹介しましょう。長女クリスティアナ、次女シュゼットと来て、もちろん次作は末娘リサが主人公です。リサは幼なじみのロバートに恋をしているようですが、鈍感なロバートは三姉妹に兄のような愛情は感じているものの、リサが美しい淑女に成長したことにもまったく気づいていない様子。まだ訳者も未読なのですが、作者のサイトを見ると、ロバートは結婚に幻滅しているようです。筋金入りのロマンティストであるリサは、どのように思いを伝えるのでしょうか。また、子どもっぽい印象のリサが、愛する男性の前でどう変わっていくのか、そのあたりも楽しみです。姉ふたりは、タイプはちがうものの芯の強さは共通していますから、末娘のリサも負けてはいないはずです。どんな困難が待ち受けていようが、へこたれることなく、幸せを手にしてくれるものと期待がふくらみますね。刊行時期はまだ未定ですが、どうぞお楽しみに。
最後になりましたが、本書を訳すにあたっては、二見書房の渡邉悠佳子さんにたいへんお世話になりました。どうもありがとうございました。

二〇一三年九月

23 ザ・ミステリ・コレクション

いたずらなキスのあとで

著者　リンゼイ・サンズ
訳者　武《む》藤《とう》崇《たか》恵《え》

発行所　株式会社 二見書房
東京都千代田区三崎町2-18-11
電話 03(3515)2311 [営業]
03(3515)2313 [編集]
振替 00170-4-2639

印刷　株式会社 堀内印刷所
製本　株式会社 村上製本所

落丁・乱丁本はお取り替えいたします。
定価は、カバーに表示してあります。

ISBN978-4-576-13151-1
http://www.futami.co.jp/

微笑みはいつもそばに
リンゼイ・サンズ
武藤崇恵［訳］
〔マディソン姉妹シリーズ〕
不幸な結婚生活を送っていたクリスティアナ。そんな折、夫の伯爵が書斎で謎の死を遂げる。とある事情で伯爵の死を隠すが、その晩の舞踏会に死んだはずの伯爵が現われ!?

ハイランドで眠る夜は
リンゼイ・サンズ
上條ひろみ［訳］
〔ハイランドシリーズ〕
両親を亡くした令嬢イヴリンドは、意地悪な継母によって〝ドノカイの悪魔〟と恐れられる領主のもとに嫁がされることに…。全米大ヒットのハイランドシリーズ第一弾!

その城へ続く道で
リンゼイ・サンズ
喜須海理子［訳］
〔ハイランドシリーズ〕
スコットランド領主の娘メリーは、不甲斐ない父と兄に代わり城を切り盛りしていたが、ある日、許婚が遠征から帰還したと知らされ、急遽彼のもとへ向かうことに…

ハイランドの騎士に導かれて
リンゼイ・サンズ
上條ひろみ［訳］
〔ハイランドシリーズ〕
赤毛と頬のあざが災いして、何度も縁談を断られてきたアヴリル。そんなとき、兄が重傷のスコットランド戦士を連れて異国から帰還し、彼の介抱をすることになって…?

いつもふたりきりで
リンゼイ・サンズ
上條ひろみ［訳］
美人なのにド近眼のメガネっ嬢《こ》と戦争で顔に深い傷痕を残した伯爵。トラウマを抱えたふたりの熱い恋の行方は? とびきりキュートな抱腹絶倒ラブロマンス

待ちきれなくて
リンゼイ・サンズ
上條ひろみ［訳］
唯一の肉親の兄を亡くした令嬢マギーは、残された屋敷を維持するべく秘密の仕事――刺激的な記事が売りの覆面作家――をはじめるが、取材中何者かに攫われて!?